Simone Meier · Reiz

Simone Meier

REIZ

Roman

KEIN & ABER

Ebenfalls von Simone Meier
Fleisch
Kuss

Für die freundliche Unterstützung dankt
die Autorin dem Aargauer Kuratorium

Lektorat: Sara Schindler
Coverdesign: Maurice Ettlin
Satz: Dörlemann Satz, Lemförde
Druck und Bindung: CPI – Ebner & Spiegel, Ulm
ISBN 978-3-0369-5839-2
Auch als eBook erhältlich
www.keinundaber.ch

natürlich für dj

1
früher

Dallas war nicht Dallas. Valerie entdeckte keine Ranch, keine Öltürme, nicht einmal Wolkenkratzer. Jedenfalls nicht hier, nicht vom Flughafen aus gesehen, der war wie jeder andere, aus Glas, aus Beton. Beim Anflug hatte sie sich den Airport aufregend vorgestellt, mit alerten Entscheidungsträgern auf dem Weg zu Millionengeschäften, stattdessen traf sie auf Menschen, die zu gebrechlich, dick oder müde waren und sich auf Karren durch die Gänge fahren ließen. Doch sie war das gewohnt: Dass sie eine genaue Idee hatte von der Welt und dass die Welt nicht daran dachte, sich danach zu richten.

Dallas zum Beispiel war für sie weit mehr als ein Transitbereich auf einem Flug zu einem alten Freund. Dallas war ein magisches Wort, das für sie auf ewig mit der Fernsehserie verschmolz, die sie in ihrer Jugend nie hatte sehen dürfen. All ihr Wissen darüber hatte sie damals aus den Schnipseln der Programmzeitschrift gesogen, es ging, so viel hatte sie begriffen, um Körper und Konzerne im Zeichen der Gier. *Dallas* lief immer dienstags. Und mittwochs redeten auf dem Schulhof alle darüber, nur sie nicht. Die Schmach der Ahnungslosigkeit saß tief, und sie schwor sich, in einer nicht mehr fernen Zukunft, wenn sie unabhängig und erwachsen wäre, so viele Dinge wie möglich als Erste zu wissen. Vor allen anderen. Sie wusste bloß noch nicht, wie.

»Ich finde, du gleichst Sue Ellen!«, hatte eine aus ihrer Klasse gesagt. Sue Ellen also. Die Gattin des Serien-Bösewichts. Verlebt, verbittert. Ständig betrunken. Valerie hielt die ausgerissene Seite der Programmzeitschrift mit Sue Ellen neben ihren Spiegel und suchte nach Ähnlichkeiten. Es mussten die Augen sein: zwei gefräßige Löcher. Und die Haare: gestuft und nach außen geföhnt.

Wenig später ließ sie sich eine Dauerwelle legen und glich einem explodierten Schaf. Die Prozedur dauerte mehrere Stunden, und sie blätterte sich unter der heißen Trockenhaube durch all die Magazine, die in ihrer ganzen Verwandtschaft nur eine einzige Tante zur Hand nahm. Die Tante las auch Bücher, in denen alles, besonders das Fleischliche, handfest benannt wurde, und wenn Valerie krank war, brachte sie ihr einen Stapel vorbei, und das war noch besser als die Cola, die sie literweise gegen Darmgrippe trinken durfte. Die Friseurinnen-Magazine hießen irgendwas mit *Frau* und *Herz* und *Glück* und waren wie die *Bravo*, bloß für Erwachsene, aber auch die *Bravo* durfte sie nicht nach Hause mitbringen. Keine ihrer Freundinnen durfte das. Gemeinsam verschlangen sie in der feuchten Heimlichkeit der Turnhallengarderobe Berichte über Nena oder Nino de Angelo und beugten sich über Starschnitte.

Strichen sich stinkende Creme auf die Beine und lasen einander beim Warten auf seidenglatt enthaarte Haut die Doktor-Sommer-Kolumnen und den Fortsetzungsroman *Die Rauschgift-Falle* vor: Ein Boy namens Jochen und ein Girl namens Vanessa waren in die Fänge düsterer Dealer geraten und wenn Jochen sich nicht als Drogenkurier betätigte, würden sie Vanessas Gesicht mit Säure entstellen. Hatten Jochen, Vanessa und die Liebe eine Chance? Valerie dachte sich, dass es ein schlüpfriger Spaß sein müsse, so etwas zu schreiben. Sie träumte von einem Jungen, der aussah wie Jochen, in Mathe saßen sie nebeneinander, er wusste, dass sie auf ihn stand, und hatte ihr einen Zettel zugesteckt: »Vergiss es, ich geh nicht mit dir. Deine Haare sehen aus, als hättest du in die Steckdose gegriffen.« Die Dauerwelle blieb eine kurze Phase.

Als Nena ihre 99 Luftballons steigen ließ, war Valerie sechzehn, und die Tage zwischen Schule, Pizzeria und dem Irish Pub beim Bahnhof wurden ihr lang. Sie schluckte ein Abführmittel gegen ein paar in der Pizzeria angefutterte Pfunde, schlich sich nachts von Darmkrämpfen geplagt am Schlafzimmer der Eltern vorbei aufs Klo, nahm dennoch nicht ab. Beschloss, sich so zu akzeptieren, wie sie war, schließlich riet auch die *Bravo* dazu: *In jedem Girl steckt ein Schwan!* Es fiel ihr schwerer als gedacht, war jedoch ein Fortschritt im Vergleich zu den Krämpfen. Der amerikanische Präsident jener Jahre hieß Reagan und hatte eine beachtliche Karriere als Filmstar hinter sich. Manchmal fuhr die ältere Schwester einer Freundin ein paar Mädchen zur nächstgelegenen Autobahnraststätte. Ein futuristischer

Schlauch auf Stelzen, der über die Breite der Autobahn gebaut war. Dort gab es einen McDonald's. Valerie schaute auf die Autos runter, aß Burger und Apfeltaschen, betrachtete ihr Gesicht in der Fensterscheibe und fand sich das fadeste Mädchen weit und breit.

Als Madonna *Like a Virgin* sang, war Valerie noch Jungfrau und beschloss, ihrer eigenen Farblosigkeit ein Ende zu setzen. Sie verbrachte jetzt viel Zeit in der Stadt. Lernte ein paar Punks kennen, die ein Haus besetzten. Schaute zu, störte niemanden, war einfach da. Stellte sich an den Herd, wenn sich die Hausbesetzer mal wieder kollektiv nicht darüber einig werden konnten, wer denn nun die Fischstäbchen fürs Abendessen braten müsse. Holte Wundsalbe in der Apotheke, wenn sich einer im Suff eine Sicherheitsnadel durch die Lippe gebohrt hatte. Für die Stadt begann sie sich zu schminken. Umrandete die dunklen Augen mit schwarzem Kajal. Kaufte sich ihren ersten Lippenstift. Entschied sich für Brombeerrot. Staunte, wie viel Raum ihre Lippen jetzt in ihrem Gesicht einnahmen, obwohl dunkle Farben einen Mund doch optisch verkleinern sollten. Ihren nicht. Plötzlich war er vorhanden und dies so sehr, dass die Menschen meinten, sie würde mit ihnen reden, obwohl sie bloß zuhörte. Sie schauten ihr in die großen Augen und auf den großen Mund und nannten sie interessant und undurchschaubar. Valerie brauchte gar nichts zu tun, außer ihnen ihr Gesicht zuzuwenden, und schon verausgabten sich die anderen für sie und versuchten, sich selbst interessant zu machen. Ihr Haar trug sie jetzt lang und in wachsglänzenden Strähnen. Dass keiner sie schön nannte, störte sie nicht. Ihre Aufmerksamkeit wollten sie trotzdem. Wenn sie nach Hause ging, entfernte sie die Farbe aus ihrem Gesicht, verwandelte sich zurück in ein Mädchen, an dem nichts auffiel außer seinen Augen. Zu Hause nannte sie niemand interessant, und sie versprach sich, gleich nach dem Gymnasium in die Stadt zu ziehen und dort ihr eigentliches Leben zu führen.

Oft war sie bei ihrer Großmutter in einem kleinen Reihenhaus am Rande der Stadt, betrachtete Fotos von früher, aus der armseligen Kindheit und dem bescheidenen Frauenleben von einer, die sich nie beschwerte und der sich Valerie näher fühlte als jedem anderen Menschen. Blätterte mit ihr in einem Bildband über die Kennedys, von denen einer in Dallas erschossen worden war. Die Großmutter hatte die Bilder von Hand in den Band geklebt, sie hatte sie mit Marken erworben, die sie aus Waschmittel- und Schokoladenpackungen schnitt, das Buch war nicht nur ein Buch, sondern eine Errungenschaft, die Großmutter hatte Zeit und Liebe darauf verwendet. Valerie hätte ihr gerne ein paar der Erwachsenen-*Bravos* am Kiosk gekauft, aber die Großmutter sagte: »Hast du schon mal an denen gerochen? Mit denen stimmt was nicht! Wahrscheinlich Rauschgift. Ich glaube, die wollen die Leute süchtig machen!«

Rauschgift, dachte Valerie, was für ein großartiges Wort, *Wir Kinder vom Bahnhof Zoo* war voller Rauschgift, und Valeries Eltern fürchteten nichts so sehr wie eine mögliche Neigung ihres Kindes zu allerlei Opiaten. Doch das Kind verspürte seit dem Versuch mit dem Abführmittel keinerlei Neigung zu anderen Substanzen als zu Baileys, Rosé und

Zigaretten. Zu ziemlich vielen Zigaretten. Aber nur in der Stadt und nicht, weil sie das besonders mochte, sondern weil sie ihre harmlose Stimme ruinieren wollte. In der Stadt fand sie eine beste Freundin, die nicht Claudia oder Nicole hieß, sondern Oona.

Als Madonna *Papa Don't Preach* sang, war Valerie neunzehn und keine Jungfrau mehr, und eine schmale Strähne ihres Haars hatte sich über Nacht grau verfärbt.

Doch all das war lange her, die Mauer von Berlin und die Türme von New York waren inzwischen gefallen, der Kalte Krieg war endgültig vorbei, dafür hatte ein anderer gerade begonnen, der amerikanische Präsident hieß zum zweiten Mal Bush und Dallas war nicht wie im Fernsehen. Valerie war seit mehreren Jahren Journalistin. War auf dem Papier nicht zurückhaltend, sondern spitz, witzig und böse. Hatte tatsächlich einen winzigen Vorsprung auf das Wissen und damit das Leben der anderen, und dies erfüllte sie mit Zufriedenheit. Sie konnte andere bloßstellen, konnte sagen: »Ach, das weißt du noch gar nicht?«, oder: »Wie du morgen von mir wirst lesen können …« Dallas war an diesem zufälligen Tag zu Beginn des neuen Jahrtausends keine Serie mehr und schon gar kein Schulhofgespräch, Dallas war nur ein Zwischenstopp auf dem Weg zu ihrem alten Freund. »Komm mich besuchen«, hatte er geschrieben, »so lange du willst, mein Haus ist klein, aber ein richtiges Haus, und sollten wir uns nicht vertragen, wohn ich bei meiner Liebsten, sie lebt auf einer Farm außerhalb der Stadt, für meinen Geschmack gibt es dort zu viele Tiere, ich finde ja, jedes

Tier stinkt, nur das auf meinem Teller nicht. Einzig Streifenhörnchen sind auch lebendig entzückend.« »Komme«, hatte Valerie geantwortet, »passt ein Monat? Ein ganzer?«

Sie wäre dort eine Unbekannte auf einem anderen Kontinent, sie fragte sich, ob es ihr gelänge, neben ihrem Freund neue Leute kennenzulernen, ob überhaupt irgendwas an ihr interessant wäre, ihr Aussehen eher nicht und auch intellektuell fand sie sich für eine Universitätsstadt im mittleren Westen eher mittelmäßig. Sie musste dringend wieder mehr werden als nur ihre Arbeit. Vielleicht würde sie es schaffen. Nach Amerika wartete Rom, wartete Wien, jetzt war April, erst ab August wartete wieder der Job. Der Kaffee im Flughafen-Starbucks schmeckte wie zu Hause und kostete nicht einmal die Hälfte. Die Bechergröße *Venti* hatte sie noch nie gesehen.

Ihr Anschlussflug hatte Verspätung. »Ich reservier dir eine Limousine«, hatte ihr Freund geschrieben, »das ist lustig.« Genau, dachte sie, wie in *Dallas*, doch als sie endlich landete, war die Limousine längst weg. Eine Stunde wartete sie auf die nächste, der neue Flughafen war anders als die anderen, kleiner, nervöser, erschöpft ließ sie sich in den Wagen fallen, an der Decke bildeten winzige Lichter eine Milchstraße aus goldenen, rosa und bläulichen Punkten. Es erinnerte sie an den Discohimmel über einer deutschen Nacktbadelandschaft, Freunde hatten sie mitgenommen, Plastikpalmen ragten ins warme Wasser, es gab Römisches, Orientalisches und Fantastisches, sie hatte sich über die Begeisterung der Leute fürs Nacktsein gewundert, allgemein über die deutsche Neigung zur Freikörperkultur, die von den Deutschen auch mit Hingabe außerhalb von Deutschland ausgelebt wurde, nicht nur an der Ostsee, viel lieber noch auf Korsika oder Gomera, besonders auf Gomera, dessen Verhängnis ein schwarzer Strand war, von dem sich die weißen Leiber samt all ihren Ausstülpungen wie Engerlinge abhoben. Sie hatte also nackt auf sprudelnden Röhren gelegen, hatte die Paare neben sich studiert, die in aller Offenherzigkeit ihr Paarsein vollzogen, Brüste und Brühwürste, hatte sie denken müssen. Wozu machten sie das? Weil die Blicke der anderen ihre Erregung steigerten? Weil sie sich begehrt fühlten? Oder weil sie ihre nackten, in jedem Fall unvollkommenen Körper hier ungestraft allen aufdrängen durften? War es eine heimliche Sehnsucht nach dem biblischen Zustand der Unschuld? Ein kollektives Reinigungsritual, einer Taufe oder Beichte nicht unähnlich? Oder war das alles ironisch gemeint? Und wie reagierte eigentlich ihr eigener Körper auf die Blicke der anderen? Er reagierte nicht. Weder erregt noch gehemmt. Sie schwebte im warmen Wasser, verlor das Empfinden für die eigene Begrenztheit, stellte sich unsichtbar. Nahm sich zurück, war reine Beobachtung.

Der Berg an Interviews, Porträts, Kolumnen, Analysen und Essays, die Valeries Namen trugen, umfasste über tausend Stück, sie konnte sich nicht erinnern, die meisten davon überhaupt geschrieben zu haben, ungefähr seit Nummer achthundert fühlten sich alle an wie Kopfschüsse. Eines Abends war sie nach Hause gekommen, war noch im Flur zusammengesackt, hatte sich gegen die Wand fallen lassen und geweint. Bis sie leer war und zitterte. Danach hatte sie sich mit Whisky wieder aufgefüllt. War eine schwache Loser-Pussy mit einem Nervenzusammenbruch, dabei hatte sie sich für unendlich belastbar gehalten, im Job, im Leben, eine Stahlfeder, hatte genau das zelebriert, was die Chefs von ihr erwarteten, kannte die geheimen Schlupflöcher der Stadt, die illegalen Bars und Backstagebereiche, die besetzten Häuser, die Playboylofts, wo manche Party irgendwann im Schaumbad mit Panoramablick auf die Stadt endete, und über den Hügeln aus warmen weißen Flocken stieg die Sonne auf. Sie hatte sich aufs Rad gesetzt, war in die alte Arbeitersiedlung am Stadtrand gefahren, hatte bei ihrer Großmutter geklingelt und war ihr wortlos in die Arme gefallen. Die Wolljacke der alten Frau roch leicht nach Bratfett, ihr Haar nach Talg, ich hätte sie vorher anrufen müssen, dachte Valerie, dann hätte sie sich die Haare gewaschen, es wäre ihr gewiss lieber so, aber die Großmutter ließ sich nichts anmerken, setzte ihre Enkelin aufs Sofa, schob ihr eine Wärmeflasche in den Rücken und kochte Milchreis.

Am nächsten Tag war Valerie zum Chef gegangen, hatte ihm mitgeteilt, dass sie jetzt, mit sechsunddreißig, keine blutjunge Frau mehr sei und es für sich und die Zeitung begrüßen würde, wenn sich andere um den dreckigen Glanz der Nächte kümmern würden, und dass sie sich eine Auszeit wünsche. Danach würde sie ihrer Verpflichtung zu Provokation und Pointen wieder nachkommen, allerdings eher im Einsatzbereich vor Mitternacht. »Ist gut«, hatte der Chef geantwortet, »mach dich bloß nicht verzichtbar.«

Erst neulich war ihr der Brief wieder in die Hände gefallen, in dem sich zu Beginn ihrer Karriere ein Schauspieler beim Chefredakteur über sie beschwerte hatte.

Sehr verehrter Herr K, ich erlaube mir, Sie auf das unverfrorene Verhalten aufmerksam zu machen, das Ihre Mitarbeiterin Valerie T. mir und meinem Team gegenüber an den Tag gelegt hat. In ihren Worten war unsere Adaption von Camus' Die Pest *ungenießbar, ein ranziges Sahnebaiser, das vom hässlichsten aller Tiere, nennen wir es ruhig Nacktmull, wieder ausgeschissen wurde. Ich frage Sie: Verdient eine Frau, die sich auf den Seiten Ihrer Zeitung austobt wie ein durchgeknallter Teenager, tatsächlich die Bezeichnung ›Kritikerin‹? Hochachtungsvoll, Ihr F.*

Der Schauspieler war nur einer von Dutzenden, mit denen sie sich in den letzten Jahren herumgeschlagen hatte, die sich an ihr abgearbeitet, sie kleinzumachen versucht hatten. Sie hatte allen getrotzt, sie war noch da. Und wünschte sich doch dringend jenen Zustand zurück, in dem ihre Arbeitswelt noch nicht existiert hatte, in dem das Nichts lauer, langer Tage wieder überhandnahm und sich die gewöhnlichsten Erfahrungen wieder so stark und so genau in ihrem Gedächtnis festkrallen würden wie einst der Geruch von Enthaarungscreme. Sie hoffte, in Amerika etwas davon wiederzufinden. Nichts Großes, einen winzigen, vibrierenden Fetzen Leben vielleicht. Etwas, das in ihr liegen blieb.

Das gemächliche Tempo der Limousine überraschte sie, Amerika hatte sie sich schneller vorgestellt, am Rande der Landstraße leuchteten Schilder, *Support our troops*, *Pray for our soldiers, Fight for peace.* Und dann hielt der Wagen zwischen eingeschossigen Holzhäusern mit Veranden und Bäumen davor, die kleine Milchstraße erlosch, dafür war da jetzt die große, darunter Rasenstück um Rasenstück, einige hinter weißen Zäunen. Ihr Freund kam aus der Tür, es war eine gute Idee gewesen, zu ihm zu fahren, sie würden sich verstehen wie früher. »Na endlich!«, sagte er.

Am nächsten Morgen kämpfte sich das Tageslicht trüb durch die Fliegengitter vor den Fenstern, draußen rannten braune Kaninchen über den Rasen, ein Transparent hing aus einem Nachbarfenster, *Stop this war.* Naive Narren, dachte sie. Es geschah immer öfter, dass sie ungeduldig wurde mit Leuten, die Slogans wie diesen äußerten. Denn aus Slogans wurden Schlagzeilen und diese waren bloß der Sekundenkleber, mit dem sich Aufmerksamkeit und Emotionen binden ließen.

Ihr Gastgeber war schon bei der Arbeit, sie packte ihre Schwimmsachen, er hatte ihr geraten, in die Schwimmhalle auf dem Campus zu gehen, sie sei groß und angenehm prosaisch, hatte er gesagt, es würden dort vor allem Wettkämpfe durchgeführt. Am Eingang wurde sie von Studentinnen mit langen Haaren überholt, sie konnten nicht älter als einundzwanzig sein, sie ließ sich an der Kasse das Schloss für die Garderobenschränke erklären, dann stand sie da, inmitten der prallen, klarhäutigen Einundzwanzigjährigen, zog sich aus, musterte sich im Spiegel: definitiv europäisch, schon lang nicht mehr einundzwanzig, aber aufs Gefüge eines ganzen Lebens betrachtet wohl immer noch jung.

»Do you mind if I share this line with you?«, fragte sie ein Student.

»Not at all«, sagte sie, lächelte ihm zu und fragte sich sofort, ob er dies jetzt als Anmache deuten könnte, doch da hatte er bereits seine Schwimmbrille und seine Nasenklemme aufgesetzt und preschte an ihr vorbei. Sie zog weiter, das Becken war gut 70 Meter lang, sie wurde schneller, bis in ihrem Kopf die Endorphine knallten, kraulte bis zur Erschöpfung, schwamm noch eine Bahn in Ruhe und ging. Über den Campus, vorbei an roten Backsteingebäuden, durch einen kleinen Park samt Teich, Pavillon und Rabatten voll bunter Tulpen. Verließ das Gelände durch einen neogotischen Torbogen und stand vor dem Starbucks-Café. Ihr Gastgeber hatte davon erzählt, es hatte erst vor drei Monaten eröffnet, die Scheiben mussten schon zwei Mal ersetzt werden, der Protest war heftig. »Eine Straße weiter ist das Sana Java«, hatte er gesagt, »da gehst du hin, politisch korrekter Kaffee, kollektiv organisiert und organisch.«

Sie konnte sich genau vorstellen, wie der Kaffee dort schmeckte, organisch eben, bitter und ziemlich sauer, und gewiss wären auch im Sana Java nur Studierende, nicht teilnahmslose wie im Starbucks, wo alle mit zugestöpselten Ohren hinter ihren Laptops saßen, sondern engagierte, kommunikative, die versuchen würden, sie von irgendwas zu überzeugen. Neben der Tür des Starbucks stapelten sich Gratiszeitungen, die Titelgeschichte zeigte mehrere Studentinnen und erwachsene Männer im Bild, Mitarbeiter des *Playboy* hatten auf dem Campus nach Girls zum Thema

Breasts and Brains gesucht, 163 junge Frauen aus allen Fakultäten waren zum Casting erschienen.

Sie ging hinein, bestellte einen *Venti Latte*, staunte, wie wenig frisch der Cheesecake wirkte, setzte sich in einen Ohrensessel und begann mit ihrer Auszeitlektüre, einem mehrbändigen russischen Klassiker mit ausführlichen Schlachtszenen, die sie höchstens querlesen würde. Als sie das nächste Mal aufschaute, waren drei Stunden vergangen, der Barista musterte sie amüsiert, doch vielleicht fiel sein Blick gar nicht auf sie, vielleicht ging draußen gerade eines der 163 Breasts-and-Brains-Girls vorbei. Er war sehr groß, gut gebaut, er hatte dunkles Haar und blaue Augen, kantig, dachte sie, kernig, er trug Jeans und ein schwarzes T-Shirt und mochte ungefähr so alt sein wie sie, er wirkte resigniert und melancholisch, genau so einen brauchte sie, alles andere war langweilig.

Am nächsten Tag ging sie wieder schwimmen, wieder Kaffee trinken, beobachtete ihn, am Abend sagte sie zu ihrem Freund: »Den schnappe ich mir.«

»Ist der nicht unter deinem Niveau?«, fragte er.

»Ich hab Urlaub, ich will eine amerikanische Affäre.«

»Was erwartest du?«

»Glühende Gier«, lachte sie, »lodernde Leidenschaft, fantastisch ficken! Ich trau ihm das zu. Du nicht?«

Er hieß Ethan, das hatte sie auf seinem Namensschild gelesen. Und dann verließ sie der Mut. Das war ungewohnt. Drei Tage lang strahlte sie ihn hilflos an, wenn sie ihre Bestellung aufgab, und Ethan lächelte zunehmend ratlos zurück. Am vierten Tag kaufte sie sich im Biomarkt nach vergorenem Heu riechendes Hennapulver, setzte sich mit einer rot schimmernden Mähne ins Starbucks und schlug ihr Buch auf einer beliebigen Seite auf, da stand: »Sie hielt inne, wie ja Frauen, wenn sie sich als alt bezeichnen, immer eine Pause machen und auf etwas warten.« Das ist das Zeichen, dachte sie, ging zu ihm hinüber, fragte: »Magst du was mit mir trinken gehen?« Er sagte: »Heut Abend hab ich Zeit.« Er sagte nicht: »Wieso denn das?« Sie brauchte sich nicht zu erklären.

Es gab im Städtchen bloß eine Straße, auf der sich flanieren ließ, und auch dies nur wenige Hundert Meter weit, sie führte von der Universität zur einzigen Kirche, die aus Stein und nicht aus weißem Holz gebaut war, Kirschblüten leuchteten selbstherrlich im Licht der Laternen, in einem Schaufenster lagen Cheerleader-Uniformen aus, in einem anderen Schmuck aus Mondstein. Sie gingen essen, es schmeckte ihr nicht, zu fett, zu süßlich, als die Rechnung kam, zögerte er zu lange.

»Was machst du eigentlich, studierst du?«, fragte sie.

»Wozu, ich bin Kellner.«

Bist du nicht, dachte sie, du bedienst eine Kaffeemaschine und räumst abgepackte Kuchen in eine Vitrine.

»Und du?«, fragte er.

Sie beschloss, ihm irgendwas zu erzählen, sie hatte keine Lust darauf, die Journalistin zu sein. Alle hatten immer eine Geschichte, die sie in der Presse sehen wollten, oder kannten jemanden, der ein Opfer von irgendwas geworden war und Öffentlichkeit brauchte. Allgemein drängten die

Menschen einander viel zu oft ungefragt ihre Geschichten auf.

»Ich arbeite im psychologischen Dienst«, sagte sie, »Missbrauch und so.«

»Wow, klingt hart«, sagte er.

»Sehr hart, ja«, bestätigte sie, und sehr sinnvoll, eben habe sie mit einer Neunzehnjährigen gearbeitet, deren erstes Mal überaus unglücklich gelaufen sei, ein etwas älterer Familienvater, mit dem sie eine Affäre hatte, habe sie genötigt, unter Druck gesetzt, physisch dermaßen geschwächt, dass sie keine Widerstandskraft mehr hatte, und hatte sie schließlich in seinem eigenen Haus vergewaltigt, während im Hintergrund ein Porno lief. Ihre Aufgabe sei es gewesen, die junge Frau, die noch zur Schule ginge, von der Last der Mitschuld zu befreien, der Mittäterschaft, die unweigerlich in Selbsthass gemündet hätte.

»Was für ein Arschloch«, sagte Ethan.

Sie gingen in den Pub neben der Kirche, tranken Bourbon mit viel Eis, eines der Hippie-Mädchen aus dem Ort stellte sich vor sie hin und demonstrierte den Gebrauch einer Kopfmassagekralle, »feels like an orgasm«, behauptete sie, gewiss trank sie ihren Kaffee organisch. Plötzlich stand Ethan viel zu nah vor ihr, plötzlich küsste sie ihn, er war überrascht, er küsste gut, der Kellner schmiss sie aus der Bar. Sie setzten sich auf eine Bank vor der Kirche und küssten weiter, das Hippiemädchen ging vorbei und sang: »But the stars we could reach were just starfish on the beach.«

»Ich mag dein Lächeln«, sagte er und zeichnete mit seinem Finger ihre Lippen nach, »es sieht aus wie das Nike-

Logo.« Er deutete auf seine Sneaker, auf den aufgenähten weißen Bogen unter dem Schriftzug.

Seine Hände waren stark, sie griff nach seinem Bizeps, fragte: »Trainierst du viel?«

»Ja«, sagte er, »ich war Soldat, ich brauch das.«

Ein Kriegsveteran also. Sie wusste, dass sie sich beeindruckt zeigen sollte, doch nichts war ihr fremder als Kriege, irgendwo weit weg kämpften und starben Männer. Sie wollte wissen, was er im Krieg gemacht hatte.

»Küsten rekognosziert. Unterwassersprengsätze installiert vor Kuwait, als Ablenkungsmanöver. So was halt. Ich war zwei Jahre auf dem Schiff«, erklärte er.

»Und danach?«

»Bin ich abgestürzt.«

Natürlich, dachte sie, die Erklärung, die unter Männern alles rechtfertigte, Alkohol, Drogen, Depressionen, Gewalt, Therapien, Tabletten, Amok, Suizid. Ob sein Schiff von innen den Raumschiffen aus Hollywoodfilmen geglichen habe, wollte sie wissen, sie hatte gehört, dass diese kaputte Industrie-Ästhetik der Science-Fiction-Maschinen auf den Eingeweiden riesiger Kriegsschiffe beruhe. »Ja«, sagte er, »genau so, eng, trostlos, voller Metall.«

Eine Stunde lang gingen sie eine Straße namens Maple Drive entlang, Autowerkstätten, Liquor Shops und Striplokale wechselten einander ab, dazwischen ein Tierheim und ein Bestattungsinstitut, sonst gab es da nichts, nicht einmal eine Bushaltestelle. Sie dachte, dass dieser Maple Drive das Deprimierendste war, was sie je gesehen hatte, und dabei derart amerikanisch, dass es sie elektrisierte, und natürlich wohnte Ethan über einer Tankstelle, wohnte in einer niedrigen, überall abgeschrägten Dachgeschosswohnung. Sie wollte wissen, wieso er sich keine Wohnung gesucht habe, in der er aufrecht stehen könne.

»Nach zwei Jahren auf dem Schiff willst du genau das.«

Im Badezimmer regnete es rein und Dutzende riesiger schwarzer Käfer hatten sich zum Sterben aus den Dachbalken auf den Boden fallen lassen. Ethan schlief in *Star Wars*-Bettwäsche, ein Alienkopf aus grün fluoreszierendem Gummi stand auf einem Regal, neben dem Bett lag ein Block, den er vollgezeichnet hatte, mit seinem Kriegsschiff, seiner Einsamkeit und dem Disney-Schloss von Sleeping Beauty, das von Dornen überwuchert schlief.

»Und? Was meint die Psychologin dazu?«, fragte er.

»Was bist du? Sleeping Beauty? Der Prinz? Ist das Schloss dein Schiff?« Sie versuchte irgendwas. »Tut mir leid, das ist nicht so einfach. Und ich bin im Urlaub.«

Am nächsten Morgen musste er um 6 Uhr im Café sein, an der Tankstelle kaufte er sich einen Cheeseburger, sie fuhren mit dem Taxi durch die Dunkelheit, bevor er ausstieg, wischte sie ihm eine Brotkrume vom Kinn, danach ließ sie sich nach Hause fahren, duschte und schlief in neutraler Bettwäsche weiter.

Sie sahen einander oft, der Sex war belanglos, doch sie liebte die schiere Kraft, mit der er sie festhielt und sicher in der Dachkammer durch die Nacht trug. Sie versuchte, sich die Facetten einer Affäre einzuprägen, die Textur seiner Haut, den Geruch seines Haars, welchen Schatten seine Wimpern auf seine Wangen warfen, wenn er die Augen im

Sonnenlicht zukniff, doch das Hauptglück jener Tage, das wusste sie schon nach ein paar Nächten, waren die mit Kokosraspeln gerösteten und karamellisierten Haferflocken aus dem Biomarkt, die zu Hause auf sie warteten.

Die Taxifahrerin war jeden Morgen die gleiche, sie sagte: »Wow, he's a good catch, you must be very happy.«

»I am«, gab sie zur Antwort, »I am«, und fragte sich, wie Ethan wohl aus der Sicht der Taxifahrerin wirken mochte, sicher hielt sie ihn für verliebt, vielleicht war er das auch?

»Erzähl mir vom schönsten Tag deines Lebens«, sagte sie an einem ihrer Abende über der Tankstelle.

»Das ist einfach«, sagte Ethan, »es war ein ungewöhnlich heftiger Regentag, ich zeigs dir.« Er kramte eine alte Zeitungsseite hervor, auf einem Bild waren er und ein kleiner Hund zu sehen, die beiden gingen zufrieden nebeneinander durch den Regen.

»Dein Hund?«

»Er war mir zugelaufen. Einer aus dem Starbucks machte das Foto, wir setzten es in die Zeitung, der Besitzer meldete sich, der Hund ging nach Hause. Ich mochte ihn gern.«

»Na?«, fragte ihr Gastgeber. »Zufrieden?«

»Na ja, es ist schwer, jemanden ernst zu nehmen, der verlangt, dass ich meinen Kopf auf ein Darth-Vader-Kissen lege und mich mit Prinzessin Leia zudecke«, sagte sie, »aber ich lerne. Über Amerika.«

»Wie ist der Sex?«

»Gibt es Sex in *Star Wars*?«

Sie bezahlte Taxis, Essen, ein Motel ohne knirschende Käferleichen im Bad, die Einrichtung war von einem blaustichigen Lila, das Licht des Colaautomaten auf dem Flur frostig. Am Empfang bat ein Pappschild um Spenden für die heimkehrenden Soldaten. Im Zimmer schloss er sie in die Arme, sie wand sich raus, streifte Pullover und Hose ab, ließ sich auf das Bett fallen.

»Ich hab Kopfschmerzen«, sagte sie, »besorgst du mir was?«

»Bis zum nächsten Drugstore sind es zwanzig Minuten, so schlimm?«

»Ja. Ich geb dir Geld.«

Sie schaltete den Fernseher auf MTV, eine Rockband spielte auf einem auslaufenden Flugzeugträger, er sah aus wie auf Ethans Zeichnungen, Liebespaare trennten sich unter Tränen, Soldaten salutierten an Bord. Auf einem Nachrichtenkanal erklärte ein Professor, dass amerikanische Truppen an der Zerstörung irakischer Kulturschätze in Bagdad beteiligt gewesen waren. Das lila gefilterte Licht tilgte die durchscheinenden Adern auf ihren Armen und Beinen, sie sah sich auf einem anderen Bett, mit neunzehn Jahren, nackt und unterzuckert. Bald kommt er zurück und will mit mir schlafen, dachte sie, eine Szene wie diese war im Film besser. Sie kannte sie, die Geschichten von Männern, die ihre Menschlichkeit oder ein Bein in Vietnam verloren hatten und die heimkehrten zu Frauen wie Jane Fonda, und immer war alles groß vor Trauer und Trauma.

Sie fragte sich, was ihre Großmutter darüber denken würde. Über Jane Fonda und die Kriege, aber vor allem über ihre Enkelin, die hier lag und schon anderswo gelegen hatte. Ob die Großmutter fähig wäre, Worte für ihre Missbilligung zu finden. Beinah ein halbes Jahrhundert lag zwischen ihnen, das ließ sich nicht in allem überbrücken. Es gab Dinge, über die konnten sie sich nicht unterhalten. Die zeitgemäßen Formen von Liebe gehörten dazu. Trotzdem hatte Valerie das Gefühl, in einen Spiegel zu blicken, wenn sie einander im Häuschen am Stadtrand gegenübersaßen, Tee aus Tassen mit Goldrand tranken, hauchdünne Kekse mit Mandelsplittern aßen und alte Fotos anschauten. Die Fotos waren Valeries Kartografie durch die Zeit, die ihr aus dem Leben der Großmutter fehlte. Der schöne Großvater, der jung bei einem Arbeitsunfall in der Fabrik ums Leben gekommen war. Die Witwe mit ihren drei Kindern hinter der Primelrabatte vor dem kleinen Haus, wo auch Valerie in ihren ersten Sommern auf einer Decke gelegen und nach dem immer gleichen Plüschhasen gegriffen hatte, den die Großmutter heimlich alle paar Monate mit Stoff von einem alten Mantel ausbesserte. Und wenige Bilder von viel früher, als sie gestrahlt hatte, weil sie für kurze Zeit glaubte, dass das Schicksal sie mitten in eine große Stadt und in ein anderes Leben hinein katapultieren könnte. Eines, in dem sie nicht mehr alle Kleider selbst nähen und alle Strümpfe selbst stricken müsste, eines, das keine Heimarbeit bis tief in die Nacht hinein verlangen würde und in dem eine Flasche Öl nicht nur tröpfchenweise verbraucht werden dürfte. Ein Leben mit Reisen, Restaurants, Kinobesuchen und Kurkonzerten in den Pavillons an der Seepromenade. Ein Leben, dachte Valerie, wie meins. Vielleicht sogar mit

Amerika. Aber sicher nicht mit einem Lover ohne Liebe in einem lila Motelzimmer.

Sie flog zurück, flog über Chicago, von dem sie keine Vorstellung hatte. Sie freute sich auf Rom und Wien. Amerika begann zu verblassen.

»Schick mir ein Bild von dir«, sagte Ethan am Handy, »ich hab keins und vergesse zu schnell. Kenne ich dich eigentlich?«

Nein, dachte sie, tust du nicht. In Rom setzte sie sich in einen Passfotoautomaten, machte ein Einzelporträt, Rom steht mir, dachte sie und schickte das Bild per Luftpost in die kleine Stadt am anderen Ende der Welt. Noch eins würde er von ihr nicht mehr bekommen. Neun Tage später rief er sie wieder an, sie ließ ihn lange klingeln.

»Hast du schon einen Neuen?«, fragte er. »Ich hab ein Geschenk für dich! Gib mir eine Adresse!«

Sie dachte an Mondsteinschmuck und war gerührt.

Als sie zum vierten Mal in der amerikanischen Bar an der Via Veneto saß, fragte der Kellner: »Bist du im Urlaub?«

»Nein«, sagte sie, »ich bin Schriftstellerin.«

Hochstaplerin, dachte sie, wäre auch ein Beruf.

Als sie zwei Wochen später nach Wien kam, wartete in der Wohnung ihrer Gastgeberin ein Umschlag aus Pappkarton auf sie, darin lag ein Bild. Ethan hatte ihr römisches Automatenporträt abgezeichnet. Die Gastgeberin sagte: »Ist das von einem Kind? Hast du inzwischen eins, von dem ich nichts weiß?«

»Wo gibt es hier einen Starbucks?«, fragte sie zurück.

»Vis-à-vis vom Sacher. Da geht man aber nicht hin.«

Bereits in Rom hatte sich angekündigt, dass dieser Sommer wärmer werden würde als andere, jetzt war ein ungewöhnlich heißer Junitag, der Wind, der sonst durch Wien zog, hatte sich gelegt, die Gloriette hinter Schönbrunn ragte wie vergilbte Knochen in den Himmel. Sie fuhr mit der Straßenbahn bis zur Oper, bog in die Kärntner Straße ein, betrat das Café unter dem Logo der Meerjungfrau, bestellte sich einen doppelten Espresso auf Eis, der Barista war groß, blond, hatte grüne Augen, einen australischen Akzent und strahlte voll goldener Zuversicht. Gern hätte sie gefragt, wo kommst du her, wieso bist du hier, eine plötzliche Sentimentalität zwang sie zum Rückzug. Sie setzte sich unter den Deckenventilator und wählte Ethans Nummer.

»Hey«, sagte sie, »danke, ein schönes Bild.«

Sie blickte auf ihre Knie, sie waren nicht mehr bleich wie im April, ihr Kleid war hellblau.

»Ich werde bald meinen Job kündigen«, sagte er, »ich will endlich studieren und alles vergessen, was ich bisher gemacht habe, vielleicht eine europäische Sprache, wieso nicht Türkisch oder Portugiesisch? Dann könnte ich …«

»Eine schöne Idee«, sagte sie.

Er redete weiter, sie stimmte ihm gelegentlich zu und beobachtete dabei den Barista. Nach einer ihr angemessen scheinenden Zeit verabschiedete sie sich von Ethan und legte auf. Sie nahm einen Schluck von dem kalten, wässrigen Kaffeegetränk und griff zu einem Buch, das sie bei ihrer Gastgeberin gefunden hatte, eine Wiener Familiensaga, sie ahnte, dass ihre Geduld nur passagenweise reichen würde. Der Barista schaute in ihre Richtung, doch vielleicht erinnerte ihn bloß das Hellblau ihres Kleides an das Meer, irgendwo vor Australien, und an seine Freundin, die dort auf ihn wartete oder schon auf dem Weg nach Wien war. Sie stellte sich die beiden vor, in einer Wohnung im Alsergrund, es wäre die alte Portierswohnung in einem Palais neben der Strudlhofstiege, sie wohnten in einem ebenerdigen Zimmer zum Hinterhof hinaus, es gäbe eine Kochnische mit Dusche und eine Toilette im Flur hinter der Treppe. Die beiden würden sich lieben und glauben, es wäre für immer. Sie dachte an Ethan, an seinen Krieg, sein Schiff, seine Anhänglichkeit und Antriebslosigkeit. Sie fragte sich, ob er tatsächlich vor Kuwait Sprengsätze installiert und zwei Jahre auf See verbracht hatte. Ob sie am Ende nichts von ihm wusste außer seinem Job hinter der Kaffeemaschine, seinem Zeichenblock und einem Foto mit Hund. Sie starrte auf ihr Handy, Wehmut und Endgültigkeit, dachte sie, der Ausdruck gefiel ihr, sie hatte ihn irgendwo gelesen. Sie würde sich immer an diesen Moment erinnern. Er war besser als Mondstein. Mit einer Zartheit, die an Schmerz rührte, bewegte sie ihre Finger über die Tastatur und sperrte Ethans Nummer.

Dann stand sie auf, ging zum Tresen, dachte an ein durchgelegenes altes Metallbett im Alsergrund oder auch nur an eine billige Ikea-Matratze aus Schaumgummi, an die allgemeine Verfügbarkeit und Verführbarkeit des Menschen. Der Australier würde nur eine Kopie des Amerikaners sein, ein nettes Reisesouvenir wäre er allemal. Sie gab ihm zwei, höchstens drei Nächte, länger würde seine kerngesunde Attraktivität nicht reichen. Danach wäre sie wieder bereit fürs Büro. Die nächsten Jahre, die nächsten Liebhaber. Die nächsten Pausen. Alles war gut.

2
heute

Mama ist mit Anna zusammen. Und wieso? Weil beide mit Papa geschlafen haben. Mama hat mit ihm geschlafen, weil sie ein Kind wollte, ein Unternehmen, bei dem ich herausgekommen bin. Anna, weil sie mit Papa schlafen wollte, ein Unternehmen, bei dem nichts weiter als genau das herausgekommen ist. Und dann sind die beiden Frauen einander begegnet. Im Theater.

Luca war sich sicher, dass dies der ungewöhnlichste Beginn einer Mail war. Er hatte Malou versprochen, ihr zu schreiben. Nein, wenn er ehrlich war, hatte er ihr schon beinah damit gedroht, sie mit Nachrichten aus seinem Leben zu bedrängen. Weshalb er sich jetzt lieber Zeit ließ. Vor fünf Tagen hatte er sie mit seinem Geständnis verabschiedet, seit fünf Tagen fürchtete er ihre Antwort, er konnte sich allzu gut vorstellen, dass sie Nein sagen würde. Er hatte bis zuletzt gewartet, hatte sie zum 17-Uhr-Zug gebracht, sie hatten einander gegenübergestanden, sie hatte in einem fort von Stockholm erzählt und wie sehr sie sich auf ihre Freunde freute und dass sie gemeinsam eine Charta des aktiven Widerstands gegen fast alles erarbeiten würden. Sie hatte ihm das schon mindestens drei Mal erzählt, so gut kannten sie einander nämlich schon, dass sich bereits die ersten Wiederholungen in ihre Gespräche schlichen. Auf dem Bahnsteig wollte er die Hand nach ihren Locken ausstrecken, eine lose Wimper von ihrer Wange wischen und sich vorstellen, nie mehr ohne sie sein zu müssen, doch da pfiff der Schaffner, sie umarmten sich schnell und heftig, er versuchte, sich den Abdruck ihres Körpers auf seinem einzuprägen, dass ihr Haarschopf exakt auf seinem Schlüsselbein zu liegen kam und ihr Mund ungefähr auf der Höhe seines Herzens. Sie kletterte die Treppe hoch in den Wagon, drehte sich um, er nahm seinen Mut zusammen und rief: »Ich habe mich in dich verliebt!« Tat es einfach. In genau diesen wenigen Worten. Ihre Augen wurden weit, eine Röte flog über ihr Gesicht. Ihm blieb das Herz stehen. Bevor es wieder mit einem Sprung zu schlagen ansetzte. Er sah, wie sie erst nach ihrem Sitzplatz und dann nach ihm suchte, er winkte, sie winkte zurück, ein Lächeln brach über sie herein und dann über ihn, der Zug fuhr los, er rannte ihm nach, bis ihr Waggon außer Sicht war.

Seither arbeitete er an dieser verfluchten Mail. Gut, eigentlich wäre es an ihr gewesen, sich zuerst bei ihm zu melden, sein Geständnis war Aufforderung genug, aber er war sich sicher, dass seine Mailadresse nicht bis Stockholm überlebt hatte, wahrscheinlich hatte sie gedankenlos einen gebrauchten Kaugummi in den kleinen Zettel gepackt, und weg war er. Klar hätte er sie per WhatsApp kontaktieren können, doch er wagte nicht, den Knoten in ihrer Kommunikation derart zwanglos zu lösen. Erstens fühlte er sich nicht locker, zweitens war ihm das zu unmittelbar. Er wollte nicht mit einem elektronischen »Ping!« in eine Unterhaltung mit ihren schwedischen Freunden platzen, er wollte sich ihr in der Privatsphäre eines ordentlichen Postfachs zu Füßen legen. Mit einer Mail, die sie öffnen konnte, verfasst in einem Schrifttyp und in einer Größe, die er selbst bestimmte. Ruhig, schön und souverän sollte das wirken wie früher Briefe. Seine Mutter hatte ihm alte Liebesbriefe gezeigt, mit Briefmarken aus Italien und Griechenland, auf dickem oder dünnem Papier, von Händen geschrieben, die nichts durchzustreichen brauchten, und deren Buchstaben einen eigenen Willen und eine Gleichmäßigkeit hatten. Geile Kulturtechnik, hatte er gedacht. Retro in seiner feinsten Form. Er konnte das nicht. Wenn er einen Stift zur Hand nahm und mehr als eine Postkarte schrieb, flossen nur hässliche Krakel aufs Papier. Mit seiner ersten Mail an Malou musste ihm das Kunststück gelingen, ihre Aufmerksamkeit von mehreren übermenschlich engagierten, blonden schwedischen Klimademo-Hünen weg zu lenken, jedenfalls stellte er sich ihre Stockholmer Freunde so vor. Zuerst hatte er die Mail damit begonnen, dass er sie vermisste. Das klang, als wolle er klammern. Dann mit einer Schilderung seines Alltags in der neuen WG. Das war riskant. Sie kannte den Typen namens Alex, mit dem er jetzt zusammenwohnte, und schwärmte ein wenig für ihn. Schließlich entschied er sich für seine Mutter und ihre derzeitige Geliebte, das klang, als wäre er nicht nur in einem unkonventionellen, sondern auch in einem antipatriarchalen Umfeld aufgewachsen, und anti kam bei Malou auf jeden Fall gut an. Zudem waren Mama und ihre Anna durchaus ein Vorbild in Sachen Liebe.

Kennengelernt hatten sich die beiden Frauen nicht nur einfach im Theater, sondern »bei einem Gastspiel deines Vaters«, wie ihm Mama eines Nachmittags unter dem blühenden Kirschbaum im Garten eröffnet hatte, »*Hamlet.* Also, Papa spielte nicht den Hamlet, dafür war er zu alt.«

»Bloß das Vatergespenst«, hatte Anna beigefügt und ein heruntergewehtes Blütenblatt von Mamas Haar gestohlen, »das wohl akut unter Burn-out litt. Ein blasseres Gespenst hab ich noch nie gesehen.«

Luca hatte den beiden zugeschaut, hatte gesehen, wie sie in jedem Blick und jeder Geste aufeinander eingingen, wie sie zärtlich wirkten, obwohl sie einander nicht berührten, höchstens über die winzige Brücke eines Blütenblatts. Das kommt gut, hatte er gedacht, endlich kommt mal was gut. Genau so stellte er sich eine Zukunft mit Malou vor. Ein Windspiel hatte dazu im Baum geklingelt, und hauchdünne Zitronenscheiben senkten sich auf den Grund eines Krugs mit kaltem Wasser.

»Ich schau mich um in der Pause und denke: Wow, die Frau, die da aus dem Parkett kommt, gefällt mir«, ging die Geschichte von Mamas Seite her weiter.

»Ich sah, wie mich deine Mutter anlächelte und mich mit diesem Lächeln zu sich hinzog, ich konnte einfach nichts dagegen tun.«

»An der Bar hatte ich bereits zwei Gläser Wein bestellt. Ich drehe mich um, reiche ihr ein Glas und sage: ›Na? Was hältst du bisher von dem Abend? Dieser F.? Nicht gerade sein überzeugendster Auftritt heute.‹«

»Ich entgegne, ohne nachzudenken: ›Im Bett ist er echt besser als auf der Bühne.‹«

»›Das ist wohl wahr‹, gab ich zur Antwort, ›das ist wohl wahr.‹ Und sie: ›Du auch?‹ Und ich: ›Ja, mit nachhaltiger Wirkung.‹«

»Irgendwie«, sagte Anna, »kamen wir dann sehr schnell auf dich zu sprechen, dass du eines der fünf Kinder von F. bist, und schon waren wir beim nächsten Glas Wein. Noch nie hatte ich mich dermaßen schnell betrunken gefühlt, ich musste mich zusammenreißen, damit ich nicht sagte, was ich dachte, nämlich: Dir würde ich auch gerne ein Kind machen. Obwohl ich keinerlei Mutterinstinkte besitze!«

»Aber vielleicht Vaterinstinkte«, lachte Mama, »die zweite Hälfte ersparten wir uns, den Rest kennst du.«

So war es also gekommen, dass die beiden jetzt unter dem Kirschbaum saßen. Seine kleine zarte Mutter mit ihrem langen blonden Hippie-Haar, in dem sich das erste Grau wie Stahlwolle kräuselte. Und die ebenfalls blonde, größere Anna, die zugleich alterslos und antik wirkte, wie ein Ding aus Porzellan mit aufgemalten blauen Augen. »Als würden auf einem Vollmond zwei Veilchenfelder wachsen«, hatte seine Mutter in einem besonders innigen Moment gesagt, und Lucas Zehen hatten sich zusammengekrümmt vor lauter Peinlichkeit. Er hoffte von Herzen, die beiden noch lang zusammen unter dem Baum zu treffen, war sich aber nicht sicher, ob er Anna trauen konnte. Seiner Mutter traute er jedenfalls nicht, sie konnte es einfach nicht besser, sie verlor ihre Frauen schneller als ihren Schmuck. Nur konnte sie als Goldschmiedin den Schmuck immer wieder neu anfertigen, die Frauen nicht.

Schon oft hatte eine weinend in seinem Zimmer gestanden und ihn gefragt, was denn mit seiner Mutter los sei, ob er nicht mit ihr reden könne, er, der Neun-, Vierzehn- oder Siebzehnjährige. Er hatte schon nach dem ersten Mal genug, trotzdem ließ er sich darauf ein.

»Findest du es richtig, dass du nach drei Wochen mit Rina unangekündigt für einen ganzen Monat nach Thailand verschwindest?«, fragte er zum Beispiel.

»Ich muss! Ich hab eine Vision, ich brauch diese Saphire, weißt du, die dunklen, beinahe schwarzen, ohne die kann ich gerade nicht arbeiten. Und die find ich nur in ...«

»Ich weiß.«

Seine Mutter hatte sich mal wieder die winzige Edelsteinstadt im Osten Thailands vorgenommen, ein sicheres Zeichen dafür, dass ihr Rina oder wie sie heißen mochte nichts mehr bedeutete. Eine Reise in die Edelsteinstadt brauchte Zeit, führte ins Abseits der großen Touristendestinationen, seine Mutter würde nach Bangkok fliegen und zusammen mit ein paar Mönchen eine stundenlange Busfahrt auf sich nehmen. Beim Einsteigen erhielten alle eine Flasche Wasser, Tüten mit Durian-Chips und süße Küchlein, im Bus würde ein Hollywoodblockbuster zu sehen sein, *Iron Man* oder *Avengers*, vor den Fenstern hingen gelbe Spitzenvorhänge aus Plastik, die Mönche würden schlafen. Draußen zögen Palmplantagen und die riesigen Bassins der Garnelenfarmen vorbei.

Er wusste das so genau, weil sie ihn vor einem Jahr mitgenommen hatte, er war achtzehn gewesen und selten hatte er sich auf einer Reise so gelangweilt. Das heißt, nein, gelangweilt war falsch, selten hatte er sich so fremd gefühlt. Erstens, weil kein Mensch in der Edelsteinstadt Englisch redete. In den Restaurants tippten sie mit dem Finger auf Bildchen, im Hotel verständigten sie sich mit Gesten und Grimassen. Zweitens, weil der Trip reines Business bedeutete, tagelang streifte seine Mutter durch ungemütliche Ladenlokale, setzte sich an grell beleuchtete Klapptische, ließ sich von wechselnden Händlern Steine zeigen, die für ihn alle gleich und in der Masse ernüchternd billig aussahen. Und wenn ihr etwas gefiel, tippte sie eine Zahl auf dem Rechner ihres iPhones, ihr Gegenüber tippte eine andere, man wurde sich einig oder nicht. Gelegentlich kamen Frauen, nahmen kleine Plastiktütchen mit abgefüllten Steinen und einem Zahlungsvorschlag in Empfang, fuhren auf ihren Mopeds davon und kamen eine Stunde später wieder mit einem Nicken oder einer weiteren Zahl auf dem Tütchen zurück. Und obwohl er wusste, dass er den Botinnen sogar seine Kreditkarte anvertrauen und sie damit zum nächsten Geldautomaten fahren lassen konnte, hatte es etwas von Drogenhandel und Mafiageschäften, von geheimen Händlern im Hintergrund und gefährlichen Straßendeals und dazwischen sinistre Frauen mit Masken auf Mopeds.

Und dann fand sich da diese Dolmetscherin an der Seite seiner Mutter, die schön war und seit Jahren die gleiche. »Sie ist nicht nur die Dolmetscherin meines Herzens, sondern auch eine hervorragende Masseurin!«, hatte seine Mutter gesagt. »Du solltest ihr Studio besuchen, sie arbeitet in einem der alten Holzhäuser am Fluss. Damit du etwas lockerer wirst.«

Ein Massagesalon. In Thailand. War seine Mutter etwa eine Sextouristin? Er hatte genügend Männer auf dem Hinflug nach Bangkok beobachtet. Es gab die lauten, die sich betranken und T-Shirts mit den Tourplänen mieser Bands trugen. Es gab die stillen, angejahrten mit ihren ordentlich gebügelten Hemden. Die einen wollten ficken, die anderen wollten eine Illusion von Liebe. Und seine Mutter? Hielt sie sich in der Edelsteinstadt eine professionelle Geliebte? Woher hätte sie das Geld? Und wollte sie ihn jetzt etwa von dieser Prostituierten in die Kunst der Liebe einweisen lassen?

Er beschloss, sich das Studio am Fluss anzuschauen. Allein und heimlich. Als ob es für einen gut eins neunzig großen jungen Europäer leicht wäre, in einem thailändischen Altstadtviertel nicht aufzufallen. Und dies bei 39 Grad, einer Temperatur, die nur ihn nicht glücklich zu machen schien. Die Häuser waren über hundert Jahre alt und mit Schnitzereien dekoriert, eine Rarität jener Region, die Türen standen offen und gingen auf ebenerdige Räume, Küche, Wohn- und Schlafzimmer in einem. Oder Salons, deren Rückseite an den Fluss grenzte. Einer davon gehörte der dolmetschenden Masseurin, die an jenem Nachmittag gerade mit seiner Mutter unterwegs war, angeblich auf dem Juwelenmarkt, angeblich bei Verhandlungen. Doch was er durch die offene Tür sah, war beruhigend nüchtern. Zwei Betten standen nebeneinander, dazwischen weiße Vorhänge, auf einem Hocker eine Pyramide aus zusammengerollten Handtüchern, eine Tafel zeigte den Menschen und seine Muskeln, neben den üblichen Fotografien der Königsfamilie hingen gerahmte Urkunden. Erfolgreich zurecht geflickte Kunden hatten dem Salon auf Tripadvisor einen Excellence Award mit der Gesamtnote 4,9 von 5 möglichen Punkten verliehen. Eine Frau fegte den Boden.

Seine Schultern waren wirklich verspannt. Vielleicht sollte er tatsächlich einen Termin buchen, obwohl das etwas für tendenziell alte Menschen war. Für Mama zum Beispiel. Jenseits der vierzig war man einfach alt. Sein Mitbewohner Alex war schon mit Ende dreißig alt. Gebückter Gang, schwere Seele, das Gesicht eines depressiven Windhunds. Und wieso? Nicht weil er bald sterben, nein, nur, weil er bald erben würde. Nicht einfach Geld, sondern sehr viel Geld.

Nach alt gab es richtig alt. Papa war richtig alt. An den er in exakt diesem Moment vor dem Salon in der ostthailändischen Edelsteinstadt denken musste. Denn die ebenfalls richtig alte Frau vor ihm schaute vom Boden hoch und in seine Augen, es war ihm peinlich, sie so vor sich knien zu sehen, er verwandelte sich in der Hitze in ein riesiges, aufgeschwollenes weißes Tier inmitten einer bezaubernden Miniaturlandschaft und war in seiner unangebrachten Körperlichkeit seinem Vater plötzlich sehr ähnlich. Er hatte hier nichts zu suchen. Verzagt stieg er auf das Wrack eines Fahrrads, das seine Mutter dem Hotelpersonal abgeschwatzt hatte, obwohl es sich dabei nicht um Gästefahrräder handelte, sondern um Räder, die einzig dazu da waren, damit die Angestellten auf dem großflächigen Areal des

Resorts schneller vorwärtskamen. Seine Mutter hatte die Räder entdeckt und gefragt: »Bike? For me?« Ein Mann hatte sie ausgelacht, mehrere Männer hatten sie ausgelacht, doch sie hatte auf den Rädern beharrt, und jetzt war er froh. Er wollte ins Hotel zurückfahren, lesen, ein paar Runden im Pool drehen und vielleicht ein wenig fernsehen, er hatte schon den ersten Teil von *Lord of the Rings* auf Thailändisch gesehen und sich dabei wohlig betrunken gefühlt.

»Und? Hast du Steine gefunden?«, fragte er seine Mutter am Abend im Hotelgarten. Weiße Lampions wiegten sich wie fröhliche Babygespenster im Wind, sie tranken billigen thailändischen Whisky mit so vielen Eiswürfeln, dass sich nach wenigen Minuten nur noch aromatisiertes Wasser in ihren Gläsern befand. Was nett war. Sie aßen Wasserspinat und Pad Thai, das hier im Osten anders schmeckte als in Bangkok, die Nudeln waren dünner und die Sauce rot, das Gericht glich Spaghetti mit Tomatensauce und schmeckte säuerlich nach Tamarinde.

»Oh ja«, sagte seine Mutter, »schwarze Saphire. Wie aus dem Nachthimmel geschnitten. Die Leute werden mir die Stücke aus der Hand reißen.«

Nein, dachte er, die Leute würden sich Mamas Ringe wie immer an den Finger stecken und sagen: »Schwarzer Saphir? Sollte der nicht blau sein?« Es war hoffnungslos. Und ein irrer Aufwand, um eine unbedeutende Liebschaft loszuwerden. Mamas Geschäftstüchtigkeit war in jeder Hinsicht inexistent. Trotzdem überlebte sie. Weil sie Charme hatte und eine Begeisterungsfähigkeit, mit der sie die Leute niederstreckte. Wieso hatte sie ihm diese

Fähigkeit nicht vererbt? Wieso ausgerechnet das nicht? Seine Geschichte mit Malou wäre jetzt eine andere. Familie war etwas grundsätzlich Ungerechtes. Wieso hatte er statt des Charmes seiner Mutter bloß die Allergie seines Opas mit auf den Weg bekommen? Wieso ertrug er von allen Dingen, mit denen ihm die Welt den Mund wässrig machte, ausgerechnet Weizen nicht? Gab es etwas Demütigenderes, als in einem Restaurant zu sitzen, ratlos auf die Karte zu starren und die Kellnerin wie so ein Hipster-Opfer zu fragen: »Was außer Salat ist denn bei euch glutenfrei?«

Einzig das Geschäft mit Lucas Papa hatte Mama mit beeindruckender Zielstrebigkeit abgewickelt. Sie wollte einen Mann, der interessant genug war, der sie nicht mit Liebe, Vatergefühlen und anderen Sentimentalitäten belästigen, aber trotzdem zu seinem Kind stehen würde. Einen, auf dessen Alimente sie mit etwas Glück zählen konnte. Ihre Rechnung war aufgegangen. F. liebte seinen Sohn, jedenfalls, wenn man ihn daran erinnerte. Und Luca hing ähnlich sparsam an seinem Vater. Es gab Wochen, Monate, ja Jahre, da war ihm kein Mensch peinlicher als Papa. Ein Saurier aus dem Männermuseum, Vertreter einer Spezies, die man nur noch in der lichtlosesten Ecke der Tiefgarage des Vergessens parkieren konnte.

Als er klein gewesen war, hatte er sich gelegentlich einspannen lassen. Hatte Familie gespielt, war mit F. auf rote Teppiche gegangen, wenn dieser irgendeinem Tier in einem amerikanischen Animationsfilm seine deutsche Stimme geliehen hatte. Hatte sich von einer Stylistin in einen Anzug stecken und das Gesicht pudern lassen und mit seinem Vater am Anfang des Teppichs gewartet, bis sie vor den Fotografen posieren mussten. Unangenehm dekolletierte Journalistinnen hatten sich mit ihren Mikros zu ihm herabgebeugt und ihn gefragt: »Ist dein Papa zu Hause genauso lustig wie als tollpatschiger Tiger im Film?« Er hätte gerne gesagt, dass er Papa nie zu Hause erlebte, weil der da gar nicht lebte, und dass er keinen Tiger spielte, sondern bloß die Stimme des Tigers sprach und also höchstens so lustig wie diese Stimme war. Doch dies zu erklären hätte viel zu lange gedauert, weshalb er einfach sagte, wozu Papa ihm geraten hatte: »Ja! So ist er! Ein toller Papa. Ich bin stolz auf ihn.«

»Machst du das eigentlich gern?«, hatte er seinen Vater im Aufenthaltsraum hinter der Kasse irgendeines Kinos gefragt, wo sie zusammen mit der gelangweilten Synchronstimme des Kamels auf das Ende des Films warteten. Er hätte sich gerne zum Publikum in den Saal gesetzt und den Film geschaut, doch er spürte, dass es seine Pflicht war, Papa jetzt nicht alleine zu lassen.

»Ob ich das gerne mache?« Sein Vater schaute ganz leer, was er nur tat, wenn keine Kamera auf ihn gerichtet war. »Was glaubst du denn?«

»Ich glaube: nein.«

»Da hast du's. Aber schön, dass du dabei bist.«

Luca hatte das Bedürfnis, die Hand auf den Rücken seines Vaters zu legen, ihm mit seiner Kinderhand den Rücken zu stärken, doch da drehte sich die Kamelfrau zu ihnen um, und sein Vater wurde sofort zu jenem Wesen, das jedes Scheinwerferlicht mit doppelter Leuchtkraft zurückwarf. Wurde zu F., dem mondänen Blender, der mit der Welt von Luca und seiner Mutter nichts zu tun hatte. Mit ihrem Leben im verwitterten Fachwerkhaus, das unter Heimatschutz stand, das mit Holz geheizt werden musste, nur kaltes Wasser aus den Hähnen spie und an dessen niedrigen Türrahmen sich Luca in wenigen Jahren täglich den Kopf stoßen würde. Das Haus war unpraktisch, aber malerisch, die Kundinnen und Kunden seiner Mutter liebten es, die feenhafte Künstlerin in ihrem Atelier mit dem Kirschbaum davor zu besuchen und von ihrem Sohn einen Tee aus frischer Gartenminze angeboten zu bekommen.

Vaters Welt bestand aus großen unpersönlichen Hotelzimmern oder kleinen unpersönlichen Wohnungen, Luca hatte ihm aus Mitleid einmal zwei Tassen und zwei Teller selbst getöpfert, es brach ihm das Herz, dass Vater überall aus identischem Ikea-Geschirr essen musste. Beim nächsten Umzug hatte Vater sein Getöpfertes vergessen, und jetzt trank irgendein fremder Mensch aus Lucas Tassen mit dem Versuch eines Vogelmotivs und aß von den Tellern, auf die ganz klar Kirschblüten gemalt waren. Einen festen Wohnsitz hatte F. ebenso aufgegeben wie eine feste Beziehung, das heißt, alle paar Jahre glaubte er, jetzt die Eine gefunden zu haben, mit der er es länger als bis zu ihrem dreißigsten Geburtstag aushalten könnte, und aus Dankbarkeit oder Blödheit machte er ihr ein Kind.

Luca war das zweite von F.s fünf Kindern, und F. würde im September sechzig. Selbstverständlich mit einer großen Geburtstagsparty in einem Ostseebad, Luca würde sich weigern, hinzufahren, es würde wieder peinlich genug, mehrere People-Magazine des Fernsehens würden Beiträge bringen über den »Meistermimen«, den »Verführer einer Generation«, den »Mann schlechthin«, er konnte sich die Schlagzeilen vorstellen und die nervösen Frauen, die seinen Vater im Ostseebad heimsuchen und interviewen würden. Und er fragte sich, ob sich Mama angesichts der Testosteron-Breitseite, die Papa da auffahren würde, nicht vielleicht einen Moment lang wundern würde, wieso aus ihrem Sohn nicht genau so ein Mann geworden sei. Okay, nein, wenn er ehrlich war, musste er sich eingestehen, dass er wahrscheinlich der Einzige war, der sich darüber wunderte. Testosteron war nicht Mamas Kernkompetenz.

»Hast du das mit den Frauen eigentlich schon immer gewusst?«, hatte er sie mal gefragt.

»Nein, natürlich nicht«, hatte sie geantwortet, »wie hätte ich denn darauf kommen sollen? So was war kein Thema früher, so bin ich nicht erzogen worden.«

»Und dein erstes Mal war mit einem Mann?«

»Er hieß Eddy und fuhr das perfekte Motorrad. Ich habe es sehr geliebt. Einmal fuhren wir damit nachts auf der Autobahn, ich klammerte mich an seinem breiten Rücken fest, die Lichter überholender Wagen peitschten uns aus, es war total sexy, danach gab ich mich ihm hin.«

»Und dann?«

»Eddys Schwester hieß Johanna. Sie hatte perfekte Lippen. Die wollte ich haben. Und danach die ganze Johanna. Es war einfach. Viel einfacher als mit Eddy. Bei einer Frau weißt du, wo du hinfassen musst, was sie dabei spürt, das ist intensiv, das ist ...«

»Das reicht, danke. Du hattest also zwei erste Male, und das zweite erste Mal war besser?«

»Ja, das kann man so sagen.«

»Weiß Papa eigentlich, dass du gar nie was von ihm wolltest? Als Mann?«

»Nein«, hatte sie geantwortet, »er denkt, du wärst ein Kind wilder Liebe. Ich hab ihm gesagt, dass das mit ihm zu groß ist, dass es meine Welt sprengen würde, dass ich jetzt viel Ruhe für mich und mein Kind brauche. Und dass ich mit einer Frau an meiner Seite mehr bei mir selbst bin, nicht so neben mir wie mit ihm. Das hat er sofort verstanden.«

Logisch, hatte Luca gedacht. Seit Mama mit Anna zusammen war, hoffte er, dass Mama die Sache mit der *einen* Frau an ihrer Seite endlich wahrmachen würde. Also langfristig. Ihre grauen Haare waren ein sicheres Zeichen: Sie wurde alt, und er wollte nicht, dass sie ihren Lebensabend alleine verbrachte. Er mochte Anna. Im Gegensatz zu seiner Mutter, die als Schmetterling ohne Ortungssystem durchs Leben flatterte, schien Anna ein paar Dinge geklärt zu haben, hatte einen Job außerhalb des Prekariats und kannte überraschend viele Menschen, die zur praktischen Lösung allerlei Probleme beitragen konnten. Dank Anna hatte er sein WG-Zimmer gefunden. Gut, er hatte überhaupt erst wegen Anna ein WG-Zimmer gebraucht. Er selbst hätte es noch eine Weile mit seiner Mutter im denkmalgeschützten Fachwerk ausgehalten, sie hatten keinen Stress miteinander, doch seit es Anna gab, verbrachte diese viel Zeit im kleinen Haus, und Luca wollte die beiden nicht stören. Eines Tages erwähnte er beim Frühstück die

Idee einer WG und Anna sagte: »Ich kenn da einen, ich hab gehört, er hat sogar zwei Zimmer frei.«

Sie hatte ihm die Adresse von Alex gegeben, Luca hatte ihn gegoogelt, er schien irgendwie bekannt zu sein, ein promovierter Politologe, der schon öfter Interviews über den Umgang mit der neuen Rechten gegeben hatte und immer wieder explizit als *Beau* bezeichnet wurde. Sein Vater war ein umstrittener Verleger für Trash-Magazine gewesen, *Titten, Tattoos und Tragödien*, fasste Wikipedia sein Schaffen zusammen. Die Mutter war Modedesignerin, nicht für Haute Couture, sondern für Dinge, mit denen man richtig viel Geld verdienen konnte, Uniformen für Fluggesellschaften und Supermarktketten. Kein Mensch wusste, wieso ihr Sprössling so intellektuell geworden war. Auf Instagram fand Luca eine Frau, die einen Altar oder eher eine Crazy Wall mit bedeutenden Männern gebastelt hatte, Alex war dabei. Allerdings schien es sich bei der Frau nicht nur um ein Groupie, sondern um eine im höchsten Grad Geistesgestörte zu handeln. Trotzdem: Der Mann hatte Fans. Und weibliche noch dazu. Sogar Malou kannte ihn. »Superklug. Und superschön«, hatte sie gesagt, »beides mindestens hundert Prozent«, und ihn damit in einen Spiralnebel der Verunsicherung entsandt. Er fand sich zwar nicht hässlich, sein Spiegelbild bereitete ihm keine Komplexe, allerdings auch nicht das Gegenteil. Er hatte die braunen Locken und grauen Augen seines Vaters, die helle Haut und die Schmächtigkeit seiner Mutter, was er jetzt, als aufgeschossener Neunzehnjähriger lästig fand, was ihn jedoch später davor bewahren würde, fett wie Papa zu werden. Ein Wort wie »schön« hatte er für sich noch nie in Anspruch genommen. Männer waren nicht schön, Frauen waren schön. Anna zum Beispiel. Auf ihre alte Art natürlich. Und Malou. Ein Mädchen aus Frankreich. Was eigentlich schon alles sagte. Er hatte sie auf einer Klimademo kennengelernt. Sie waren zufälligerweise nebeneinanderher gegangen, sie hatte ein kleines Kind auf den Schultern getragen, das zu müde war und sein Transparent mit dem bekannten Spruch *There's no planet B* und einem ziemlich süßen, ziemlich melancholisch auf seiner letzten Scholle treibenden Eisbären nicht mehr hochhalten mochte. »Soll ich mal?«, hatte er gefragt. Und so kam es, dass er Kind und Eisbär durch die Straßen trug, beide hatten für ihn kein Gewicht, Malou und er redeten und redeten, das Kind war nicht ihres, es gehörte ihren Gastgebern, nach zwei Stunden lieferten sie es zu Hause ab, setzten sich in eine Bar, redeten weiter, und er war verliebt.

In den Tagen bis Stockholm hatte er ihr die Stadt gezeigt, den See, den steinernen Elefanten, der seit über hundert Jahren in einem Bach mitten im Wald stand und Wasser spie, die Aussicht vom höchsten Turm der Stadt und seine Lieblingsbar mitten im Rotlichtmilieu. Dass seine WG im Nachbarhaus lag, verschwieg er ihr, er wollte nicht, dass sie seinem superschönen, superschlauen Mitbewohner begegnete. Sie hatte ihn verwirrt mit ihrem Haar, das sie ständig aus den Augen pusten musste, ihrem Akzent, der die Welt weich zeichnete, und ihrem Duft, den er jetzt mithilfe des Kräutergartens seiner Mutter zu rekonstruieren versuchte. Am nächsten kamen ihr die zitronigen Verbenen. Er bedauerte, dass sie die Situation nicht einfach wie eine forsche Touristin auf Durchreise ausgenutzt hatte und alles zwischen ihnen frustrierend zart und vage geblieben war. Denn jetzt stand er da und hatte viel zu viele Interpretationsmöglichkeiten, von denen leider die wahrscheinlichste war, dass sie einfach nicht auf ihn stand. Weshalb er sich ihre Gunst erschreiben musste. Wenn nötig mithilfe von Mama und Anna.

Seit ihrer Abreise ging er jeden Tag um 17 Uhr auf den Bahnhof. Stellte sich auf den Bahnsteig, von dem aus ihr Zug die Stadt verlassen hatte. Inhalierte den metallischen Geruch der Gleise. Lernte das Angebot des Snackautomaten auswendig, aus dem sie zuletzt ein Snickers gezogen hatte. Spürte bei jedem Atemzug ein glühendes Ziehen, das an seinem Brustbein ansetzte und als Blitz nach unten schoss. Wartete, bis die ständig wechselnden Werbeplakate in der Leuchtbox wieder so nebeneinanderstanden wie im Moment, da sie ihm zuletzt zugewinkt hatte. Rechts eine Versicherungsgesellschaft, links die Ausstellung einer Fotografin, die blinde Menschen vor Bildern porträtiert hatte. Die beiden Plakate in der richtigen Ordnung wirkten auf ihn wie die Jackpotanzeige eines Spielautomaten. Er glaubte dann an die Möglichkeit von Glück. Sonst eher nicht. Sonst war er verzagt. Und suchte seit Tagen unentwegt nach Worten.

3
heute

Es war kurz nach neun, Valerie stand am Empfang des affigsten Hotels von Berlin, vor ihr ein junger Mann, eisblauer Anzug, silbrige Haare, Wimpern, Lippen. Sie schätzte ihn auf dreiundzwanzig, abgebrochenes Studium in Fashion Design, gescheitert am Theoriemodul »Die Semiotik der Saumlänge«. Sein Hobby: Influencer ohne Einfluss. Sein Traum: eine Castingshow für Jungdesigner zu gewinnen.

»Ist es möglich, hier einen Kaffee zu trinken?«, fragte sie.

»Leider nicht bei uns«, sagte er.

»Ich arbeite hier. Der Pressetermin. Um zehn.«

»Welcher denn? Film oder plastische Chirurgie? Für den Film gibt es einen Verpflegungsraum im sechsten Stock. Er öffnet in einer halben Stunde. Für die plastische Chirurgie beginnt gleich ein Champagnerempfang in der Beletage. Sie sind …?«, er schaute an Valerie vorbei und lächelte den Menschen hinter ihr entschuldigend zu. Sie wusste genau, was er dachte: Eine Journalistin, eine Jägerin und Lügnerin, Mitschuld an allzu vielem, was die Welt schlecht machte, die Gegenwart vergiftete, Vertrauen verwirkte. Vielleicht dachte er auch einfach nichts. Wahrscheinlich war er kein Denker.

»Film«, sagte Valerie, »und täusche ich mich, oder sitzen da zwei Damen an Ihrer Bar und trinken Cappuccino?«

»Das sind Hotelgäste oder Members. Haben Sie eine Membercard? Wenn nicht, müssten Sie sich draußen was suchen.« Der Mann machte eine ungeduldige Wischbewegung mit seiner rechten Hand, mit der gleichen Geste sortierte er auf Tinder Frauen aus oder Männer, und Valerie gehörte für ihn jetzt zu den erledigten Fällen.

»Wo genau ist draußen?« Sie hatte keine Eile.

»Gegenüber gibt es eine Konditorei.«

»Und danach darf ich mich mit meinem Coffee to go in die Lobby setzen?«

»Die Konditorei führt einen ansprechenden Außenbereich, unsere Lobby steht leider nur Hotelgästen und Herrschaften mit Membercard zur Verfügung.« Der glaziale Schimmer seines Anzugs wurde zu einem nervösen Flimmern.

»Wir sehen uns auf Tripadvisor«, sagte Valerie und ging.

Der Morgen war mild, es war ihr nicht schwergefallen, gegen fünf Uhr aufzustehen. Als sie den Flughafen erreichte, schienen die abhebenden Maschinen in flammendem Morgenrot aufzugehen, als sie selbst später an Höhe gewann, verwandelte die aufsteigende Sonne ein Wolkenband zu Gold. Sie machte ein Foto, und als sie in Berlin wieder Empfang hatte, schickte sie es an Teo. Sie vermutete ihn beim Frühstück, die Push Ups waren gemacht und sein Bart, dem er mehr Pflege angedeihen ließ als Valerie ihrem ganzen Körper, war mit einer Spezialschere gestutzt. Er antwortete mit einem Herz-Kuss-Emoji. Sie würden sich am Abend sehen.

Doch das war nun eine gute Stunde her, und jetzt stand ihr einer dieser Arbeitstermine bevor, die nichts brachten außer der Illusion, dabei gewesen zu sein. Hatte sie Lust darauf? Nein. Aber sie musste vorsichtig sein, sie war Mitte fünfzig, da wurde man in ihrer Branche gern entlassen und es gab für viele keine Rückkehr in den Job mehr. Deshalb nahm sie Termine wie diesen gelegentlich wahr, flog am gleichen Tag hin und zurück, absolvierte Dutzende von immer kürzer getakteten Interviews, fünf Minuten mussten reichen, es war schon lang nicht mehr möglich, sein weltberühmtes Gegenüber während einer halben oder ganzen Stunde innerlich an seinen einzig wahren Lieblingsort zu versetzen, nämlich auf die Couch des Analytikers. Valerie kannte genügend Kolleginnen und Kollegen, die sich geziert hatten und frühzeitig entsorgt worden waren, die sich jetzt auf schlecht gestalteten Medien-Blogs für Pensionisten tummelten und dort Verschwörungstheorien, Naturbetrachtungen oder dem Selbstmitleid frönten. Einer hatte sich bei der Müllabfuhr beworben und war abgeblitzt, da zu alt. Eine andere hatte eine Tierpension eröffnet und kämpfte gegen interne Epidemien. Man übergab ihr sein Kätzchen, fuhr weg und nahm es tot wieder in Empfang.

Sie überquerte die Straße, da war die Konditorei, und über ihr erhob sich neu und wuchtig eine Seniorenresidenz. Im Schaufenster sah sie auf Tortenspitze drapierte Baumkuchen, daneben sich selbst in der Scheibe gespiegelt, schon klar, dass der Hotelboy sie hierher geschickt hatte, der frühe Morgen rächte sich, sie sah zweifelsfrei älter aus, als sie war, fast so alt wie die Seniorinnen, die vor der Konditorei saßen und sich in Anwesenheit eines Pflegers selig mit Eiscreme bekleckerten. Kein schlechter Zustand, es war noch nicht halb zehn, die Sonne schien, das Eis schmeckte, danach vielleicht noch ein kleiner Likör und der Tag verdöste sich wie von selbst. Fordernde Dinge wie Leistung, Libido oder irgendeine andere Art gesellschaftlicher Satisfaktionsfähigkeit waren egal. Es gab gegen alles Medikamente, Gehhilfen und Windeln. Ein See dazu wäre schön oder ein Meer, vielleicht sollte sie selbst mal in Italien alt werden, da waren Eis und Alkohol besser und alten Frauen brachte man einen Rest an Respekt entgegen. Sie holte sich einen Kaffee im Pappbecher und ein Mandelhörnchen, bedankte sich bei der adrett in Rosa gekleideten Verkäuferin und schlenderte die Straße entlang. Die Residenz umfasste mehrere Hausnummern, im Erdgeschoss fanden sich Geschäfte, auf die Konditorei folgten ein Schuster, eine Hutmacherin und ein Atelier für Bilder und Rahmen, und obwohl die Residenz erst vorletztes Jahr eröffnet hatte, waren die kleinen Läden auf alt gemacht, Farbe splitterte von den Eingangstüren, an den Wänden klebten altmodische Tapeten. Valerie stopfte die vom Mandelhörnchen klebrig gewordene Papierserviette in ihre Tasche, betrat das Atelier und fand sich einer zarten Dame mit weißem Haar gegenüber. Sie konnte siebzig oder neunzig Jahre alt sein, sie trug eine ähnliche Uniform wie die Konditorin, jetzt in Lila und etwas substanzieller, eher ein Kostüm als eine Schürze.

»Wie kann ich Ihnen helfen, gnädige Frau?«, sagte sie und lächelte, und dieses Lächeln verwandelte ihr auf den ersten Blick annähernd glattes Gesicht in eine Weltkarte aus Faltenwürfen.

»Darf ich mich umschauen?«

»Selbstverständlich«, sagte die Dame, »besuchen Sie Angehörige?«

»In der Residenz? Nein. Ich habe gleich einen Termin. Im Hotel.«

»Ach, im Hotel, ja, da gehen erstklassige Persönlichkeiten ein und aus ... Wenn es sich nicht um Angehörige handelt, kann ich Ihnen außer einmal Umschauen leider nichts bieten.«

Ob Angehörige die Membercard zu dieser Boutique waren? Die Wände hingen voller Bilder, sie waren nach Jahrzehnten geordnet, das umfassendste waren die Fünfziger, Valerie sah Badende am Wannsee, Werbeplakate für die ersten Mallorca-Reisen, Glühbirnen und Waschmittel, sah die Hollywoodstars jener Jahre und mindestens zwanzig Mal die unvorteilhaft kieferstarke Romy Schneider als Sissi.

»Angenommen, ich würde Angehörige besuchen, was wäre dann?«

»Ach so, Sie kennen unser Programm gar nicht? Vielleicht haben Sie schon von diesen besonderen Einrichtungen für alte Menschen gehört.«

Valerie dämmerte es. Kulissendörfer für Demenzpatienten, die in eine Zeit versetzt wurden, in der sie sich noch zurechtfanden. Zurück katapultiert in eine Lebensphase, in der vieles Sinn machte.

»Mein Geschäft ist so was wie eine Bibliothek«, sagte die Dame, »für Bilder, nicht für Bücher. Die Leute kommen, schauen sich um, etwas weckt ihr verschüttetes Erinnerungsvermögen, es ist eine Art Gehirnmassage, eine sanfte, visuelle Reaktivierung. Aber hier leben? Nein danke«, fuhr die Dame fort, die Residenz sei ein gut gemeinter, allerdings unbeholfener Versuch, sie selbst würde sich um einen Platz in Dänemark bewerben, da gäbe es Weihnachtsbäume das ganze Jahr über und Kinos, die immer nur Hitchcock und Doris Day zeigten.

Valerie verabschiedete sich und trat nach draußen, selbst die Sonne fühlte sich an, als schiene sie auf ein Jahr weit abseits der Gegenwart. Sie fragte sich, welche Bilder dereinst bei ihr unmissverständlich Glücksgefühle triggern würden. Auf keinen Fall Idylle, Idylle machte sie aggressiv, auf jeden Fall dunkle Keller, die Böden glänzend von Bierlachen und von Schweiß, der kondensiert von der Decke tropfte. Frauen in schwarzen Lederhosen und weiten, schulterfreien T-Shirts, die am Körper klebten. Auf den Wangen schwarze Mascara-Krumen. Lipgloss, der nach Himbeersirup schmeckte und auf Gläsern schmierte. Beißende Ausdünstungen. Besonders von den Schuhen der Jungs. Ein Ammoniakgeruch, als würden sie durch Kotze waten. Unfassbar, wie schlecht damals alle gerochen hatten. Sie auch. Und wie gut das beim Sex gewesen war. Jeder Koitus ein Fest aus Begehren und Gärprozessen, aus irrster Gegenwart und irritierender Vergänglichkeit. Was nicht erstaunte bei dem Quatsch, den sie damals für Körperpflege hielten. Kristalldeos zum Beispiel. Der größte Schwachsinn der Hygienegeschichte. Direkt aus der Steinzeit importiert und noch nutzloser. Wenigstens hatten die das Rad erfunden. Ein Kristalldeo konnte genau nichts. Und dann hätte sie gerne noch ein paar gewöhnliche Kugelschreiber. Oder wenigstens das Bild eines Kugelschreibers. Schwarzes Plastik, in der Mitte ein feiner silberner Ring. Mit dem Schaft, durch den die Mine aufs Blatt stieß, ließ sich besser koksen als mit jedem Geldschein. Zudem sah es eleganter aus. Ob es in der Residenz Kokain gab? Sie freute sich auf unbegrenzten Drogenkonsum im Altersheim. Eine der erstrebenswertesten Vorstellungen, die man als Mensch haben konnte. Und darauf, noch einmal alle Serien zu schauen, die sie früher gemocht hatte. Aberhunderte von Stunden. Die ihr im Falle eintretender Demenz alle wie neu vorkommen würden. Ohne wahrscheinlich auch. War der Mensch nicht eine Maschine aus Vergessen und Verdrängen? Und wieso dachte sie ausgerechnet jetzt an Kokain, obwohl dies nie wirklich wichtig für sie gewesen war? War sie bereits getriggert?

Am prägendsten, hieß es, waren Erlebnisse aus der Zeit zwischen dem zehnten und dreißigsten Lebensjahr. Wo war sie da gewesen? In der Schule, der Pizzeria, dem Irish Pub, bei der Großmutter, in dem einen Jeansladen, wo sie wochenlang die Preise verglich, bevor sie es wagte, all ihr Geld für eine einzige Hose auszugeben. In den Küchen der besetzten Häuser, den illegalen Bars, einem Bett in einem Haus, die Vorhänge zugezogen, aprikosenfarbig, in immer weiteren Betten von weiteren Städten, in Hörsälen, bei Demonstrationen, irgendwann in der Redaktion, und da hatte das Leben begonnen, dem sie bis heute treu war. Waren ihr Freunde aus jener frühen Zeit geblieben? Nein. Sie würde mit niemandem über ein gemeinsames Früher reden können, nur über ein kollektives, synthetisches, eines, das ein Ort wie die Residenz gerade im Angebot führte. Und was war eigentlich mit all den Jahren nach dreißig? Wären die einfach gelöscht? Umsonst gelebt? Vielleicht sollte sie sich zur Sicherheit schon jetzt öfter an alles erinnern, was seit damals geschehen war. An den amerikanischen Liebhaber zum Beispiel. Gegoogelt hatte sie ihn bereits und nichts gefunden, er schien ein Mensch ohne digitale Spur zu sein. Sie könnte eine dieser Internet-Suchmaschinen auf ihn ansetzen, mit denen die Amerikaner einander überwachten. Könnte recherchieren, ob er überhaupt noch lebte. Und was war mit Teo? Nichts. Teo war nicht Vergangenheit. Teo war noch frisch. Teo gab es erst seit zweieinhalb Jahren. Ein Liebhaber. Mehr nicht. Der ihr ganz unerwartet zugelaufen war.

Und da war F. Ausgerechnet der anmaßende, laute, selbstverliebte F. Die Geschichte ihrer Freundschaft war schlicht: Sie hatten sich ein paar Jahre nach ihrem Zusammenstoß beide durchgesetzt, er als Schauspieler, sie als Journalistin, hatten bleibende Eindrücke hinterlassen. Sie war nicht mehr auf die Idee gekommen, ihn niederzuschreiben, und er nicht, sich beim Chefredakteur über sie zu beschweren. Sie waren sich wieder und wieder über den Weg gelaufen, hatten geredet, getrunken, er hatte geflirtet, sie hatte ihn mit Vergnügen auflaufen lassen. Und plötzlich hatte sich der Freund aus der Gestalt des schillernden Bekannten geschält, plötzlich hatte F. begonnen, sich nicht nur um sich, sondern auch um sie zu kümmern, es hatte sie überrascht und gefreut, sie kannten einander schon lange, es war, als hätten sie eine späte Geschwisterliebe entdeckt.

F. ließ sich jetzt gerne bei ihr gehen. Kam zu ihr nach Hause, wenn er in der Stadt war, legte sich auf ihr Bett und schlief für ein paar Stunden ein, »in einem richtigen Zuhause, nicht in einem blöden Hotel«, wie er sagte, und: »Vally, weißt du eigentlich, wie ruhig es bei dir ist?« Nein, wusste sie nicht. Der Manager in der Wohnung über ihr besaß einen Hund und einen Saugroboter und mindestens einer von beiden war immer in Bewegung. Das alte Paar hinter ihrer Schlafzimmerwand hörte kaum mehr was und stritt sich deshalb umso lauter. Und die Bars, die in den letzten Jahren überall eröffnet hatten, klangen, als müssten sich sämtliche Nachtfalter dieser Stadt kreischend der letzten Lichtquelle entgegenstürzen, kurz bevor die Welt an sich selbst verglühte. Valerie lebte jetzt in einem *vibrierenden Trendquartier*, einem *Leuchtturm progressiver Stadtentwicklung, quirlig, freakig, aufgehippt*, wie ihre eigene Zeitung schrieb, in einem Hysterodrom des gehobenen Freizeitvergnügens, und sie hasste es. Hasste die Models, die mit einem veganen Burger, aus dem ein Rinderblutimitat aus Tomatensaft tropfte, vor ihrem Haus für Instagram posierten. Hasste die heiteren Pastellfarben, in denen die Fassaden der einst von Abgasen und Ruß eingeschwärzten Gebäude jetzt strahlten. Hasste alle Touristen, die ausriefen: »Oh ma God, this looks like Paris!« Valeries Wohnung galt jetzt als *Traumimmobilie*. Und Valerie selbst fühlte sich zu alt für all dies. Sie verfluchte sich dafür, dass sie das Häuschen ihrer Großmutter am Stadtrand nach deren Tod verkauft hatte. Aber sie liebte nun mal einfach die Stadt und nicht deren Rand. Dort begann eine undefinierte Gegend, die dem Landstrich glich, wo Valerie aufgewachsen war. In einer Ortschaft ohne Zentrum und Seele im Schatten einer Industriezone, die einem ausgelutschten Kaugummi gleich über der Landschaft lag, auf der einen Seite vom Schienengespinst der Güterbahnanlage, auf der anderen von einer Autobahn gesäumt.

Als sie Kind war, hatten alle Väter einen ähnlichen Job, alle Mütter ähnliche Hobbys, alle Einfamilienhäuser ein identisches dunkles Giebeldach über schmucklosen weißen Mauern. Die Wohnzimmer dahinter waren gern mit Reisesouvenirs dekoriert, die verkitschten Penisschnäbel des venezianischen Karnevals waren besonders beliebt. Dafür war es dort zu jeder Tageszeit totenstill. Es gab keinen Unterschied zwischen den Kieswegen auf dem Friedhof und den Straßen vor den Einfamilienhäusern. Solide Hausmauern und Thujahecken dämmten jeden Laut. Selbst das Zwitschern der Vögel war weitgehend ausgelöscht, die trotz Übergewicht erstaunlich wendigen Hauskatzen hatten dafür gesorgt.

Daran musste Valerie denken, als F. ihr Zuhause ruhig nannte.

Aber sie wusste, was er meinte, die Heimatlosigkeit seines Jobs, der inwendige Lärm der Ratslosigkeit, die brutale Betriebsamkeit, die ihn für Wochen, Monate vereinnahmte und in der es kein Stillstehen gab. Sie hatte ihn einmal auf einem Dreh besucht und gestaunt, wie eng dort alles war, das Räumliche, das Zwischenmenschliche, wie sich alle pausenlos anfassten, küssten, massierten, jede Minute miteinander verbrachten, auf dem Set, beim Essen, abends auf dem Studiogelände, wo sie alle auch wohnten, die einen in einem Gästehaus mit Mehrbettzimmern, die etwas Glücklicheren in kleinen Wohnwagen. Alles befand sich in Reibung, war ein pulsierender Klumpen aus Menschen, die in kurzer Zeit eine Gemeinschaft werden und eine auf der Leinwand überzeugende Intimität behaupten mussten.

»Wie oft verliebt ihr euch eigentlich auf der Arbeit?«, hatte sie ihn eines Abends gefragt, nachdem er sich bei ihr ausgeschlafen hatte.

»Meinst du mich oder andere? Ich würde sagen: immer. Alle.«

»Und damit lässt sich leben?«

»Gehört zum Job. Geht vorbei. Bis zum nächsten Mal.«

»Tut das nicht weh?«, fragte sie und stellte sich vor, wie es wäre, sich unentwegt ein wenig zu verlieben. Wie ausgelaugt sie schon nach ein paar Monaten wäre, wie die darauffolgende Leere sie immer mehr aushöhlen und immer bedürftiger zurücklassen würde.

»Scheißweh.« F. verlor für einen Moment die Kontrolle über seine Stimme, sie wurde leiser und heiser.

Sie saßen in ihrer Küche, tranken Wein und schauten den minderjährigen Dealern im Hinterhof zu, wie sie ein Schachtgitter anhoben, ihre Ware mit unauffälligen Fäden an der Unterseite montierten und die kleinen Päckchen in der Dämmerung unter dem Rost verschwinden ließen.

»Müssten wir nicht was sagen?«, fragte Valerie. »Ist das nicht unterlassene Sorgfaltspflicht, wenn die auffliegen?«

»Nö. Uncool. Typisches Boomerverhalten.«

»Und wenn das eins deiner Kinder wäre?«

»Ist es aber nicht.«

»Liebst du sie eigentlich? Deine Kinder?«

»Klar. Als ich Luca zum ersten Mal im Arm hielt, da dachte ich, okay, sollten wir uns jemals in einem brennenden Haus befinden, täte ich alles, um ihn zu retten.«

»Wie denn? Indem du die Feuerwehr gerufen hättest?«

»Apropos Love«, sagte er, »lern ich deinen Toyboy endlich mal kennen? Die Sache gefällt mir. Nicht dein übliches Jagdrevier. Oder wann hattest du deinen letzten Milieuwechsel?«

»Und du?«

»Andauernd! Lucas Mutter? Eine echte Handwerkerin! Gut, wir kannten uns nur ein paar Nächte, dennoch hab ich alles gesehen: Edelsteine, flüssiges Gold … Vally, so was ist wichtig für Leute wie dich und mich! Nicht immer nur Medien und Kultur und so. Das ist Inzest. Einer wie dein Getränkeheini ist doch mal wieder was Reales, kein Betriebsfleisch. Weißt du, ich und du – unsere Jobs verdammen uns doch zu einem Leben auf der Metaebene!«

Er hatte recht. Sie schrieb Geschichten aus den Leben der anderen, verwandelte die Essenz ihrer Schicksale in Leserzahlen. Er spielte erfundene Männer, Prototypen, Archetypen, den Arzt, den Direktor, den Mafiaboss, den Minister, den Liebenden. Letztes Jahr hatte er sich als Hitler wieder ganz nach oben gespielt.

»Metalle, Steine, das uralte Handwerk der Schnapsbrennerei dagegen«, fuhr F. fort, »der Destillation, der Kräuterkunde – so was ist elementar! Ich schwör dir, das macht nicht zuletzt den Sex besser. Da fühlst du dich gleich geerdet, verbunden mit Kreation und Kreatur!«

»Was spielst du als Nächstes? Einen Esoterik-Vogel auf Goa? Der Toyboy ist Händler. Kein Zimmermann, kein Bauer und töpfern tut er auch nicht. Ein Glück.«

»Trotzdem.«

»Trotzdem was?«

»Vally-Baby, ich will dir wirklich nicht zu nahe treten, alle Vorteile sind auf seiner Seite. Die Jugend. Das Geld. Trotzdem verharrt er geradezu starrsinnig in deinem Leben. Faszinierend.«

Sie hätte F. gerne bis zuletzt behalten. Doch F. war ein Mann. Sollte die Biologie ihr statistisch korrektes Werk verrichten, würde Valerie ihn längst verloren haben, wenn sie einmal ihr Zimmer im Demenzheim bezog. Wahrscheinlich wäre sie als Demenzpatientin lächerlich. Eine alte Schachtel, deren gichtige Hände fleckig wären von den missglückten Versuchen, ihre Haare schwarz zu färben. Wenn sie sich denn überhaupt noch im Spiegel wiedererkennen würde. Sie hatte von schweren Fällen gelesen, die sich nur noch in Räumen ohne Spiegel aufhalten konnten, weil sie über sich selbst zu sehr erschraken. Dagegen erkannten sie sich auf alten Fotos und bildeten sich ein, noch genau so auszusehen. Valerie wäre wohl völlig verwahrlost, die Haare eine Wolke aus grauem Filz, das Kinn ein stacheliger Bart, Trauerränder unter den Nägeln, Punk auf den Kopfhörern, Bilder von Blondie und Madonna im Zimmer.

Anderen würde es ähnlich gehen, und alle wären zufrieden, die erlöschenden Lämpchen wieder angeknipst, wenn auch nicht in der Gegenwart. Männer würden von ihrem ersten Militärdienst erzählen, Frauen von der Geburt des ersten Kindes, sie hätten gerade einen Job ergattert, ein Auto zu Schrott gefahren, barfuß zu einer Jukebox irgendwo in Italien getanzt, geküsst, gelitten, das Herz von den sieben Schwertern der ersten Liebe durchbohrt. Und was, wenn die intensivsten Gedächtnisorte von früher keine freundlichen gewesen waren? Schartige Felsen, an denen jedes Bemühen, sich zu erinnern, voller Schmerz zerschellen musste? Es gab keine Garantie auf Glück, weder nach vorwärts noch nach rückwärts. Und vor allem musste sie zugeben, dass sie von Demenz bloß eine Vorstellung, nicht wirklich Kenntnis hatte. Noch nicht. Alles ließ sich recherchieren. Das war ihr Job.

Sie ging zurück ins Hotel, der silbrige Idiot schaute ihr besorgt entgegen, wahrscheinlich dachte er an ihre Drohung mit Tripadvisor. *Ein gutes Beispiel für ein schlechtes Hotel: Der Roboter am Empfang sieht einem Menschen tatsächlich täuschend ähnlich. Doch dann beginnt er zu reden und alles wird zwecklos. Vorschlag: umgehend entsorgen.*

»Madame!«, rief er ihr nach. »Haben Sie einen Kaffee bekommen? Ihr Termin beginnt in wenigen Minuten in der Luxorsuite im …«

»… sechsten Stock, ich weiß.«

Sie fuhr hoch, bestätigte ihre Anwesenheit und wurde in die Suite geführt. Vor dem Fenster lag die Residenz, sie nahm Platz, startete die Sprachmemo-App, und alle paar Minuten wechselten die Menschen im Sessel vor ihr. Endlich kam die junge Schauspielerin, auf die alle warteten, das kurze Haar strähnig ins Gesicht gekämmt, Ringe unter den Augen, eine zerrupfte kleine Amsel, Massivschmuck, der auch als Fahrradschloss getaugt hätte, Bikerboots, ein geschätztes Vermögen von 78 Millionen Dollar. Statt sich zu setzen, trat sie ans Fenster. Valerie stellte sich neben sie, beide schwiegen, die raren Minuten zerrannen, draußen schob ein Paar einen Kinderwagen an den Auslagen der Residenz vorbei, die beiden konnten kaum volljährig sein, ihr ganzes Leben kostete wahrscheinlich weniger als das Fahrradschloss.

Eine Aufsichtsperson räusperte sich, die Schauspielerin wandte sich Valerie zu, sagte mit aufgerissenen Augen: »Oh, sorry! Ich habe alles vergessen, gewiss wollten Sie mich was fragen?«

Ja, dachte Valerie, zum Beispiel: »Rauchen Sie gerne? Ich hätte Zigaretten für zwei und draußen scheint die Sonne!«

Und die Schauspielerin würde sagen: »Eine wundervolle Idee!«

Zusammen würden sie auf dem Gehsteig vor dem Hotel rauchen, das normale Leben würde an ihnen vorbeiziehen, Menschen mit schiefen Biografien, die kleine Amsel hätte sich eine Sonnenbrille aufgesetzt und würde von niemandem erkannt, höchstens von einer einzigen Seniorin, deren Enkelin oder gar Urenkelin sie schon allzu oft mit der Litanei ihrer Idole ermüdet hätte. Valerie würde fragen: »Wovon träumen Sie?«

»Von Schnee«, würde die andere sagen, »der fällt so gut wie nie auf Hollywood.«

»Treiben Sie Wintersport?«

»Kennen Sie meine Beine? Wissen Sie, wie hoch die versichert sind? Wintersport ist mir vertraglich untersagt.«

»Millionen lieben Ihre Beine. Und Sie?«, fragte Valerie in Gedanken weiter.

»Ich auch. Sie sind wundervoll. Als würden sie nicht zu mir gehören. Ich könnte sie essen.«

»Wovor haben Sie Angst?«

»Davor, dass der Tod zu spät kommt. Wenn ich gar keine Sehnsucht mehr nach ihm habe. Jetzt denke ich oft, was, wenn der Tod die Liebe meines Lebens ist?«

Na, wenn er das wirklich ist, setz ich doch zur Sicherheit schon mal einen Nachruf auf dich auf, dachte Valerie und verlor sich vollends in einer beglückenden Träumerei. Sie liebte Nachrufe. In einem Nachruf rundete sich das Leben eines Menschen zu Literatur, hatte Anfang und Ende, eine Konsequenz. Und nichts konservierte das Andenken nachhaltiger als ein schockhaft junger Tod. Das möglicherweise bald bevorstehende Ableben der kleinen Amsel ergriff sie.

»Die Zeit ist gleich um«, unterbrach sie die Aufsichtsperson, »eine Frage noch.«

»Wieso spielen Sie eigentlich so häufig in Filmen mit paranormalem Personal? Hexen, Vampire, Werwölfe, Zombies?«, fragte sie und hoffte auf eine Antwort wie »weil selbst das schaurigste Monster gütiger ist als der beste Mensch. Wer erschafft Monster? Doch immer nur der Mensch, denken Sie an Frankenstein, an künstliche Intelligenz, an …«

»Keine Ahnung«, sagte die Schauspielerin und schaute Valerie hilflos an, »das ist eine Sache der Nachfrage, nicht?«

Sie beschloss, all das zu schreiben, die eigene Fantasie und die elende Banalität der Wirklichkeit, sie würde noch einen ährenförmigen Abdruck des Fahrradschlosses auf dem Hals der jungen Frau dazu erfinden, obwohl, wenn sie genau darüber nachdachte, war er vielleicht tatsächlich da gewesen, es würde ein schwebendes, melancholisch ausfransendes kleines Aperçu werden über einen Superstar, dessen größtes Glück der ungestörte Blick aus einem Hotelfenster war. Allerdings hatte sie schon Dutzende solcher Artikel geschrieben, mit dem Rauschgold der Rhetorik verbrämte Nebensächlichkeiten, sie konnte das im Schlaf. Früher war alles neu gewesen, wenigstens ein paar Hundert Artikel lang, dann setzte die Routine ein. Früher war sie agil, ambitioniert und überarbeitet gewesen. Jetzt fühlte sie sich ausgeleiert. Zudem stieß sie auf der Suche nach Informationen immer öfter auf eigene alte Texte, die besser waren als ihre heutigen. Sie wurde zu ihrer eigenen Selbstversorgerin. Die Wiederholungen häuften sich. Es war ein Zustand, in dem sie mühelos bis zur Rente weitermachen konnte, ihr Chef hatte nichts Besseres verdient. Ihr Publikum schon. Im Grunde war es Zeit zu gehen. Valerie wusste bloß nicht, wohin.

Gegen 15 Uhr ging ihr Rückflug, sie wartete unter Deutschen, Russen und Babys, alle waren insgesamt zu laut, die Deutschen, weil sie in einem fort recht, die Russen, weil sie

Spaß und die Babys, weil sie Hunger hatten. Wenigstens stank niemand. Das hier war kein Easyjet-Flug zum Ballermann, das war ein normaler Flug in eine hochpreisige und hochwertige Finanz- und Kulturmetropole. Da stanken die Leute nicht und wussten verlässlich über die Existenz der magischen grünen Pillen Bescheid. Sie selbst hortete die Kügelchen aus Chlorophyll an allen möglichen Orten, zu Hause, in der Redaktion, in ihrer Handtasche. F. hatte ihr dazu geraten. »Vally-Baby«, hatte er eines Tages gesagt, »du weißt, ich liebe jedes Wort aus deinem Mund. Aber Kaffee, Nikotin und der Magen einer Schreibtischdiva, die sich von Sushi ernährt? Nicht gut! Darf ich dir einen alten Schauspielertrick verraten?« Es war ein peinlicher, irritierend intimer Moment in ihrer Freundschaft gewesen, sie war ihm dankbar.

Sie studierte die Hinweise der Flughafenfeuerwehr an der Wand, war vom Wort *Löschschlauch* gefesselt, von den sieben aufeinander folgenden Konsonanten. Beobachtete ein Paar, der Mann glich ungebackenem Toastbrot, blasenartig stiegen Begriffe wie *Mittelwert-Varianz-Optimierung* und *Zentraltendenz* aus seinem Mund, »vertrau mir«, sagte er, »in einem Jahr ist dein Passiveinkommen auf 20000«. Die Frau war drahtig, spielte mit ihrem Haar und begegnete seinen Worten mit Beflissenheit und Zustimmung. Vielleicht machte sie Kampfsport. Träumte davon, den Toast mit ihrer ultraharten Faust zu Brei zu schlagen. Und er? Lag hinter seiner Fassade aus Nichts irgendwas? Eine Obsession? Ritzte er sich heimlich das Logo seiner Bank auf die Innenseite seiner Schenkel? Besaß er ein besonders maskulines Accessoire, einen Kugelgrill zum Beispiel? Jeder Löschschlauch war interessanter als die beiden. Duschschlauch hatte übrigens die gleiche Konsonantenstellung. Ebenfalls verhaltensauffällig waren Deutschschweiz und Borschtsch. Die brachten es sogar auf acht.

Sie holte sich einen Sekt am Tresen des kleinen Gate-Cafés, staunte über die teure Kaffeemaschine, ein Spitzenprodukt des Gastronomiebedarfs, eine Artemisia Nera, eine zweigruppige Siebträgermaschine mit Chronometer und Hochleistungsrotationspumpe. Woher sie so was wusste? Von Teo, sie kannte das Gerät aus Bars, die er belieferte. Früher betrieb man damit wahrscheinlich Dampflokomotiven, heute brühte man bloß Kaffee. Neben der Kasse fanden sich glutenfreie Haselnussmuffins, ein geradezu amerikanischer Fortschritt, dachte sie, sie war das von deutschen Flughäfen nicht gewohnt. Allerdings lauerten daneben weiterhin diese halbierten, mit zu viel Käse und Schinkenwürfeln überbackenen Croissants, Skulpturen aus Fett und Salz, Beschwichtigungsessen, seit jeher dazu da, augenblicklich jede Art von Leere und Bedürftigkeit zu vernichten. Vermutlich waren sie für schmerbäuchige Wirtschaftswunderpapis erfunden worden. Sie hatte früher selbst gern dazu gegriffen, doch Teo hatte gesagt, sie sähen aus wie eingetrocknete Kotze und seien wirklich nicht mit den Genussfibeln der Hedonisten von heute vereinbar.

Im Flugzeug nickte sie ein, träumte, sie stünde auf einem Ellipsentrainer, war wie verwachsen mit den Gelenken und Stangen unter ihr, die Bewegung hatte mit Gehen nichts zu tun, es war eher wie Strampeln im Weltraum. Vielleicht fühlte sich so ein Baby, das in einer Raumkapsel geboren wurde, sie hatte das mal im Film gesehen, das Baby war auf dem Weg zu einem fernen Planeten gezeugt und geboren worden, sein Leben musste sich in Lichtjahren rechnen. Während sie trat, schaute sie aus einem Fenster, sah vor sich, unter sich eine winzige Stadt, sie trat schneller, immer schneller, wollte über die Stadt hinwegrennen und trat doch immer auf der Stelle. Die Herzfrequenzanzeige sagte, dass sie sich für ihr Alter zu sehr anstrengte, ihr Herz schlug im roten, obersten Bereich einer mehrfarbigen Skala, aber sie konnte nicht anders, sie wollte alles hinter sich lassen, jede Erinnerung, jede Erregung, jede Enttäuschung, alles, was sich jemals irgendwo in ihr gespeichert hatte, wollte abheben und frei sein und konnte es nicht. Und dann kollabierten ihre Lunge und ihr Herz, all die Flügel, Lappen und Klappen sackten in sich zusammen, sie zerfloss, wurde aufgesogen von dem stetig rotierenden Rieseninsekt aus Stahl und Hartplastik. Oder war es etwa eine Artemisia Nera? War dies der Moment, in dem die Diktatur der Dinge begann, in dem sie übernahmen, die Menschen anzapften und zu einem Teil ihres Getriebes machten? Sie erwachte mit einem Geräusch, das einem erschreckten Gurgeln oder Schnarchen glich, auf jeden Fall mit einem panischen Luftholen, von dem sie hoffte, dass es niemand mitbekommen hatte.

Jetzt war sie zurück, in ihrer eigenen Stadt, und verspürte ein ähnliches Gefühl von Panik. Denn vor ihr standen zwei Männer, die sich noch nie begegnet waren und vieles übereinander wussten. Der Liebhaber und der beste Freund, der erfolgreiche Jungunternehmer und der alternde Schauspieler, Teo und F. Besonders F. hatte sie gedrängt, Teo endlich kennenzulernen, und Valerie hatte nichts dagegen gehabt, wie oft konnte sie F.s Liebschaften schon mit einer eigenen kontern? Zudem mit einem Mann, der wesentlich jünger war? Und jetzt war es so weit, denn ausgerechnet heute, an diesem viel zu langen, mit Seltsamkeiten verhangenen Tag, waren Teo und F. beide in der Stadt und hatten Zeit. Valerie sah, wie sie erwartungsvoll vor ihr standen, und befürchtete plötzlich, dass die beiden ziemlich sicher gar nichts miteinander anzufangen wüssten. Sie war überfordert.

»Das«, sagte sie zu F., »ist also mein reicher junger Lover Teo.« Der Satz war so blöd, dass sie sich unfreiwillig auf die Zunge biss.

»Jung seh ich«, sagte F., »aber was tut reich zur Sache? Liebst du ihn etwa nur um seines Geldes willen?«

»Es ist doch so«, mischte Teo sich ein, »erst als sie meinen Porsche vor dem Hotel stehen sah, entschloss sie sich, die Einladung auf mein Zimmer anzunehmen. Eine berechnende Frau, dachte ich.«

»Genau! Dein Porsche sagte mir, dass du dich lohnen würdest. Und es stimmte.«

»Die natürliche Autorität eines Autos.« Teo wandte sich an F.: »Darf ich was Direktes fragen?«

Nein, dachte Valerie, frag nicht, es konnte nur peinlich werden.

»Nur zu«, sagte F.

»Ihr zwei hattet mal was miteinander, oder?«

»Nein«, sagte Valerie. Mehr gab es darauf nicht zu sagen.

»Na ja«, antwortete F., »an mir lags nicht, ich hab mich aufgedrängt, wo ich nur konnte. Madame hatte keine Lust.«

»Keine Lust?«, sagte Teo. »So kenne ich Madame ja gar nicht.«

Valerie widmete sich ausgiebig den Eiswürfeln auf dem Boden ihres Glases und fragte sich, wie sehr das Geld tatsächlich ihre Romanze mit Teo bestimmte, wie groß der Reiz seines Porsches, spontaner Fahrten nach Mailand und Details wie Austern frisch von der bretonischen Austernbank eigentlich waren. Nicht klein. Und es war wirklich der Porsche gewesen, der sie als Erstes erotisiert hatte. Gut, danach auch der Mann. Er war witzig gewesen, hatte sie verführt, war ein guter Liebhaber, geradezu begeistert, er hatte nach der ersten Nacht um sie geworben, fand sie attraktiv und angstfrei, eine Frau, die bei sich war und Meinungen hatte. Keine neurotische Nuss, die klammerte und an keinem Spiegel vorbeigehen konnte, ohne zusammenzubrechen. Einfach eine Frau. So wie er einfach ein Mann war. Ein Händler für Edelspirituosen, zuerst Gin, jetzt auch Cognac, er belieferte die Bars von teuren Hotels und kaufkräftigen Hipstern. Für einen Liebhaber war er ideal. Und er hatte ihr etwas zu bieten. Im Grunde war sie in einer Dreier-Affäre mit Teo und seinem Geld. Es schuf eine exklusive Gemeinsamkeit, ermöglichte Erfahrungen und einen Eskapismus, den ihre beiden Lebenswelten einander eigentlich versagten. Sie war die Falsche für tagelange Degustationstouren und Fachsimpeleien in den Hinterzimmern hochspezialisierter Brennereien. Und sie war sich ziemlich sicher, dass er auf seinen Reisen ab und an andere Frauen hatte, die ihm unter dem Einfluss von Alkohol genauso zufielen, wie sie ihm mal zugefallen war. Teo fand seinerseits keinen Genuss darin, an ihrem Berufsalltag teilzuhaben. Dreimal hatte sie ihn ins Theater mitgenommen, dreimal war er eingeschlafen. Filmfestivals hielt er für verzichtbar, weil dort eh nur gezeigt wurde, was sonst kein Publikum finden würde. Fernsehen schaute er nicht, weil man dies einfach nicht mehr tat. Dabei hätte sie ihm gerne mal F. vorgeführt, auf der Bühne oder auf der Leinwand, schließlich konnte sie nicht gerade mit viel angeben, F. war der Solitär in ihrer Sammlung. Teo hatte bloß müde abgewinkt und gesagt: »Lass mal, gibts den nicht auf Netflix?« Ja, gab es, in einer romantischen Altersheim-Komödie, frech, hatte Valerie gedacht, so alt war F. nun doch noch nicht. Teo hatte zehn Minuten lang mit ihr geschaut, gegähnt und sich lieber den Kalkulationen für den nächsten Einkauf zugewandt. Aber die Sache mit den kleinen Inseln war schön. Zusammen reisen, fremde Orte besuchen. Oder bekannte so betrachten, als wären sie fremd. So gut essen, dass ihnen jeder Bissen beinahe die Tränen in die Augen trieb. Genuss. Und Sex.

Valerie fragte sich, ob das Geld zwischen all den begüterten alten Männern und ihren schönen jungen Betthasen eine ähnliche Funktion hatte, oder ob es sich dabei um eine reine Dienstleistungsvergeltung handelte. Sie stellte sich vor, wie das Geld der Alten den Frauen über einen gewissen körperlichen Ekel hinweghalf. Wie sie angesichts der faltigen, schnell von säuerlichem Schweiß überzogenen Körper innerlich Geld zählten. Sich vorstellten, wie spärliche Spermatropfen sich in Diamanten verwandelten. Aber sie konnte sich täuschen. Körper waren oft großzügiger miteinander, als ihre Besitzer sich dies zutrauten. Haut sehnte sich nach Haut. Die Einsamkeit der Zellen war omnipräsent und fatal. Berührung war Trost. Gerade jetzt zum Beispiel stand sie so dicht neben F., dass sich ihre bloßen Unterarme berührten, wenn sie nicht mit beiden Händen ihr Glas umklammerte, sondern die linke locker sinken ließ. Sie ließ sie sinken. Und obwohl sie F. zu gut kannte, um ihn rückhaltlos attraktiv zu finden, wie Millionen von Frauen dies taten, spürte sie ein leichtes Prickeln, als sie einander berührten. Sie hob die Hand zurück zum Glas. Schaute zu Teo. Er hatte ihr noch nie Bedingungen gestellt, er forderte kein Bekenntnis, sie war ihm dankbar dafür, denn Bekenntnisse hatten Bindungen zur Folge und diese endeten unweigerlich in Betrug oder anderem Schmerz. Sie hatte kein Bedürfnis nach Schmerz. Weshalb sie gar nicht wissen wollte, ob Teo sie am Ende etwa liebte.

Das Wichtigste war jetzt, in Ruhe alt zu werden, die letzten Stürme der hormonellen Schlechtwetterlage auszuhalten und sich dann innerlich an den mild besonnten Strand nach der Apokalypse des Klimakteriums zurückzuziehen. Es sollte dort wunderbar sein, sagten alte Frauen, eine Art vorgezogenes Jenseits, wenn man sich das Jenseits denn als paradiesischen Zustand der Zufriedenheit ohne Ausschläge gegen unten und oben vorstellte. Wie hießen diese

Inseln, auf denen das ganze Jahr über eine ähnliche Temperatur herrschte? Die Azoren? Etwa so würde ihr Leben in ein paar Jahren sein. Sie rechnete nicht damit, dass es Teo dann noch gab. Bis dahin hätte er sich genügend erholt von den traumatisierend anstrengenden jungen Dingern mit ihren Kinderwünschen, Karriereängsten und Identitätsfindungsschüben, die ihn zu ihr getrieben hatten.

Neulich hatte er sie gefragt, ob ihr die neue Sommermode junger Frauen schon aufgefallen sei.

»Meinst du diese blumigen Zelte, Stil dänische Umstandsmode?«

»Genau die! Damit sieht jede aus, als ob sie schwanger wäre.«

»Na ja, bequem ist es zweifellos«, war Valerie ausgewichen, obwohl sie selbst durchaus fand, dass eine Frau ihre Taille zeigen sollte, wenn sie denn eine besaß.

»Klar ist das bequem, nur, wenn ich diese wandelnden Signalanlagen der Fruchtbarkeit sehe«, redete Teo sich in Rage, »dieses ›Hey, schwanger zu sein ist so geil, es reicht nicht, dass ich ein paar Monate lang so aussehe, nein, ich will ab jetzt jeden verdammten Sommer lang so aussehen, oder besser noch: Mach mir ein Kind! Und noch eins! Und noch eins!‹, dann nehm ich Reißaus. Und mit mir viele, viele Männer.«

Sie musste lachen, sie sah das nur zu genau vor sich, Teo bedrängt von blumigen Zelten, die sich vermehren wollten, eine Horrorvorstellung und ganz offensichtlich die bürgerlich akzeptable Variante der sexuell potenten, Männer verschlingenden Vagina dentata.

»Wolltest du wirklich nie Kinder?«, fragte er. »Auch nicht, als du jünger warst?«

»In keinem mir bewussten wachen oder träumenden Zustand.«

»Du machst mich froh.«

Sie fragte sich, wie sie selbst im Alter von Teos Freundinnen gewesen war, nicht gerade stabil, da war der Nervenzusammenbruch, das Rumgeheule, die Flucht nach Amerika, sie erinnerte sich, wie übersteigert sie alles wahrgenommen hatte, wie sehr sie sich für die Arbeit verausgabt hatte, Burn-out, dachte sie jetzt, ein klassischer, vermeidbarer, unsinniger Burn-out. Der ihr am Ende für wenige Wochen Ethan eingebracht hatte. Und die dringend nötige Erkenntnis, dass nicht alles in Bezug zur Arbeit stehen durfte. Danach entspannte sie sich. Wurde älter. War heute eine grundsätzlich gelassene Frau. Jedenfalls hielt sie sich für gelassen. Nur wer sie schlecht kannte, nannte sie cholerisch. Abweisend. Furcht einflößend. Ihr Vorgesetzter etwa. »Ein Lächeln könnte dir nicht schaden!«, sagte er gern. »So imagemäßig? Damit unsere Kindersoldaten keine Angst vor dir haben müssen? Obschon du unser Großraumbüro für eine Zumutung hältst!« Tat sie doch gar nicht. Ein Arbeitsplatz war ein Arbeitsplatz. Annehmlichkeiten gehörten in die Freizeit. Lächeln auch.

Es war eine Laune ihrer Biografie gewesen, dass sie Jahre nach Ethan an Teo geraten war. Ethan musste damals so alt gewesen sein, wie Teo heute war, ein Barista und ein Unternehmer, ein Stück ahnungsloses Treibgut und einer, der nicht präziser hätte wissen können, was er tat. Einer ohne

Geld und einer mit. Valerie hatte sich mit Ethan von ihrem Burn-out therapiert. Teo therapierte sich mit Valerie von der anstrengenden Unsicherheit junger Frauen. Sie sah das ganz unsentimental. Therapien hatten ihren Zweck. Sie mussten bloß befristet bleiben.

Und so betrachtete sie ihren Liebhaber, als wäre er bereits Vergangenheit. Ließ sich zurücktreiben, zur ersten Nacht mit ihm, sie hatte F. zu einem seiner Starauftritte in einer anderen Stadt begleitet, wo auch Teo seine Bar betrieb. Er hatte ihr von seinem Gin und dessen Geheimnissen erzählt und sie danach nicht wie verabredet durch die verregneten Straßen zum Bahnhof begleitet, sondern zu seinem Hotel gebracht. Nach der ersten Nacht hatte er ihr geschrieben, immer wieder, war reizend gewesen, und sie hatten sich verabredet, auf ein Date nach Neujahr, doch dann war etwas Unvorhersehbares passiert, ein Silvesternachtsdrama, und dies ausgerechnet im Haus von Valeries Großmutter. Es hatte dazu geführt, dass Valeries Name zum ersten Mal nicht über, sondern in einem Artikel stand. Sie hatte sich das anders ausgemalt. Dass sie eines Tages einen Preis gewinnen oder vielleicht ein Buch schreiben und sich so den Respekt und die Aufmerksamkeit ihrer Kollegen verdienen würde. Jetzt stand sie in der Zeitung, weil sie ein Opfer war. Attackiert aus einem Versehen heraus, ein Eifersuchtsdrama, wie es hieß, ein fataler Irrtum, der für Valerie im Krankenhaus endete. Teo hatte aus dem Internet erfahren, dass ihr Date an einem See im Süden nicht stattfinden würde. Am Tag ihrer Verabredung hatte er mit Blumen und Schokolade an ihrem Krankenhausbett gestanden.

Sie wusste, wie schlecht sie aussah, das Haar strähnig, die Zähne nicht geputzt, ihr Gesicht unter einer dicken Schicht Fettcreme. Teo suchte nach einer Vase und stellte seine Moosrosen neben die wuchtige Amaryllis, die F. geschickt hatte. »Von einem Verehrer?«

»Gewöhn dich dran.«

»Krasser Aufwand, um ein Date zu verhindern«, sagte er, »nächstes Mal genügt eine SMS.«

Das war im Winter vor zwei Jahren gewesen. Jetzt saßen sich F. und Teo gegenüber, und der Abend versprach, sich noch über Stunden auszudehnen. Dabei wollte Valerie nur schlafen. Doch ausgerechnet da brachte F. eine Unruhe in das gelassene Geplätscher, das sich zwischen ihnen entsponnen hatte und allmählich abebbte, indem er sagte: »Hat Valerie dir schon von unserem Plan erzählt? Das kleine Haus im Finistère? Strandzugang, große Terrasse mit Meersicht ...«

»Nein, hat sie nicht«, sagte Teo, »schön dort. Kenn ich vom Surfen. Plant ihr einen Urlaub?«

»Quatsch, nichts planen wir«, sagte Valerie schroff.

»Ich schon! Ich kauf das! Wozu hab ich mal eine französische Immobilienmaklerin beglückt? Etwa nur wegen ihres zu allerlei entzückenden Perversitäten bereiten Körpers? Vally kriegt ihr eigenes Zimmer. Im ersten Stock, Erker mit Meersicht, kleiner Balkon. Ich seh das als Option für einen gemeinsamen Lebensabend«, provozierte F. seelenruhig weiter und legte seinen Arm um Valerie, »wir kommen jetzt beide in die gewissen Jahre. Ich stell mir das schön vor: Wie sich nach einem Sommertag die Sonne ins Meer stürzt und wir spazieren durch den abendkühlen Sand, hinter dem Horizont eine Ahnung von Amerika … danach lesen wir uns was vor, vielleicht Proust … Vally hat eine tolle Stimme, ich wollte immer, dass sie zum Radio geht …«

»Die hat sie zweifellos«, sagte Teo. Sie sah, wie etwas in ihm aufstieg, etwas Ungutes, das vielleicht in einem Besitzanspruch münden würde, auf jeden Fall in einem Gefühl. Sie wollte vieles. Das wollte sie nicht. Sie wollte jetzt endlich Ruhe. Eine Zigarette für sich allein. Einen langen Blick auf den See, der das Abendrot aufgesogen hatte und vor ihr lag wie schwarze Seide. Ich hab die Sonne heute von ihrem ersten bis zum letzten Strahl gesehen, dachte sie, es machte sie müde und sie spürte, wie das weiche Schwarz von ihr Besitz nahm, sie in seinen Bann zog und zugleich inwendig auskleidete, wie sich eine Gelassenheit über sie legte und alles zudeckte, was sie gesehen, gehört und erlebt hatte. Sie würde jetzt auch die beiden Männer darunter verschwinden lassen.

»Wir haben so was bei sehr viel Wein mal sehr kurz angedacht, ein Scherz, mehr nicht«, sagte sie, wand sich aus F.s Umarmung und küsste Teo kurz und bestimmt auf den Mund, »doch jetzt, Messieurs, zieht sich Madame zurück. Trinkt euch einander schön.«

Ohne sich umzudrehen, verließ sie die Bar, die Innenstadt und den Tag.

4

Ich stand am Grab von Alenka. »Das Buch deines Lebens wurde allzu früh zugeschlagen, gerne hätten wir noch lange darin gelesen«, steht auf einem weißen Stein. Neben der Inschrift eingeritzt das Porträt einer jungen Frau, halblanges Haar, klares Profil, rätselhafter Blick, sie wurde nur achtundzwanzig Jahre alt. Ich denke, sie war Ärztin. Oder Forscherin. In einem Labor für Tierversuche. Nicht mit Mäusen oder Affen, nein, mit Hauskatzen. Alenka verabreicht Erreger. Und Antikörper. In Käfigen röcheln infizierte Tiere vor sich hin, die Äuglein matt und verkrustet, schorfig gekratzte Haut schimmert durch das schüttere Fell, Zähne fallen aus. Früher liebte Alenka Katzen, doch das hat sie vergessen. Heute sind sie wissenschaftliche Objekte. Sie könnte ihre Stoffe genauso gut an einem Stück Holz testen. Gerade will sie einem kleinen kranken Tiger die Antikörper spritzen, eine Millisekunde lang ist sie unachtsam, sie steht seit 75 Stunden im Labor, da krallt sich das Tier an ihrem Handgelenk fest und beißt zu. Alenka setzt sich selbst die Spritze, die für die Katze vorgesehen war, doch die Gleichzeitigkeit von Gift und Gegengift löst eine noch unerforschte Reaktion aus, Schleimhäute schwellen an, Lungenbläschen verkleben, der Kreislauf bricht ein, innerhalb weniger Minuten erstickt die aufstrebende serbische Spitzenkraft. Als man sie findet, sitzt der kleine Tiger fauchend auf ihrer blutig gekratzten Brust, die Nadel zittert in ihrer Armbeuge …

Luca wählte *Alles markieren* und *Löschen*. Er verstand nichts von pharmazeutischer Forschung. Malou hatte ihm aus Stockholm geschrieben. Hatte seine wie er fand berührende Mail über seine Entstehung und Mamas Liebesleben beantwortet oder auch nicht.

Luca, mon ami!, stand da, *dich gibt es noch?! Wie schön! Stockholm ist Euphorie pur! Unsere Gruppe ist sooo toll, wir arbeiten Tag und Nacht, ich darf hier nicht in die Details gehen, alles ist sehr geheim, aber sehr gut. Okay, wir feiern viel, das ist nicht geheim. Unsere Partys sind laut und ... Hey, es geht vorwärts! Wir sind viele! Und wir sind stark! Luca, sei gut zu dir, ich denke gern an dich und deine Stadt zurück! Prends soin de toi, M.*

Das tat weh. Er suchte zwischen den Zeilen. Auch da fand sich nichts. Kein Wort über alles, was er ihr geschrieben hatte. Kein »Ich hatte ja keine Ahnung, dass deine Familie so interessant ist!«, kein »Schade, dass du nicht hier bist, ich vermisse dich so!«. Vermutlich hatte sie jetzt anderes im Sinn, war die Ikone irgendeiner Gegenbewegung, begeisterte ganze Fußballstadien voller konsumkritischer und klimabewusster Party-People mit französischer Revolutionsrhetorik und ließ sich auf den Schultern schwedischer Bären durch die Menge tragen. Er sah das alles genau vor sich: Sie und ihre Kommune an irgendeinem Stockholmer Strand, sie in jenem leichten Sommerkleid, dessen Träger ihr immer von der Schulter glitten, darunter ein roter Bikini, er war sich sicher, dass sie einen roten Bikini besaß, er war vorne geknotet, sie hatte die absolute Kontrolle, es war unmöglich, dass ihn einer hinterrücks beim Baden öffnete. Der Bikini war damit das Gegenteil der rutschenden Träger und beides zusammen war so sexy und souverän, wie das eben nur ein Mädchen aus Frankreich durchziehen konnte.

Die Jungs würden für sie Klimakampf-Transparente vom höchsten Gebäude der Stadt entrollen und Songs schreiben, es wäre ihr unmöglich, sich zwischen Schwedens schönen Söhnen zu entscheiden. Und er? Er war der kleinste, nebensächlichste Funke im Feuerwerk ihres Lebens. Un petit rien. Ein kleines Nichts, dem nichts in den Sinn kam, was er hätte schreiben können, weshalb er der unschuldigen Alenka, die wahrscheinlich die sanfte, geduldige Leiterin einer Kindertagesstätte gewesen war, dumme Geschichten andichtete.

Er hatte tatsächlich am Grab von Alenka gestanden. Er blieb da oft stehen, wenn er über den Friedhof ging. Die alten Bäume und verwitterten Engel beruhigten ihn, die Allgegenwart von Trauer umfing ihn wie eine sanfte Depression, Druck und Nervosität wichen von ihm, die Toten waren freundlich. Und Alenkas Grab stach in seiner tragischen Geschmacklosigkeit aus der üblichen Dezenz der letzten Ruhe. Der Stein war ein glatt geschliffenes weißes Herz mit goldener Inschrift und Rosenrelief. Es stimmte, dass sie mit achtundzwanzig Jahren gestorben war, der Spruch mit dem Buch des Lebens und das Porträt auf dem Grabstein existierten, doch ihr Blick war nicht rätselhaft, sondern die reine Güte, und er hätte tatsächlich gerne gewusst, wie sie hatte sterben müssen. Die Möglichkeiten eines Todes schienen ihm unendlich. Diejenigen, ein Leben richtig zu gestalten, eher begrenzt. Er hatte zum Beispiel keine Ahnung, wie er sein eigenes langsam mal auf die Reihe kriegen sollte. Er wusste nur, dass er das musste. Und dass ihm niemand dabei half. Seine Eltern jedenfalls nicht. Papa war nicht da und Mama nicht zu gebrauchen.

»Lämmchen«, hatte sie neulich bei Tisch gesagt und ihn damit auf die Palme gebracht, weil sie ihn zwar seit Kindheit Lämmchen nannte und auch noch Lämmchen nennen durfte, aber gewiss nicht in Anwesenheit von Fremden oder von Respektspersonen wie ihrer Geliebten Anna, »sei doch nicht so verbissen! Du bist erst neunzehn – worüber machst du dir Sorgen? Einer wie du schlägt sich immer durch. Du bist patent …«

»Und durch den Abschluss gefallen.«

»Na und?«

»Niemand sonst in meiner Klasse ist durchgefallen.«

»Einer fällt immer durch, das ist doch keine Sache!«

»Du bist durchgefallen?«, fragte Mamas Anna, die mit am Tisch saß und gewiss eine exorbitante Streberin gewesen war. Eine deutliche Strenge legte sich über ihre eben noch entspannten Züge.

»Hol dir deine Reife anderswo! Nicht in der Schule. In der Welt! Du sollst Erfahrungen machen, reisen, viel lieben …«, sagte seine Mutter, die mehr geliebt hatte als jeder andere Mensch, von dem er schon gehört oder gelesen hatte. War es etwa das, was Mädchen von ihm erwarteten? Dass er eine um die andere eroberte und Herzen brach? War es das, was sie von ihm wollten? All die einfühlsamen Stunden, die er mit Malou verbracht hatte, waren jedenfalls umsonst gewesen. Und die Jahre, die er am Gymnasium in schöne, aber überflüssige Fächer wie Latein investiert hatte, ebenfalls. Wirtschaft wäre besser gewesen. Er hatte sich eingebildet, Italienisch, Französisch und Spanisch würden ihm im Schlaf zufallen, jedenfalls war das der große

Mythos, der sich um die komplett tote Sprache rankte. Bullshit. *Was hatte der französische Subjonctif mit einem lateinischen Ablativ zu tun? Wählen Sie aus folgenden Möglichkeiten: a) nichts b) gar nichts c) weiß nicht d) beide beschreiben ein veganes Gericht.* Immerhin konnte er jetzt Ovids *Metamorphosen* im Original lesen. Und ein paar Verse aus der *Odyssee.* Und? Bis jetzt hatte er kein Mädchen kennengelernt, das sich dadurch beeindrucken ließ.

Dagegen fanden sie seine außerschulischen Tätigkeiten faszinierend. Die meisten aus seiner Klasse fuhren in den Ferien weg, auf die Malediven oder mindestens auf Sylt. Er ging in eine Fabrik. Stand am Band. An seinem sechzehnten Geburtstag hatte er sich die finanzielle Situation seiner Familie zu Gemüte geführt, rosig war anders. Seine Mutter musste zwar fast keine Miete bezahlen, das Haus galt als Baudenkmal, und Mama hatte die Stellung einer Gelegenheitshausmeisterin inne. In einem Flügel war ein Ortsmuseum untergebracht, ausgemusterte Schaufensterpuppen in lokalen Trachten standen steif neben einem grün gekachelten Ofen, auf dem eine ausgestopfte, grinsende rote Katze saß. Die Böden waren mit historisch unkorrektem Linoleum beklebt, überall standen viel zu viele Möbel aus viel zu vielen Jahrhunderten, dazwischen Spinnräder mit verstaubten Wolken aus Flachsfasern, zerbeulte Kupfertöpfe und Steingutgeschirr. An den Wänden hingen alte Stadtpläne und historische Landschaften, nichts gehörte zusammen, gemeinsam war den Dingen nur, dass sie allesamt alt und angeschlagen waren. Seine Mutter wechselte Glühbirnen, reinigte die verstopfte Besuchertoilette, wischte Scherben zusammen, wenn jemand mal wieder eins der nur angeblich antiken und daher völlig wertlosen Geschirrstücke zu Fall gebracht hatte, den Rest erledigten städtische Fachkräfte.

Gelegentlich kam eine Schulklasse vorbei oder eine Gruppe von Lehrern im Ruhestand, die Schulklasse streichelte das letzte Haar aus dem stumpfen Pelz der ausgestopften Katze, und die Lehrer wussten sowieso alles viel besser als die jämmerlich gestaltete Informationsbroschüre. Weit interessanter als den Museumsbesuch fanden alle einen kleinen Abstecher in Mamas Goldschmiedeatelier, das sich unterhalb ihrer Wohnung im anderen Flügel des alten Hauses befand. »Was deine Mutter hier leistet«, hatte ein belehrender Besucher eines Tages gesagt, »ist etwas Besonderes. Weißt du, dass hier bis 1919 eine Schmiede betrieben wurde? Genau da, wo du jetzt dein Fahrrad stehen hast, wurden Pferde beschlagen, und im Haus stank es den ganzen Tag über nach Pferdemist. Dass deine Mutter jetzt hier ihre kleine Schmuckschmiede betreibt, ist Fügung, ist der Fortbestand einer alten Handwerkskunst im Kunsthandwerk. Ihr passt wirklich gut hierher. Glückwunsch.«

Luca wusste nicht, wer hier wozu beglückwünscht werden sollte, wahrscheinlich das Ortsmuseum zur Gegenwart seiner Mutter, sicher nicht seine Mutter und er zur Gegenwart des Hauses, in dem sie beide beinah so einfach wie vor hundertfünfzig Jahren lebten. Als Kind war ihm dies nie als Nachteil aufgefallen, er kannte es nicht anders, erst später hatte er sie gefragt, wieso sie nicht einfach in eine Wohnung ziehen könnten, eine mit weniger Geschichte, dafür mehr Komfort, einer Zentralheizung zum Beispiel.

»Wieso geht das nicht?«, hatte er gefragt. »Nur eine gewöhnliche Wohnung in einem Block, nichts Besonderes!«

»Weil es nicht geht«, hatte sie geantwortet.

»Hat Papa mal wieder nicht gezahlt?«

»Papa zahlt schon. Er ist halt ein Künstler.«

»Ich dachte, Papa ist berühmt und hat viele Engagements. Einer der wichtigsten deutschsprachigen Schauspieler der Gegenwart und so weiter.«

»Ist er ja auch. Und Vater von fünf Kindern. Du musst das verstehen. Ich verstehs jedenfalls. Aber ich steh dir nicht im Weg: Wenn du Kapitalist werden willst, bitte.«

Er litt keineswegs eine spürbare Not. Dennoch beschloss er an seinem sechzehnten Geburtstag, vorzusorgen. Wenn seine Mutter schon den kleinen Gewinn, den sie machte, immer wieder für Reisen nach Thailand und andere Fluchtbewegungen ausgab und sich zu gut war, seinen Vater um eine zuverlässig eintreffende Unterstützung zu bitten, musste er sich eben selbst darum kümmern. Wenigstens hatte Mama jetzt Anna mit ihrer warmen, normalen Wohnung an ihrer Seite. Er zählte auf ihren Einfluss. Darauf, dass sie Mamas Leben endlich regeln würde. Er konnte sich nicht auch noch um ihre Altersvorsorge kümmern. Ein Thema, das in ihrem allzu oft von Yogitee-Sprüchen vernebelten Hirn nicht vorkam. Manchmal ließ sie die Sprüche rumliegen, die auf den Teebeuteletiketten ihrer indischen Lieblingsmischung standen, und er befürchtete, dass dies einen anderen Grund als reine Nachlässigkeit hatte. *Lächle statt zu toben, Lausche der Stimme deiner inneren Stille, Leben ohne Liebe ist wie Fliegen ohne Flügel.*

Er hätte in seiner Freizeit netteren Jobs nachgehen können, kellnern im Hipster-Café, Motorboote reinigen im Hafen, Nachhilfeunterricht geben oder an der Kasse eines Supermarkts arbeiten. Stattdessen hatte er sich bei einer Agentur für Zeitarbeit um Einsätze in Fabriken beworben. Er hatte keine Lust, im Supermarkt oder im Café Leute aus seiner Schule zu bedienen, er wollte nicht die Boote ihrer Eltern putzen und zum Nachhilfelehrer fühlte er sich nun wirklich nicht berufen. Er war ja selbst bloß ein mäßiger Schüler. Die Fabriken waren weit weg von allem. Niemand aus seiner Schule hatte mit Fabriken zu tun. Höchstens in Form von Besitzverhältnissen. Das war der Fluch seines Stadtteils: Mama und er und ihr einfaches Leben waren dort genauso pittoresk wie das Haus, in dem sie lebten. Der Rest war reich. Er hätte lieber im ärmeren Osten der Stadt gewohnt, aber dann hätte sich Mama ein Atelier in zentraler Lage dazu mieten müssen, was unvorstellbar war. Er musste ihr ein Stück weit recht geben: Man sollte den Kapitalismus nicht zu seinem Daseinszweck machen. Man sollte ihn nur so weit bedienen, um Ruhe vor seinen unangenehmen Zudringlichkeiten zu haben.

Umso schizophrener war es, dass er jetzt, mit neunzehn, sein erstes WG-Zimmer in der Wohnung eines stadtbekannten Erben bezogen hatte. Trotzdem würde ihn sein am Geld verzweifelnder neuer Mitbewohner Alex verstehen. Gut, Luca hätte an seiner Stelle nichts gegen das drohende Vermögen einzuwenden gehabt. Geld abzulehnen, das nun mal einfach da war, fand er ähnlich doof, wie den Pelzmantel der eigenen Großmutter zu verbrennen. Malou hatte genau dies getan. Hatte ihre beiden Großmütter und ein paar alte Tanten um ihre mottenverseuchten Fuchsmäntel, Nerzstolen und Hasenfellmützen gebracht, hatte sie zusammen mit der Lammfelljacke ihres Vaters und den gefütterten Handschuhen ihrer Mutter auf einen Haufen geschmissen, alles angezündet, gefilmt und das Dokument ihrer Raserei unter dem Slogan *Fureur pas Fourrure!* ins Netz gestellt. Mama hätte Malou gewiss verstanden. Mama verstand definitiv zu vieles. *Lass das Gepäck deines Lebens ein leichtes sein. Reiche dem Hund, dem Himmel und der Himbeere deine Hand.* Er hasste Hippies. Nein, tat er natürlich nicht. Er liebte seine Mutter. Doch die Sorglosigkeit, mit der sie ihn in den Tag hineinleben ließ, beunruhigte ihn.

»Bin ich dir eigentlich egal?«, hatte er sie gefragt, nachdem sie ihm vorgeschlagen hatte, seine Reife anderswo als in der Schule zu suchen.

»Lämmchen, du weißt genau, wie sehr ich dich liebe, wie kannst du so was fragen!«

»Findest du das nicht naheliegend? Andere Eltern legen für ihre Kinder ein Sparkonto an, andere Eltern verlangen Leistung …«

»Ich frage mich gerade, ob du wirklich mein Sohn bist.«

»Und ich frage mich, wieso du mich gemacht hast, wenn dich weder mein verkackter Abschluss noch meine Zukunft interessieren.«

Sie war vor ihn getreten, hatte ihre Hände an seine Wangen gelegt und seinen Kopf zu sich runtergezogen. Dann hatte sie einen Kuss auf seine Stirn gedrückt und gesagt: »Ich habe dich gemacht, weil ich mich in meinem Leben umschaute und dachte: Ich bin glücklich. Und da kann ich dieses Glück doch teilen. Ich kann einem Kind eine glückliche Kindheit bescheren. Oder hattest du die nicht?«

Doch, hatte er.

»Und jetzt bist du groß und soweit ich das beurteilen kann, ganz gut geraten und darfst mit deinem Leben machen, was du willst. Es ist deins. Ich vertrau dir.«

»Aber der verkackte Abschluss …«

»Ist auch deiner. Dein Leben, deine Verantwortung.«

»Bereust du nie …«

»Was denn? Dass es dich gibt? Dass wir nicht mehr Geld haben? Dass ich nicht strenger zu dir war? Lass dir einen einzigen mütterlichen Rat geben: Bereue nichts. Nie. Reue bringt nichts, du kannst nichts rückgängig machen. Es gibt dafür keinen Zauber. Das ist das Leben, Lämmchen. Und das Leben ist weder ein Traum noch ein Märchen. Trotzdem ist unseres eins der besten.«

Unsere, hatte er gedacht, nicht unseres. Ihr Leben, sein Leben, zwei Leben. Und seines würde sich notgedrungen von ihrem entfernen. *Die goldene Mango verlässt den Baum, der sie genährt hat.*

Seine erste Zeitarbeits-Zweitheimat hatte Luca in einer Spielzeugfabrik gefunden. Dort prüfte er Holztiere auf Lackierfehler und bohrte Augen in Kätzchen, Schnecken und Eichhörnchen. Abgesehen von den ätzenden Lackdämpfen und dem Schleifstaub, der wie eine Wolke aus

Saharasand durch die Halle zog, ging er gerne zur Arbeit. Er liebte die Hölzer. Die warme Maserung der Kirsche. Die Schlichtheit der Buche. Die feine, weiche Erle. Doch dann musste die Produktionsstätte schließen, ein skandinavisches Möbelhaus hatte seine Spielzeugabteilung ausgebaut und verdrängte die teuren einheimischen Bauklötze und Bauernhöfe samt Tieren. Luca zog weiter. Ging zu einem Betrieb, der alles abfüllte, was man nicht schlucken sollte, Düngemittel, Reiniger, Parfüm, Haarspray. An den meisten Tagen musste er dafür sorgen, dass sich Hunderte von röhrenförmigen Kunststoff- und Metallhüllen aufrecht stehend aufs Band einfädelten, musste gelegentlich mit einem schnellen Griff eine platzende Tube oder zerbeulte Dose aus der Reihe nehmen. Es waren zähe Tage, die sich mit aller Macht gegen das Zerrinnen sträubten, Tage, deren Minuten sich einzeln und schmerzhaft bemerkbar machten, von 7 Uhr früh bis um 16.30 Uhr, eine Stunde Mittag, meist verbrachte er sie in der Kantine der Kabelwerke nebenan, sein Lieblingsgericht dort war das Chili con Carne, außerdem hatte er fünfzehn Minuten für Kaffee- und Rauchpausen zur Verfügung, Toilettengänge waren nicht öfter als vier Mal gestattet. Bei den Düngemitteln und Reinigern trug er einen Overall, Handschuhe und Schutzbrille, da drang nichts zu ihm durch, doch das Parfüm besetzte tagelang hartnäckig seine Geruchsnerven. Es war ein Luxusprodukt, angeblich aus Paris, in Wirklichkeit stammte bloß das Duftkonzentrat aus einem Betrieb in einer tristen nordfranzösischen Provinzstadt, und die Einzelteile für die Flasche und die Schatulle, die tatsächlich in

Handarbeit zusammengefügt werden mussten, kamen aus China. Wenn alles abgemischt, zusammengesteckt, befüllt, poliert und verpackt war, ging es zurück nach Frankreich und wurde von dort aus in die ganze Welt versandt. Aus Paris war daran gar nichts.

»Wow, dann ist das Flakon, das bei meiner Mutter auf dem Schminktisch steht, vielleicht durch deine Hände gegangen?«, hatte ihn ein reiches Mädchen namens Merle vor ein paar Monaten nach der Schule gefragt. »Vielleicht, ja, sehr wahrscheinlich sogar«, hatte er geantwortet. Und sie hatte seine Hände genommen und darauf nach Schwielen oder Narben gesucht, die er sich bei der Arbeit an der Preziose hätte holen können. Er hatte ihr eine feine weiße Narbe gezeigt, eine Schnittverletzung, die nichts mit der Fabrik zu tun hatte, aber Alibi genug war, ein Weinglas war beim Abwaschen entzweigesprungen und die scharfe Scherbe hatte seinen Zeigefinger bis auf die Sehne aufgeschlitzt. Merle hatte anerkennend durch die Zähne gepfiffen und ihn in die Villa ihrer Eltern mitgenommen, hatte ihm das Flakon auf dem Tisch im Ankleidezimmer ihrer Mutter gezeigt, sich etwas Parfüm aufs Handgelenk gesprüht und an ihrem Hals zerrieben.

Während sie sich zwischen den indirekt beleuchteten Taschen und Schuhen ihrer Mutter küssten, katapultierte ihn der Duft an Merles Hals zuverlässig zurück in die Fabrik: Er hörte das gleichmäßigen Stampfen, Schnarren und Zischen der Maschinen, dazu das Radio des Vorarbeiters, der immer gleiche Sender, ein selbstgenügsames, sich stündlich wiederholendes Musikprogramm. Neben ihm standen Frauen, die nicht wie er die meisten Wochen des Jahres zur Schule gehen durften, die vielleicht gar nie richtig zur Schule gegangen waren, die seine Sprache noch immer nicht richtig sprachen und ihr ganzes Arbeitsleben in diesen riesigen, grauen, fensterlosen Hallen verbrachten, durch die sich mehrere Produktionslinien wie pulsierende Innereien zogen. Doch im Gegensatz zu organischen Innereien schieden diese hier nichts Abgebautes, Zersetztes, Verdautes aus, sondern fertige Dinge. Giftige. Duftende. Und während die Dinge draußen in der Welt vernichteten oder verführten, verflüchtigten sich die Frauen langsam zwischen den Maschinen. Erst schmerzten ihre Rücken und Beine, dann schlängelten sich blau-violette Krampfadern über ihre Waden, dann sackten sie langsam in sich zusammen, verloren Haltung und Konturen. Er kannte einige, die schon seit Jahrzehnten in der Fabrik arbeiteten, sie hießen Dragana, Almeira oder Malaika, sie glichen eher Klumpen als Menschen, ihren Männern ging es ähnlich, die einen arbeiteten auf dem Bau, andere bei der Müllabfuhr oder als Gabelstaplerfahrer. Luca bemühte sich nach Kräften, brachte Almeira eine Packung Zigaretten und Malaika einen Kaffee, erinnerte sich an ihre Geburtstage. Er bewunderte ihre Klaglosigkeit und tat alles für sie. Für Dragana hatte er sogar einen allergischen Anfall auf sich genommen.

Er hatte Draganas uraltes Nokia zum pakistanischen Gadget-Doktor gebracht, hatte einen neuen Akku einbauen lassen und dafür kein Geld von ihr verlangt. Zum Dank stellte sie eine Papiertüte mit Fettflecken drauf vor ihn hin. »Krapfen. Von mir. Sehr gut! Essen! Danke!«, sagte sie. »Ich kann nicht, ich bin Glutenallergiker«, wollte er antworten, er brachte es nicht über die Lippen. Die Krapfen dufteten nach luftigem Teig, Marmelade und Frittieröl. Er rechnete: Wenn er einen Krapfen aß, hatte er gut zwanzig Minuten Zeit, bis die Allergie zum Ausbruch kam. Bis sich sein ganzer Körper mit unförmigen roten Quaddeln bedeckte, bis ihm auf der Stirn Hörner wuchsen und ihn das Nesselfieber mit einem unerträglichen Juckreiz überwältigte. Bis er schließlich zusammenbrach und im schlimmsten Fall das Bewusstsein verlor. An seinem Schlüsselanhänger hing eine kleine Ampulle mit Tabletten, damit konnte er eine Ohnmacht verhindern, den Rest nicht. Er konnte also theoretisch nach Schichtende unter Draganas Augen einen oder zwei Krapfen essen und loben, dann sofort die Tabletten schlucken, aufs Rad steigen und ein Stück weit fahren. Nach Hause würde er es nicht schaffen, aber er käme an einem Park vorbei, da konnte er sich verkriechen und den Anfall aussitzen. Zwei Stunden würde er brauchen, vorher wäre er nicht fähig, den Rest des Heimwegs in Angriff zu nehmen. Und genau so geschah es. Er aß, er lobte überschwänglich, Dragana sagte: »Ich mehr backen!«, er rannte auf die Toilette, schluckte seine Tabletten, radelte in den Park, legte sich ins Gras und an die Sonne, weil Wärme gegen den Juckreiz half, und da war er auch schon, stieg die Innenseite seiner Beine hoch, verbreitete sich unter seinen Achseln, auf dem Rücken, kroch ihm ins Gesicht. Er zog die Ärmel seiner Jacke über seine Hände und schlug die Kapuze über seinen Kopf, die Jacke war schwarz und heizte gut, er musste wie ein Junkie wirken, wie er damit an der prallen Sonne lag. Unter der Jacke schlotterte er vor Kälte, sein Körper pumpte alle Energie in den Ausschlag. Er spürte, wie seine Augenlider anschwollen und wie sich seine Oberlippe zu etwas Schnabelartigem verformte. Er rollte sich auf den Bauch, legte den Kopf auf seine Tasche, niemand sollte sein Gesicht sehen müssen, er war jetzt ein Monster. Er streckte sich aus, die Fläche, die sein Körper der Sonne bot, sollte möglichst groß sein. Zum Glück trug er auch eine schwarze Jeans. Seine Füße juckten unerträglich. Und seine Eier. Als wären sie in Brennnesseln gepackt. Er hätte heulen können. Und fast wünschte er sich die Bewusstlosigkeit herbei, das Absinken jeder Wahrnehmung in ein psychedelisches Flackern und schließlich ins Nichts. Was schon geschehen war, als er die Tabletten nicht rechtzeitig geschluckt hatte. Aufgewacht war er dann im Rettungswagen oder im Krankenhaus, mit einer Infusion im Handrücken und einer Heizdecke auf dem Leib. Einmal hatte ihn seine Mutter eingewiesen, einmal ein Apotheker, in dessen Geschäft er sich Sekunden vor dem Zusammenbruch geschleppt hatte. So allein wie jetzt im Park war er noch nie gewesen. Doch er fühlte sich sicher. Und er hatte Dragana eine Freude gemacht.

Daran erinnerte er sich, als Merle vor ihm auf die Knie sank. Draußen ging ein trügerisch frühlingshafter Januartag zu Ende, und Luca freute sich auf den Sommer. Drinnen herrschte kühles, nicht unangenehmes Kunstlicht, es gab keine Fenster im Ankleidezimmer der Mutter, nur den Schminktisch, einen frei stehenden Spiegel, Regale, Stangen, Leder, Textil, er staunte, er fror, aber nicht wegen der Temperatur. Merle nestelte an seiner Hose, löste den Gürtel, öffnete die Knöpfe, ohne jedes Zögern, er dachte, gleich nimmt sie ihn in den Mund, es wäre das erste Mal, dass er ihn in ein Gesicht stecken würde, dass sich Lippen, Zähne, Zunge um ihn legen würden. Vor ihm erhob sich eine Wand aus Schuhen, hohe mit klingenscharfen Absätzen, flache mit viel Gummi unten dran, doch nur weil Dior draufstand, wurde ein Paar Moonboots nicht schöner. Links und rechts von ihm reflektierten Spiegel, was Merle mit ihm trieb, und wenn er in den frei stehenden Spiegel blickte, sähe er darin das Spiegelbild des Spiegels auf dem Schminktisch und in diesem wiederum den frei stehenden und so fort, bis Spiegel, Schuhe, Taschen, Mädchen und er selbst mit heruntergelassener Hose sich in einer nicht abschätzbaren Ferne und auf die Größe von Pixeln minimiert verlieren würden. Der erste Blowjob seines Lebens würde tausendfach zwischen den Spiegeln hin und her geworfen, sie würden ihm dabei zuschauen, wie sein Schwanz mitten in Merles Gesicht verschwand, der Gedanke machte, dass er würgen musste, dass sich eine Konvulsion in ihm entlud, die falsch gedeutet wurde, als Zustimmung. Er hätte sich gern zurückgezogen, wäre gern gegangen, denn Merle, die ganz klar nicht den ersten Blowjob ihres Lebens verabreichte, bedeutete ihm nichts, er war bloß aus Neugier mitgegangen und weil ihm die plötzliche Bewunderung seiner vermeintlich proletarischen Narbe geschmeichelt hatte. Und jetzt stand er da und würde gleich eine Art von Sex haben, an der nichts stimmte: Erstens war er noch immer angezogen, wenn er von seinem entblößten Unterleib absah, zweitens hätte er seinen Schwanz genauso gut in ein Loch in einer Mauer oder in einen Schuh im Regal stecken können, er sah nicht, was sich weiter unten vollzog, es sei denn, er schaute in die Spiegel, was er sich verbat.

Merle nahm seinen Schwanz in ihre Hand, die Hand war warm, klein und kräftig, mit kurz geschnittenen Nägeln, schoss es ihm durch den Kopf, zum Glück, sie verbrachte ihre Freizeit auf Pferden, da würden Nägel nur stören, ihr Pferd hieß Merlin, Merle und Merlin, sie hatte es von ihren Eltern zur Geburt geschenkt bekommen. Sie streichelte, rieb, zog und knetete, als wolle sie ihn melken, und er dachte, wenn das jetzt nicht klappt, bin ich ein Loser, erzählt sie es anderen Mädchen und die erzählen es anderen Jungs und alle wissen, dass Luca keinen hochkriegt, nicht einmal beim Blowjob und das, wo jeder von einem Blowjob träumt und für den Mann doch nichts so großartig sein soll wie ein Blowjob, jedenfalls im Porno, gerade wegen dieser Sache mit dem Gesicht, das doch naturgemäß der Teil eines Menschen ist, dem man am direktesten begegnete, auf Augenhöhe. Ins Gesicht schaute man, mittels Gesicht kommunizierte man, redete, küsste, übers Gesicht ernährte sich der Mensch und zeigte Gefühle, und dahinter, darüber saß das Gehirn und dachte sich die Welt aus, und dann kam so ein Blowjob und das irre Wunder wurde reduziert auf ein Loch, das war doch ein Wahnsinn und irgendwie die totale Erniedrigung.

Als sich das Wort Erniedrigung unter seiner Schädeldecke formte wie eine klebrige Wolke, die sich ausdehnte und alles andere verdrängte, da vergaß er sich und funktionierte. Die schäbigste aller Fantasien tat ihren Dienst, obwohl das hier das Leben war und kein Porno, den er sich aus dem Netz holen konnte und der Mal für Mal mit einer Verlässlichkeit bei ihm einschlug, über die er sich selbst wunderte. Als hätten ihn die Pornomacher programmiert. Und er ließ los und ließ zu, dass Merle seinen Schwanz in den Mund nahm, er wollte sich konzentrieren, wollte die verschiedenen Mundtexturen erspüren, Lippen, Zähne, Zunge, die geriffelte Gaumendecke, den Rachen, das Zäpfchen, die zunehmende Verengung, natürlich konnte er das nicht, es war zu viel, es war eine Million von kleinsten Reizen, die sich über ihm entluden, und es war dem Prickeln, Brennen, Anschwellen während eines Allergieanfalls nicht unähnlich.

Er legte sich ein Bild zurecht, das ihn zusätzlich reizte, er stellte sich Merles Mutter an ihrem Schminktisch vor, eine Frau von hinten, sie säße da in einem jener glänzenden, schier vernachlässigbaren Kleidungsstücke. Mit ihren rot lackierten Nägeln würde sie in ihr schweres dunkles Haar fassen, es auftürmen über ihrem Kopf, ihr Hals war lang und schmal, das wusste er, ihre Arme wären trainiert vom Yoga oder Pilates oder was Frauen in ihrem Alter so machten, und sie würde ihrer Tochter und ihm in all den Spiegelbildern zuschauen. Mehr nicht. Das reichte. Beinahe. Denn da war wieder die Irritation, war der Duft des unvermeidlichen Parfüms, das ihn überhaupt in diese

Lage gebracht hatte, und es schoben sich andere Bilder vor das der schönen reichen Voyeurin. Er sah die Fabrik, sah Dragana, die Krapfen backend in ihrer Küche stand, von der er nicht wusste, ob eine Uhr an der Wand hing, ob auf dem Tisch eine abwaschbare gemusterte Wachstuchdecke lag, wie man sie im Billigshop am Laufmeter kaufen konnte, ob Dragana und ihr Mann sich abwechselten am Herd. Ob sie Postkarten aus ihrer Heimat mit Magneten am Kühlschrank fixiert hatte, ob die Magnete normal, besonders hübsch oder ironisch waren. Emojis zum Beispiel. Emojis waren doch immer ironisch, oder nicht? Ich muss Dragana fragen, dachte er, es geht nicht, dass ich tagelang neben einer Frau stehe, über deren Leben ich nichts weiß, ich muss mit ihr über Politik und Geschichte ihres Heimatlandes reden, aber was war schon wieder ihr Heimatland? Serbien? Kosovo? Albanien? Bosnien? Oder würde sie das gar nicht wollen? War es genug, dass er ihr Nokia zum Arzt gebracht hatte, dass er wusste, wie der Mann aus Pakistan, den er ebenfalls nicht genauer kannte und der vielleicht gar nicht aus Pakistan, sondern aus Indien, Bangladesch oder Sri Lanka kam, der Frau aus irgendeinem osteuropäischen Staat helfen konnte? Quasi als Engel der Globalisierung. Aber hätten dies ihre drei Söhne, die sie vielleicht hatte, nicht auch gewusst? Hatte es für sie irgendeine Bedeutung, dass er ein original Einheimischer war? In dieser Stadt gezeugt, zur Welt gebracht, aufgewachsen, in Frieden, in Eintracht mit fast allem und so frei, wie ein Mensch nur sein konnte? Nein, hatte es nicht. Und alles, was ihm eben durch den Kopf gegangen war, konnte er höchstens als naiv bezeichnen. Er hatte keine Ahnung. Ob sich das mal ändern, ob er sich irgendwann der Welt gegenüber souverän fühlen würde? Jetzt jedenfalls nicht. Jetzt war das Einzige, was er fühlte, Scham. Reine, alles überflutende Scham.

»Bitte«, sagte er und es war das erste Wort, das er an Merle richtete, seit sie die Villa ihrer Eltern betreten hatten, »du musst das nicht machen. Es geht nicht. Ich bin ...«

Sie stand auf, wischte sich mit dem Ärmel den Mund, sie war rot, nicht vor Verlegenheit, vor Anstrengung, sie sagte: »Schüchtern? Oder bist du einer, der eher auf Gefühle steht? Mit Einander-in-die-Augen-Schauen und knutschen und so?«

Er zog seine Unterhose wieder hoch, dann die Jeans, brachte sich in Ordnung, schloss Knöpfe, die Gürtelschnalle, zog sein T-Shirt darüber, dann den Pulli.

»Echt jetzt? Alles weg?«, fragte sie. »Schade! Wir können auch andersrum. Im Bett und so.«

»Nein. Ist gut.«

»Egal. Ich dachte, du bist anders.«

»Anders?«

»Weißt du, wie unbrauchbar die Boys an unserer Schule sind? Zu viel Geld, zu viel Koks. Die kriegen alle keinen hoch. Na ja, du auch nicht.«

»Verpfeifst du mich jetzt?«

»Lass mich überlegen ...«

Abgesehen von ihren roten Wangen sah Merle aus wie immer, als käme sie direkt vom Gestüt, enge Reiterhose, hohe Stiefel mit flachen Absätzen, die auf den Schulhausfluren knallten, ein ausgeleierter Pulli, den garantiert ein

Designer ausgeleiert hatte, die langen braunen Haare zu einem Pferdeschwanz gebunden, ein schmales Gesicht, grüne Augen, die sie amüsiert zusammenkniff. Sie wirkte entspannt. Im Gegensatz zu ihm. So musste sich ein Labortier fühlen, eine von Alenkas Käfigkatzen. »Willst du mich erpressen?«

»Spinnst du? Du machst kein Drama, ich mach kein Drama.«

»Und hier gibts keine versteckte Kamera?«

»Ist dein Zweitname Paranoia?« Sie musste lachen. Er nicht. Er wollte weg.

»Ich geh dann mal. Danke, war …«

»Interessant?«

»Irgendwie, ja.«

»Na, wenigstens das. Oder …«

»Oder was?«

»Wir trinken noch was. Du bist total durch den Wind.«

»Danke, keine Lust.«

»Ey komm, wir setzen uns in den Pool, trinken Punsch und kiffen oder so.«

»In den Pool?«

»Er ist leer!«

Er folgte ihr widerstrebend in die Küche, natürlich war sie anders als zu Hause und gewiss auch anders als bei Dragana, ein Spiegelkabinett aus verchromten, gläsernen, marmorierten Flächen. Dezent leuchteten Zahlen von Uhren, Öfen und multipel erregbaren Maschinen, Früchte lagen nicht einfach in einer Schale, nein, sie setzten Farbakzente, die Orangen harmonierten mit den Tulpen auf der Anrichte und deren Blätter wiederum mit den grünen Kaffeetassen, achteckig mit dickem Goldrand, und plötzlich hatte er Lust auf einen bitteren, starken, ernüchternden Kaffee, er mochte Kaffee nicht besonders, aber jetzt war so ein Moment, jetzt wollte er nichts anderes, wenn es sein musste auch mit Merle in ihrem Pool.

»Bedien dich«, sagte sie.

Er öffnete eine wahrscheinlich von japanischen Meistern lackierte Holzschatulle, darin fanden sich mehrere Lagen von Kapseln in Metallicfarben, es erinnerte ihn an die Lacktests einer Autowerkstatt.

»Was willst du? Nordic Noir? Southern Storm?«

»Einfach Kaffee. Stark.«

»Mit Flavour? Schoko? Vom Eichhörnchen verdaute Nuss?«

»Kein Bedarf.«

Sie griff nach einer Kapsel, die grün war wie die Tassen, und ließ diese in die Maschine gleiten. Und obwohl die Episode mit Merle beinah ein halbes Jahr vor seiner alles erschütternden Begegnung mit Malou stattgefunden haben würde, stellte er ausgerechnet in der Küche von Merles Elternvilla eine Frage, die Malou genauso gestellt hätte: »Was macht ihr eigentlich mit den gebrauchten Kapseln?«

»Wegschmeißen«, sagte Merle, »oder denkst du, ich bastle daraus Weihnachtsgeschenke?«

»Und wie schmeißt ihr die weg?«

»Weiß ich doch nicht. Einfach alles in einen Müllsack, der kommt irgendwohin, Leute sortieren das, es wird getrennt, easy.«

»Was heißt Leute?«

»Behinderte?«

»Echt jetzt? Menschen mit Beeinträchtigungen sortieren euren Müll? Würdest du das tun wollen?«

»Sicher nicht. Ich bin ja auch nicht behindert oder beeinträchtigt oder so. Sag mal, bist du eigentlich ein Öko? Oder so ein Social Justice Warrior? Ah, ich weiß, das ist wegen deiner Mama!«

»Was hat euer Müll mit meiner Mama zu tun?«

»Sensibilisierung und so? Für Randgruppen? Deine Mama steht doch auf Frauen, oder?«

»Ja und?«

»Eben. Deine Mama ist ein Einhorn von Planet Rainbow. Wenn das nicht Randgruppe ist!«

»Bullshit. Mama ist Mama. Meinetwegen ein Einhorn. Ein eigensinniges, unabhängiges Einhorn. Die Menschen, die deinen Müll sortieren, sind das nicht. Und jetzt machen sie einen Job, den sonst keiner machen will, wühlen sich durch deinen stinkenden ...«

»Genau. Sie machen einen Job, den sie bewältigen können. Und kriegen dafür Geld und Selbstwertgefühl. Ist doch gut. Mein Müll gibt ihnen diesen Job und ist gut für die Umwelt. Was ist falsch daran? Wo ist da der große Unterschied zu deiner Fabrikarbeit? Wie umweltverträglich sind eigentlich all die Dinge, die du so in Flaschen laufen lässt? Hast du mir nicht mal erzählt, auf den Düngemitteltanks stehe Giftklasse zwei?«

Stimmt, das hatte er ihr tatsächlich mal erzählt, ohne weiter darüber nachzudenken, eher zum Angeben. Widerwillig musste er zugeben, dass sie in ihrer unsentimentalen Nüchternheit nicht nur unrecht hatte.

Merle füllte kochendes Wasser in eine Thermosflasche, gab einen Beutel Rumpunschpulver und echten Rum dazu, verschloss die Flasche und schüttelte sie. Tippte auf den Rahmen eines riesigen Fensters, das lautlos aufglitt. Vor ihnen lag der Pool. Kleine Lichter an seinen Innenwänden ließen ihn erstrahlen. Ein paar steile Stufen führten hinein, der Boden senkte sich zur Mitte hin ab, an seiner tiefsten Stelle sah Luca nichts als das verzauberte Blau der beleuchteten Kacheln vor sich. Und dann bemerkte er noch etwas anderes. Die Oberfläche der Bodenkacheln war versehrt, das Licht brach sich an Scharten und Splittern.

»Was ist das denn? Hagelschaden? Minibomben-Einschlag?«, fragte er Merle, die mit Thermosflasche und Sitzkissen unter dem Arm in den Pool kletterte.

»Das war Merlin.«

»Dein Pferd war hier?«

»Im letzten Sommer? Als es so heiß war? Er fands super. Leider wurde er vor Freude etwas zu lebhaft. Pferdehufe sind nun mal keine Menschenfüße. Der Pool war danach nicht mehr zu benutzen. Im Frühling gibts einen neuen.«

Sie lachte. Er auch. Der Himmel über ihnen hatte sich verdunkelt, ein paar Sterne leuchteten, ein kleiner Mond hatte seine Runde begonnen. Merle schenkte heißen Punsch ein, sie wärmten ihre Hände an den Tassen.

»Kennst du das Sternbild des Pferdes?«, fragte sie.

»Pegasus? Das geflügelte Pferd? Kind des Poseidon und der Medusa?«

»Genau.«

»Leider sieht man deinen Pegasus nur im Herbst«, sagte er und kam sich sehr schlau vor. Fast schon allwissend. Was passte. Alles über das All zu wissen. Der Punsch tat seine Wirkung.

»Ich weiß, aber ich hab ja Merlin. Und komm mir jetzt nicht damit, dass Merlin der Zauberer aus der Artussage ist.«

»Echt? Ist er das?«, grinste Luca und fühlte sich ziemlich gut. Merle war okay. Doch er hatte keinen Bedarf nach noch mehr Punsch oder Körperkontakt, er wollte bloß in die Sterne schauen. Die Lichter in der Poolwand störten ihn. Er musste an das Ankleidezimmer denken, an das indirekt beleuchtete Schuhregal, er hatte dort ein Paar High Heels gesehen, das verkehrt herum stand, mit dem Absatz zu ihm, und die Sohle, die hinter dem Absatz sichtbar war, hatte genauso blutrot geleuchtet wie die Nägel von Merles Mutter. Er hatte das nie verstanden. Was wollten Frauen mit ihren blutigen Krallen und spitzen Absätzen? An wen dachten sie? Waren sie die Töchter alter Rachegöttinnen? Waren sie …

»Ey, schlaf nicht ein! So langweilig bin ich nun echt nicht«, rief Merle und schmiss ein kleines Plastikfeuerzeug nach ihm, »hast du Lust?«

»Nein danke, ich geh dann mal.«

»Findest du raus? Ich bleib hier. Pass auf dich auf.«

»Und du auf dich.«

Er kletterte aus dem Pool, brauchte dazu zwei Versuche, die beleuchteten Stufen verschwammen vor ihm, als lägen sie unter Wasser. Als er oben war, drehte er sich um. Merle sah ihn nicht mehr, sie hatte sich auf ihrem Kissen zusammengerollt, mit den glänzenden Stiefeln an den Füßen schien sie eine Kreuzung aus Mädchen und Fohlen zu sein, eine Kentaurin, dachte er, halb Mensch, halb Pferd. Dort, wo er ihren Mund vermutete, stieg ein Rauchfaden hoch, ihre Augen suchten vermutlich den Januarhimmel nach Pegasus ab und fanden ihn nicht.

Und jetzt saß er da und versuchte, eine nächste Mail an Malou zu schreiben. Mama hat nicht recht, dachte er, ich bereue. Ich bereue die Worte: »Ich habe mich in dich verliebt.« Hätte er sie nie gesagt, hätte er sich auf dem Bahnsteig beherrscht und sie nach ihrer letzten Umarmung gehen lassen, wäre alles leicht geblieben, ein Versprechen, von dem sie nichts geahnt hätte. Für einen Moment sehnte er sich nach Alenka, sie war so was wie seine tote ältere Schwester, in seiner Fantasie war sie eine gute Frau, die weit mehr Ziele im Leben erreicht hatte, als er das jemals vermöchte. Nur das eine hatte sie verfehlt, das Leben selbst. Und er dachte an Dragana, die er bald öfter sehen würde, am Band in der Fabrik, wenn er seine Zukunft nicht anderweitig auf die Reihe kriegen würde. Er stellte sich vor, dass es tröstlich wäre, genau jetzt an ihrem Küchentisch zu sitzen, vor sich ein Glas mit Limonade aus Zucker und Zitronensaft, es würde ein wenig am Wachstuch kleben, Fliegen und kleine Mücken kämen durchs offene Fenster und Draganas Mann würde sie mit einer elektrischen Fliegenklatsche zu Tode brutzeln. Er fragte sich, ob mit einem Mädchen wie Merle alles einfacher wäre. Wahrscheinlich. Aber er stand einfach nicht auf Pferde.

5

Valerie hätte sich schon seit einer Stunde an einen Kommentar setzen sollen, doch alles in ihr sträubte sich. Die Newslage des Tages war belanglos, und deshalb sollte ein Unfall zum nationalen Unglück aufgeblasen werden. Es war in der toten Zone hinter dem Bahnhof geschehen, dort, wo der Busparkplatz, ein paar alte Industriegebäude und der Fluss aufeinandertrafen. Dort, wo die Autos endlich wieder schneller fahren durften und niemand darauf achtete, was an den schlecht beleuchteten Straßenrändern vor sich ging. Drei Mädchen hatten gegen Mitternacht ein Tanzstudio verlassen. Zur gleichen Zeit waren fünf Jungs in einem Bus aus München angekommen. Sie trafen aufeinander, die Mädchen hatten Durst, die Jungs hatten Bier und Wodka Red Bull dabei, sie kletterten zusammen über das Geländer neben dem Gehsteig und die Böschung zum Fluss hinunter. Alkohol, Musik, Hormone und vermutlich weitere Substanzen kamen zum Einsatz, irgendwas führte dazu, dass eines der Mädchen einem der Jungs ein Stück seiner Zungenspitze abbiss und er sie daraufhin von sich weg und in den Fluss stieß. Sie rutschte aus, ihr Kopf schlug auf einen Stein, und für einen bangen Moment meinten alle, sie ertrinke. Die anderen Mädchen schrien, zogen sie aus dem Wasser und riefen den Krankenwagen. Die Jungs hauten ab. Das verletzte Mädchen lag angeblich mit einer schweren Gehirnerschütterung im Krankenhaus. Es hieß Kia.

Ihre Freundinnen filmten einander im kreisenden Blaulicht des Rettungswagens, mit aufgerissenen Augen, die Pupillen riesig, Tränen auf mascaraverschmierten Wangen. Fluteten das Internet mit Videoposts und dem Hashtag *#jesuiskia*. Twitter hyperventilierte. Die Polizei suchte nach Augenzeugen. Schülerinnen kündigten eine Demo an, die am Fluss beginnen und bis vor die Hauptwache der Polizei führen sollte. Besorgte Eltern wollten sich zu Patrouillen zusammenschließen. Väter redeten offen über ihre Waffen, ihre Sturmgewehre, Karabiner, Revolver, als wäre dies Amerika. Valeries Chefredakteur wollte Beiträge. Auch von Valerie.

»Thema: Sexuelle Gewalt unter Jugendlichen«, sagte er bei der morgendlichen Redaktionskonferenz.

»Woher willst du das wissen?«, fragte Valerie. »Die waren besoffen und unter Drogen. Niemand redet von konkreten Übergriffen!«

»Vielleicht nicht die Polizei. Die braucht wie immer zu lange. Der besorgte Bürger will sofort Antworten. Finde sie!«

»Antworten worauf? Etwa auf die Zungenspitze-Frage? Ich würde sagen, die Antwort lautet Ketamin.«

»Ich würde sagen, die Antwort lautet Notwehr. Da wurde ein animalischer Überlebensinstinkt getriggert. Schreib das!«

»Wieso ich? Seit wann ist das mein Thema?«

»Seit jetzt. Du bist doch eine Frau. Also!«

Valerie hatte zwei Möglichkeiten: Entweder konnte sie ohne nachzudenken einen Betroffenheitskitsch runterschreiben über Jugend, Gefühle und Gefahr, über die Versehrungen, die ein intendierter oder vollzogener Übergriff einem Mädchenleben zufügen konnte, wie etwas brach, was sich im ersten Wachstum befand. Oder sie konnte das nicht tun. Konnte sich vorstellen, sie säße unter einer Glasglocke und die ganze Redaktion, die sie umgab, würde nicht existieren. Kein Großraumbüro, keine Kollegin am Nebentisch, die sich durch eine Mauer aus Teebeutelschachteln und Flaschen mit Handdesinfektionsmittel von ihr abgrenzte, keine Praktikanten, deren Namen sie sich nicht merken konnte, keine Bildschirme der Sportredaktion, von denen immerzu Live-Übertragungen dröhnten, nichts, nur sie und die Weite des Internets auf zwei Screens. Und dann gab es eine dritte Möglichkeit. Die Annäherung, vor der sie sich fürchtete. Und die einen guten Text zutage fördern würde, keinen routinierten. Sie wusste, dass es sich nicht vermeiden ließ. Die Recherche würde nicht über irgendwelche Datenbanken oder soziale Medien oder Online-Archive führen, sondern ganz direkt in ihr Innerstes. Weshalb sie beschloss, einen Umweg zu nehmen, sich einen kurzen Aufschub zu gewähren. Zuerst nach etwas zu suchen, mit dem sich keinerlei Gefahr verband. Noch nicht ganz so weit zurückzugehen. Sich zu schonen. Luft zu holen, bevor sie abtauchen musste. Sich etwas Voyeurismus zu gönnen, bevor der Schmerz zuschlagen würde.

Sie ging dazu auf eine amerikanische Seite namens *seeyou.com. Suchen Sie einen Freund, Verwandten, Prominenten, sich selbst oder sonst jemanden? Dann starten Sie hier*, stand da. Sie tippte alles, was sie über den Ex-Marinesoldaten und Starbucks-Barista Ethan wusste, in die *seeyou.com*-Suchmaske. Name, Geschlecht, Altersgruppe. Die kleine Universitätsstadt im mittleren Westen. Maple Drive. Ein weißer Balken erschien auf der Seite, füllte sich blau, erreichte hundert Prozent, und da war ein Ethan, 56, und unter dem Namen standen Adressen, an denen er angeblich gewohnt hatte. Eine davon lag am Maple Drive. Valerie öffnete auf dem zweiten Screen ein neues Fenster mit *Google Earth*. Gab eine ihr bekannt vorkommende Adresse ein und glich das Ergebnis mit ihrer Erinnerung ab. Möglich. Sie wählte *Street View*, verwandelte sich in ein gelbes Figürchen auf dem Mittelstreifen der Straße und schaute sich um. Zu beiden Seiten befanden sich Autos, eingefroren in ihrer Fahrt, sie warteten da seit einem überaus sonnigen Tag, der schon einige Monate zurücklag, dann war das *Street View*-Fahrzeug mit seiner vieläugigen Kamera zum letzten Mal den Maple Drive entlanggefahren.

Sie schob das gelbe Figürchen vorwärts. Die Gegend war nicht wiederzuerkennen. Valerie erinnerte sich an das Tag und Nacht grün pulsierende Kreuz einer Apotheke und das rot flimmernde *Girls, Girls, Girls, 24 Hours, 365 Days!* eines Striplokals. Sie hatte sich vorgestellt, wie die Girls zwischen den Mülltonnen hinter dem Lokal rauchten und zum Spaß das Jaulen der Hunde im Tierheim nebenan imitierten. In ihrer Garderobe trockneten winzige Bühnenkostüme auf einer Wäscheleine, abgezupfte falsche Wimpern klebten auf dem Schminktisch in einer Cola-Pfütze, eine Frau saß vor dem Spiegel, jemand hörte Linkin Park, Endzeit verbreitete sich in dem stickigen Raum, die Frau vor dem Spiegel schloss die Augen, ihr Absatz klopfte den Takt auf den Steinboden, sie legte den Kopf in den Nacken, sang *I tried so hard and got so far but in the end it doesn't even matter*, ihre Stimme war unerwartet zart und traurig. An jenem Abend nannte sie sich Cherry. Ab Anbruch der Dämmerung markierten immer neue Leuchtschriften die Evangelisten des Rausches, *Happy Island, Jerry's Drive-in Liquor*, davor eine Fahrbahn voller Autos, alles war vom Auto aus zu machen, *Jerry's*, *McDonald's*, die *Drive Through Church of Christ*.

Doch an jenem eingefrorenen Tag auf *Google Street View* war davon nichts zu sehen, Autohäuser gleisten im Sonnenlicht, eine Mall schloss an eine schicke Überbauung, die Gentrifizierung hatte Valeries amerikanische Straße vertilgt, es war wie überall.

seeyou.com bot ihr an, nach Profilbildern, Strafzetteln, Insolvenzen, Straftaten, Fahndungsfotos, Haftbefehlen und Gerichtsterminen von Ethan zu suchen. Valerie drückte Enter. *Alles über Führerschein, Jagdschein, Waffenschein!*, wurde versprochen. Ein weißer Balken nach dem anderen füllte sich blau, doch es kamen keine neuen Informationen mehr, dafür zunehmend dringliche Botschaften: *Trigger-Warning! Möglicherweise wirkt verstörend, was Sie gleich über Ethan erfahren werden! Der von Ihnen angeforderte Report ist in wenigen Sekunden bereit, bitte versichern Sie uns, dass Sie die betreffende Person aufgrund unserer Informationen nicht stalken, belästigen oder erpressen werden* und schließlich *Ihr Report ist nun bereit. Bitte geben Sie Ihre Kreditkartennummer ein.* Geld. Natürlich. Valerie lachte über ihre Leichtgläubigkeit. Nun gut, sie konnte daraus eine Kolumne machen. Jeder Alltags-Abfall ließ sich verwerten.

Nur einmal hatte sie sich bisher geweigert. Als ihr Chefredakteur sie gedrängt hatte, einen großen Erlebnisbericht über die Ereignisse der fatalen Silvesternacht in der Vorstadtsiedlung zu schreiben. Sie hatte damals vom Haus ihrer verstorbenen Großmutter Abschied genommen, hatte ihre Wochenenden dort verbracht und das Paar im Nachbarhaus über Monate beobachtet. Er ging jeden Tag zur Arbeit, sie hockte daheim und brütete irgendwas aus, bloß keine Eier, jedenfalls entdeckte Valerie monatelang nicht den Hauch einer Schwangerschaft, vielleicht war die junge Frau auch gar kein richtiger Mensch mehr, sondern bereits eine adrette kleine Roboterfrau, zur Haus- und Sexarbeit programmiert und dazu, dass sie sich immer mal wieder das lange blonde Haar aus der kindlich überhohen Stirn streichen konnte. Oft saß sie am Fenster, starrte ins Leere und verzog den hübschen Puppenmund zu einem kranken Grinsen, wenn Valerie in ihr Blickfeld geriet.

Valerie hatte nie mit ihr geredet, dafür mit ihrem Freund, er zeigte Valerie gegenüber eine sentimentale Anhänglichkeit, weil er schon seit seinen Jugendjahren ihre Artikel in der Zeitung las. Sie hatte sich gefragt, ob sie selbst einen vergleichbaren Crush hatte, einen Namen, der sie seit Jahrzehnten begleitete, vielleicht einen ehemals scharfen

Kolumnisten aus ihren *Bravo*-Tagen, der jetzt als Musikkritiker im Feuilleton einer renommierten deutschen Zeitung schrieb und seine letzten Tropfen Leidenschaft in seine Texte presste, während sein Körper zugleich hagerer und weicher wurde, ein saftloser Lauch mit beginnender Hinterkopfglatze. Der Nachbar aus Großmutters Siedlung war alles andere als ein Lauch gewesen, war ungefähr im gleichen Alter wie Teo, blond wie sein Weibchen, dabei treuherzig, ein Golden Retriever unter den Männern. Und er hatte eine ungemein wohlgeformte Arschpartie. Valerie stellte mit zunehmendem Alter höhere Ansprüche an das Äußere eines Mannes. Obschon sie sich selbst dadurch einen Nachteil schuf. Doch ihr Leben war zu kurz für Kompromisse. Lieber war sie allein. Sie hatte damit vor Teo keine Probleme gehabt und würde auch nach Teo keine haben.

Valerie hatte also die letzten Tage des alten Jahres im fast leer geräumten Häuschen ihrer Großmutter verbracht. Hatte sich ein letztes Mal das Bett in der Kammer im ersten Stock gerichtet, in der sie schon als Kind übernachtet hatte. Hatte es noch einmal mit der fadenscheinig gewordenen Wäsche bezogen. Vor dem Bett lag der bunte Flickenteppich, den sie selbst als Zwölfjährige mit der Großmutter zusammen gewebt hatte. Die Kettfäden hatten sie zwischen zwei Tischbeine gespannt und dann Stoffstreifen aus alten Kleidern an der riesigen Sicherheitsnadel befestigt, mit der die Großmutter sonst ihre Wolljacken zusammenhielt. Die Nadel bewegten sie statt eines Schiffchens zwischen den Kettfäden hindurch und innerhalb eines Nachmittags hatten sie den Teppich gewebt, der noch immer auf dem Fußboden der kleinen Kammer lag. Die hellen Stoffreste waren inzwischen grau getreten, die dunkleren ausgebleicht, aber Valeries Erinnerung an die Stunden zwischen den Tischbeinen leuchtete heftig und schmerzlich durch die Dämmerung. Sie vermisste die alte Frau, den leichten Talggeruch ihres Haares, die Frühlingsspaziergänge am Fluss, bei denen sie an der Böschung Schlüsselblumen gepflückt hatten. Sie beschloss, am nächsten Tag zum Friedhof zu gehen und ein paar Christrosen in den Schnee zu stellen. Sie ging ins Wohnzimmer hinunter, ein Stuhl stand noch da und der Fernseher, sie stellte sich ans Fenster, rauchte und sah, dass die sonderbare junge Frau und ihr Mann im Nachbarhaus zugegen waren.

Sie brühte sich den schwachen Filterkaffee, den Großmutter gerne getrunken hatte, setzte sich vor den Fernseher und ergab sich dem Silvesterprogramm: Aschenbrödel lief durch den Wald und rettete ein Reh vor den Pfeilen des Prinzen, Sissi lief durch den Wald und rettete einen Auerhahn vor den Schüssen ihres Vaters, F. rettete in einem seiner Romantik-Reisefilme ein Hotel vor kriminellen Investoren. Und dann begann die große Jahresrückblicks-Gala, an der Valerie selbst als Expertin teilgenommen hatte, gemeinsam mit F., es war ein Spaß gewesen, ein unwirklicher Wirbel in der Beschaulichkeit der Weihnachtstage. Jetzt wurde die Sendung also ausgestrahlt und Valerie musste sich gestehen: Sie machte das gut und sie sah gut aus dabei. Sie bemerkte, wie aus dem Wohnzimmerfenster des Nachbarhauses das identische Bildschirmflackern drang und dass sich der junge Mann draußen mit der Schneeschaufel zu schaffen machte und höchst umsichtig einen akkuraten Pfad vom Weg bis zu ihrem eigenen Hauseingang frei pflügte. Sie öffnete ihm die Tür und bat ihn herein, führte ihn ins Wohnzimmer, und weil kein zweiter Stuhl mehr da war, blieben sie lange und irritierend dicht nebeneinander stehen. Plötzlich trat er hinter sie, sein Atem streifte ihren Nacken, und eine Hand legte sich auf ihren Rücken. Ohne nachzudenken presste sie sich gegen die Hand und dann gegen ihn. Er sah nicht, was er spürte, er schaute der Valerie auf dem Bildschirm vor sich zu, einer im Scheinwerferlicht verjüngten Frau mit perfekt präpariertem Gesicht. Einer Vision von Valerie.

Erst da fiel ihr ein, dass sie bereits Wochen zuvor die alten Vorhänge abgehängt hatte und man aus dem Nachbarhaus freie Sicht in ihr Wohnzimmer hatte. Sie sah, wie die junge Frau von nebenan durch den Schnee wankte, so ungelenk, als wären ihre Beine zerbrochen und falsch zusammengeleimt worden. Sie eilte zur Tür, doch es klingelte schon, und als Valerie und die Frau einander gegenüberstanden, blitzte etwas durch die Nacht. Valerie blutete stark, das Blut sickerte gar die paar Stufen auf den verschneiten Gartenweg hinab, der Mond beleuchtete alles, die junge Frau schrie, ihr Freund packte sie und warf sich zusammen mit ihr in den Schnee. Valerie ließ sich mit einer zerstörten Schulter und einem Staunen im Gesicht neben das blutige Rinnsal auf die Treppenstufen sinken. Danach wusste sie nichts mehr. Nachbarn waren gekommen, viele Nachbarn, schließlich war Silvester und in jedem Haus wurde gefeiert, sie hatten den Rettungswagen gerufen und die

Polizei und alles fotografiert und gefilmt. Die junge Frau verbrachte Neujahr in der Psychiatrie, Valerie ihres im Krankenhaus.

Der Mann besuchte sie, er war sich jeder Schuld bewusst, seine Freundin, erzählte er, hatte kurz vor Weihnachten einen Nervenzusammenbruch gehabt, sie war arbeitslos und hatte sich eingebunkert, aus Scham, sie kam aus einfachen Verhältnissen, sie hatte es nicht ertragen, den gesellschaftlichen Anschluss nicht geschafft zu haben. Er sah eine lange Zeit voller Medikamente und Therapiesitzungen vor sich, doch er wollte das mit ihr durchstehen, sie war seine Zukunft, und nur weil sie jetzt kollabiert und nicht so stark war, wie sie immer alle glauben machte, hieß das nicht, dass auch seine Liebe kollabiert war, im Gegenteil, denn gerade jetzt hatte sie sich ihm in ihrer ganzen, tumultuösen Zerbrechlichkeit offenbart, und er wollte ihr beistehen, wollte ihr Heimat, Schutz und Rettung sein und mit ihr die glückliche Familie gründen, die sie selbst nicht gehabt hatte. Über den Augenblick mit Valerie, seinen Atem, seine Hand, ihr Entgegenkommen, redete er nicht. Sie auch nicht. Die jungen Leute taten ihr leid, er bat sie, nichts darüber zu schreiben, sie sagte: »Versprochen. Ich wünsch euch alles Glück der Welt.«

Tatsächlich hatte sie kurz erwogen, dem Drängen ihres Chefredakteurs nachzugeben und sich in der Zeitung erzählerisch auszubreiten, doch sie hätte zu viel von sich preisgeben müssen, und sie konnte sich nicht vorstellen, dass Teo, dem sie gerne eine Chance geben wollte, danach noch an ihr interessiert gewesen wäre. Niemand sollte mit den delikaten Verwicklungen jener Nacht behelligt werden. Einen Monat später verkaufte sie das Haus der Großmutter, und ließ die Siedlung, das komplizierte Paar und einen der liebsten Orte ihres Lebens hinter sich.

Seither fuhr sie gelegentlich mit der Straßenbahn an der Siedlung vorbei und fühlte sich dabei wie das gelbe *Google Street View*-Figürchen auf dem Mittelstreifen des Maple Drive. Oder sie spazierte den Fluss entlang und warf einen Blick auf die sechsundneunzig Häuschen, die sich zu acht in zwölf Reihen duckten und von denen sie genau ein einziges richtig gekannt hatte. Die neuen Besitzer von Großmutters Haus gefielen ihr gut, er war ein Bäcker aus Serbien, sie eine Friseurin aus Simbabwe, sie hatten ihr erstes Kind hier geboren. Valerie hatte ihnen einen guten Preis gemacht, einen viel zu tiefen, sie wollte Leute im Häuschen wohnen haben, die zu ihren Großeltern passten. Zum Fabrikarbeiter und der Hausfrau. Großmutter hätte sich darüber gefreut, da war sich Valerie sicher, selbst wenn sie sich mit dem Einbruch der Weltläufigkeit in ihr altes Zuhause erst hätte abfinden müssen. Überhaupt hatte sich die Siedlung in den letzten Jahren verändert, Hipster mit kleinen Kindern realisierten, dass auch sie am Ende nur Kleinfamilien mit Kleinfamiliensorgen waren. Und so hatten eine simbabwische Friseurin und eine einheimische Galeristin plötzlich vieles gemeinsam und es gab eine Mitte, in der man sich traf.

Valerie sehnte sich nach jenen Tagen zurück, an denen sie und die alte Frau jedes Gespür für Zeit verloren hatten. Weil so viel davon vorhanden war. Für das Kind, weil es ein Kind war. Für Großmutter, weil sie eine Großmutter war. Weil das lange Stück dazwischen, das Stück voller Arbeit und Zeitdruck, voller Termine und Systeme, beide nichts anging. Sie hatten sich zusammen in einer Kapsel aus Zeit und Zutrauen befunden. In ein paar Jahren, so hoffte Valerie, würde sich eine neue Kapsel öffnen, vielleicht ja tatsächlich mit F. in einem Strandhaus am Atlantik. Sie traute F. nicht zu, dass aus dem bei Cognac gesponnenen Plan einmal Wirklichkeit würde, allein die Idee an sich war tröstlich, war eine milde Aussicht an ärgerlichen Tagen. Sie hatte keine genaue Vorstellung davon, wie das sein sollte in F.s noch ziemlich imaginärem Haus am Meer, aber sie sah sich da sitzen, lesen und aufs Wasser schauen, sie würde spazieren, auf den Markt gehen, schon am Morgen Cidre trinken. Wenn F. da wäre, würden sie Autofahrten auf halb leeren Landstraßen unternehmen und große Mengen von Fisch und Fleisch in buttrigen Saucen essen. Irgendwo gäbe es ein Programmkino mit französischen Filmen aus einer Zeit, als diese richtig gut gewesen waren und sich nicht einfach unter *Der alternde Schriftsteller Timothée fährt nach Paris. Am ersten Abend steht ein schönes fremdes Mädchen vor seiner Tür. Sie schlafen miteinander …* zusammenfassen ließen.

Teo gäbe es dann nicht mehr. Das Haus mit F. war nur ohne Teo denkbar. Möglicherweise würde F. ab und zu irgendeine Gespielin aufgreifen und nach Hause bringen und Valerie würde für ein paar Tage in ein Hotel ziehen. Lange würde er keine aushalten, er hatte wie sie abgeschlossen mit dem Plan der großen Liebe. Was beiden blieb, war ihre Freundschaft, sie war einfach da, fraglos, die Zeit, die hinter ihnen lag, war ihre Versicherung, ihre stille See aus Vertrauen. Sie kannten einander schon so lange, dass sie füreinander jung blieben. »Für immer vierzig«, wie F. gerne sagte. Es war doch so: Gesichter, denen man immer wieder begegnete, alterten entlang dem eigenen. Sanfter. Nicht so brüsk. Zudem musste sie vor F. die Stadien des Verfalls nicht geheim zu halten versuchen wie vor Teo. Es gab da zum Beispiel diesen kleinen Vergrößerungsspiegel aus Plastik, dessen Saugnäpfe an ihrem Badezimmerspiegel hafteten. Sie brauchte ihn, um sich die harten, dunklen Haare, die seit kurzer Zeit aus ihrem Kinn sprossen, mit einer Pinzette zu entfernen. Es war unglaublich, wie sehr ein paar Haare nerven konnten. Vergrößert glichen sie den schwarzen Stacheln eines Seeigels. Monströs. Wenn Teo zu Besuch kam, musste sie den Spiegel verstecken. Einmal hatte er ihn gesehen und gesagt: »Geiles Teil! Kriegt man das in diesem Laden für orthopädische Strümpfe und Rollatoren?« Sie brauchte das nicht. Sie brauchte eine Beruhigung. Und auch F. war am Ende nur ein Mann, der immer mehr Schlaf brauchte. Und eine Umgebung, an der sich höchstens die Gezeiten änderten. Keine Hotels, Kameras, Verkleidungen, kein Lärm mehr. Er war ausgelaugt. Die Abstände zwischen seinen Erschöpfungsbesuchen bei ihr wurden kürzer.

Sie konzentrierte sich wieder auf dic beiden Screens vor sich. Auf dem linken fanden sich User-Kommentare zu *seeyou.com*: *Dieses Tool ist so akkurat wie eine blinde Kuh und das Rechnungssystem treibt dich in den Wahnsinn!; Die größte Zeitverschwendung meines Lebens!* Rechts die eingefrorenen Autos auf dem Maple Drive. Valerie beschloss, sich endlich in die Gegenwart zurück zu beamen. Zur letzten Nacht. Zu Kia.

Sie kannte die Gegend, wo Kia und ihre Freundinnen auf die Jungs getroffen waren. Früher hatte sie den Prostituierten gehört. Vor ihnen den Junkies. Jetzt war alles clean. Und trotzdem kein Ort, an dem man sich aufhielt. Dafür war die Straße zu breit, zu laut, zu gefährlich, die Böschung zum Fluss hinunter zu dunkel und von Brombeeren überwuchert, das Uferstück mit scharfkantigem Schotter unwirtlich gemacht. Es war seltsam genug, dass die Kids überhaupt dort runtergeklettert waren. Wahrscheinlich kannten sie sich in diesem Teil der Stadt nicht aus. Die aus München kommenden Jungs waren vermutlich Abiturienten oder Studenten auf einem Städtetrip. Die Mädchen, so viel war schon bekannt, hatten am Casting für ein Musical teilgenommen und das Studio als Letzte verlassen. Kia war siebzehn Jahre alt. Eine zarte kleine Person in weiten Kleidern, die Capoeira und Streetdance machte und ziemlich gut singen konnte. Valerie ahnte, wie sie sich nach dem Casting gefühlt haben musste, aufgepumpt und erschöpft in einem, der Körper heiß, die Augen riesig und glänzend, in ihrem Kopf wirbelte, kreiste, trat sie immer weiter, das Casting war gut gelaufen, sie würde in den nächsten Tagen Bescheid kriegen, sie war ein Puma, ein Canonball, ein Meteorit, ein Tornado, war Supergirl und unverwundbar. Sie konnte sich nicht vorstellen, bald bewegungslos in einem Abteil der hell beleuchteten S-Bahn zurück in die Agglo zu sitzen. Bald wieder die pissgelb gestrichene Wohnungstüre aufzuschließen, ihre Schuhe unter die vom Vater geschmiedete Garderobe aus gefolterten Metallstäben zu kicken, im Zimmer, das sie mit ihrer kleinen Schwester teilte, gefühlte fünfhundert My-Little-Pony-Haarspangen aus ihrem eigenen Bett zu klauben, bevor sie sich ohne Verletzungsgefahr schlafen legen konnte. Sie wollte rennen, tanzen, fliegen. Deshalb hatte die Nacht ihre Abzweigung genommen. Kia hatte die anderen dazu überredet, mit den Jungs unten am Fluss zu feiern, in die Agglo kamen sie auch mit einem Nachtbus.

Vieles war möglich. Nicht nur das eine, was sich der Chefredakteur vorstellte. Aber auch das. Valerie wusste es nur zu gut. Und sie musste da jetzt hin, vielleicht würde sie etwas finden, eine Fährte zu den Geschehnissen in der Nacht am Fluss. Sie musste sich verabschieden von Amerika und der Stadtrandsiedlung. Von Ethan, von ihrer Großmutter, dem jungen Unglückspaar, dem serbischen Bäcker und seiner Frau aus Simbabwe. So gut wie möglich war sie alle Umwege gegangen, aber jetzt musste sie in eine Schicht ihres Lebens stechen, die sie vermied, weil das Vorgefallene sie zu lange verwirrt hatte und wohl nie richtig erklärbar sein würde. Sie holte tief Atem und schob ein paar Bücher auf ihrem Schreibtisch beiseite, sie brauchte Platz zum Nachdenken.

Es war einmal, sagte sie sich, und es ist schon lange nicht mehr. Sie war jung gewesen, im ersten Semester an der Uni, sie hatte gelernt, dass alles, was sie umgab, was Welt war, lesbar war. Bücher, Kunst, Musik, die Stadt, der Mensch, ganze Jahrzehnte, sie selbst. Alles ließ sich durchsichtig denken. Und da waren plötzlich viele junge Leute, die Valerie ähnlich waren. Sie lebte mit einigen von ihnen zusammen, es war schön, viel weniger anstrengend als in den besetzten Häusern, wo sie seit ihrer Teenagerzeit verkehrte. Es gab keinen politisch motivierten Zwang, sich außerhalb der Schlafenszeiten in Gemeinschaftsräumen aufzuhalten und jeden noch so unwesentlichen Gedanken miteinander zu teilen. Die WG war in ihrer idealsten Zusammensetzung eine liebevolle, lichtdurchflutete Blase, deren Wände mit Filmplakaten und Postern von Marx und Simone de Beauvoir tapeziert waren. Valerie liebte die Wohnung in einem roten Backsteinhaus, das auch irgendwo in England hätte stehen können, liebte das kleine Stuckrondell an der Decke ihres Zimmers, sie konnte stundenlang auf ihrem Futon liegen und den Lilienkranz aus Gips betrachten. Und sie liebte jeden Moment ihrer Freiheit. Dass sie bereits vor dem Frühstück eine Tafel Schokolade im Bett essen konnte und niemand was dagegen sagte zum Beispiel. Sie liebte selbst den stechenden Geruch verbrannter Milch, wenn ihre Mitbewohnerin schon wieder unter die Dusche verschwunden war und den Topf auf dem Herd vergessen hatte. Und sie liebte, dass sie an besonders trüben Nachmittagen zusammen mit ein paar Kommilitoninnen die Vorlesung über deutsche Romantik schwänzen und ins Hamam gehen konnte.

An einem dieser Nachmittage hatten sie alle in weiße Tücher gewickelt auf dem heißen Stein in der Mitte des Hamams gelegen. Der Stein war ein erhöhtes Oktagon und darüber spannte sich eine kleine, mit türkisfarbigen Ornamenten gekachelte Kuppel. Valerie dachte, dass es schön war, zu etwas aufzuschauen, egal ob zu Stucklilien, bunten Kacheln, dem Mond oder vielleicht doch Gott. Großmutter wäre für Gott gewesen. Jede von ihnen hatte eine silbrige Schale mit Seife und einen rauen Waschlappen neben sich stehen, an den Wänden gab es Nischen mit kleinen Brunnen, sie holten sich Schalen voller Wasser, schrubbten sich Schultern, Arme und Beine, spülten den Seifenschaum wieder weg, und plötzlich fragte eine: »Was ist denn das?« Valerie sah, was alle sahen: Eine handbreite Narbe auf dem Oberschenkel der dänischen Gaststudentin, deren Haut sonst tatsächlich aussah wie Buttermilch mit rotgoldenen Sprenkeln. »Das?«, sagte die Dänin. »Ist von einem Mann. Einem gar nicht netten Mann.«

»Von denen gibts viele«, sagte eine andere. Es entspann sich ein Gespräch, es lag kein Schmerz darin und keine Klage, einzig ein Staunen über die Unausweichlichkeit der Dinge. Valerie schaffte es nicht, die anderen anzuschauen. Sie lag in ihrem feuchten weißen Tuch auf dem Rücken und rührte sich nicht. Sie spürte, dass sie sich einer dünnen Eisschicht näherte, die sie nicht betreten wollte. Auch die anderen schauten einander nicht an, ihre Gesprächsfetzten formten sich zu einem Chor, der vom heißen Stein hoch und in die Kuppel stieg. »Und du?«, lautetet der Refrain.

»Ich hab doch in diesem Kino gearbeitet. Als ich um

Mitternacht zuschließen wollte, hatte sich einer auf dem Klo versteckt. Das wars. Und du?«

»Im Hinterhof. Zwischen dem Container für Altglas und dem für Papier. Tagsüber.«

»Hast du um Hilfe gerufen?«

»Ja. Kam keiner.«

»Seid ihr zur Polizei gegangen?«

»Nein. Und du?«

»Ja. Da war diese Beamtin. Sie sagte: Ich glaube dir. Und sie erzählte mir, was geschehen würde. Die medizinische Untersuchung. Die Einvernahme. Die Gegenüberstellung. Der Prozess, falls es zu einem kommen würde. Da bin ich gegangen. Aber sie hat gesagt: Ich glaube dir. Das war wichtig für mich.«

»Und wie lange hat es gedauert, bis du wieder gerne Sex hattest?«

»Drei Jahre. Meine beste Beziehung ist daran zerbrochen. Nein, falsch: Etwas, das rückblickend betrachtet meine beste Beziehung hätte werden können. Vielleicht. Man kommt darüber hinweg. Und du?«

»Ich wechsle immer noch die Straßenseite, wenn einer nachts hinter mir geht. Und du?«

»Letzte Woche bin ich vor meinem Bruder davongerannt, weil ich ihn im Dunkeln nicht erkannte. Er war geschockt. Und du?«

»Ich hab Pfefferspray dabei, eine Trillerpfeife, ein …«

»Haarspray ist besser. Damit kommt ihr durch alle Kontrollen. Mit Pfefferspray nicht.«

»Stimmt.«

»Und der Typ riecht tagelang danach. Wenn einer kommt und seine Jacke stinkt nach Elnett, dann weißt du Bescheid.«

»Korrekt.«

Hier war die Reihe an Valerie. »Und du?«, fragte der Chor. Und ich, dachte Valerie. Ich auch. Sie musste da jetzt hin. An den Ort, den sie sonst nur durch die dünne Eisschicht betrachtete. Manchmal ließ es sich nicht vermeiden. Dass sie die Eisschicht durchstieß und ins kalte Dunkel abtauchte. Darüber geredet hatte sie noch nie. Jetzt wäre es vielleicht gut. Ja, jetzt war es gut. Der Stein unter ihr war hart und warm, die Frauen um sie stark in der kargen Selbstverständlichkeit, mit der sie gesprochen hatten. Überlebende, dachte Valerie. Oder einfach Lebende. Und das Leben, das war grundsätzlich ein Gutes, darauf konnte sie sich verlassen. Allerdings würde sie ihre Geschichte erst mal ganz erzählen müssen, bis sie zur schmerzbefreiten Verknappung der anderen finden würde.

»Wie lange habe ich Zeit?«, fragte sie.

»So lange, wie du brauchst«, sagte die Dänin mit der roten Narbe.

Und sie erzählte, wie das bei ihr gewesen war. Mit neunzehn. Vor gar nicht langer Zeit. Als ihre beste Freundin Oona hieß und in einem besetzten Haus wohnte. Erst dachte Valerie, Oona sei ein indischer Name und ihre Freundin während irgendeiner Aschram-Orgie gezeugt worden. So ähnlich war es auch gewesen, bloß kam der Name aus Irland, wo Oonas Mutter in einer Kommune mit langhaarigen Keltenfreaks gelebt hatte. Sie waren in einem alten Reisebus durchs Land gezogen, spielten Gitarre und sangen, die Frauen nähten Stofftaschen, die Kinder bedruckten sie mit Kartoffelstempeln und Pflanzenfarben, es war nicht schön, dafür irgendwie echt und gerade bei deutschen Touristen, die den Ausstieg herbeisehnten, überaus beliebt.

»Auf Fotos«, hatte Oona zu Valerie gesagt, »sah das alles exakt aus wie in dieser Seifenwerbung. Irischer Frühling. Ich denke mal, es roch wesentlich schlechter.«

Eines Tages hatte Oonas Mutter in einer Fußgängerzone von Cork gesungen und Taschen verkauft, »es war ein früher Herbsttag, du musst dir vorstellen, dass das Haar meiner Mutter dem ersten rostigen Laub glich«, hatte Oona gesagt, »dazu ihre knallblauen Augen. Leider trug sie eine grässliche Kutte und Sandalen aus Naturkalb an den Füßen. Trotzdem war der Typ komplett verzaubert. Also dieser kontinentale Banker, den mehrere verstrahlte Liebesnächte zu meinem Vater machten.«

Und dann war er wieder zu Hause und Oonas Mutter noch immer in der Kommune, sie schrieben sich und sie telefonierten, und als sie ihm gestand, ein Kind zu erwarten, das leider nur von ihm sein konnte, »da wusste er plötzlich, dass er sie echt liebte und dass das alles seinen Sinn haben könnte, wenn sie vielleicht in Zukunft auf Kutten und Naturkalb verzichten würde.«

Was Oonas Mutter zu ihrem eigenen Erstaunen überhaupt nicht schwerfiel. Im Gegenteil. Sie wechselte vom Reisebus in die elterliche Villa des Kindsvaters, sie trug weiterhin Kutten, nicht mehr aus ungefärbter, handgewebter Baumwolle, sondern aus schwarzer Seide und von einer hochkarätigen Designerin, die gern von gut betuchten Sozialdemokratinnen frequentiert wurde. Alles war gut, die Liebe war echt, das viele Geld beschwichtigte jeden weiteren Ausbruchsgedanken. Und dass Oona bereits von einem älteren Halbbruder aus einer gescheiterten ersten Ehe erwartet wurde, war nichts als eine willkommene Herausforderung. Man wuchs zusammen und wuchs auf, der Halbbruder, der Lars hieß, studierte Wirtschaftsrecht und heiratete schon Mitte zwanzig eine Kommilitonin, sie zogen dank wohlhabender Lars-Eltern nicht etwa in eine Wohnung, sondern in das beeindruckend elegante Musterhaus eines aufstrebenden Architekten. Sie machten ein Kind und zwei Karrieren, der Kleine wuchs mehrheitlich bei Oonas Eltern auf und betrachtete Oona als seine eigentliche Mutter. Alles war, wie es war, und alle schienen damit zufrieden. Bis Oona beschloss, dort weiterzumachen, wo ihre Mutter aufgehört hatte: Sie zog in ein erstes besetztes Haus und dann in ein nächstes, besuchte Vorlesungen an der Uni, aber hauptsächlich Massagekurse bei interessant tätowierten Menschen, die nach Patschuli rochen, sich zum Frühstück ein Mus aus geschroteten Kernen kochten und mehr erogene Zonen kannten als die Inuits Worte für Schnee.

Als Oona Valerie kennenlernte, war sie schon einundzwanzig, mit einem Hanfzüchter liiert und lebte in einer Kommune, die der ihrer Mutter nicht unähnlich war. Sie besetzten schöne alte Häuser, deren Besitzer verstorben waren und eine Horde zerstrittener Erben hinterlassen hatten. Das Haus, wo Valerie und Oona einander kennenlernten, war dem von Oonas Eltern verblüffend ähnlich, ja, es lag sogar in dessen entfernter Nachbarschaft, was dazu führte, dass Valerie eines Abends bei Oona zu Hause an der ausziehbaren Biedermeier-Kirschholztafel saß und den Erinnerungen von Oonas Mutter an Irland lauschte. Es war halb faszinierend und halb peinlich, und als die Freundinnen sich schon verabschiedet hatten und wieder auf der stillen Villenstraße standen, kam ein junger Mann angerannt, er trug einen perfekt sitzenden Anzug, ein makelloses Hemd und vor allem einen Gürtel, auf dessen Schnalle das aufdringliche Logo eines italienischen Luxuslabels prangte. Valerie fand die Schnalle unerträglich, den Mann jedoch recht hübsch, er hatte dichtes braunes Haar, das er sich aus dem Gesicht gegelt hatte, und hinter einer Brille graue Augen, von auffallend langen Wimpern umrandet. Oona stürzte sich lachend in seine Arme, er hob sie vom Boden, drehte sich einmal im Kreis, sagte: »Kleine Schwester, nimm mich mit, zeig mir, was die brotlose Kunst der Freiheit heißt. Wenigstens auf ein Bier!«

»Musst du nicht nach Hause? Wartet da nicht die süße Familie? Die gestresste Gattin? Das quengelige Kind? Und überhaupt: Wie uncool siehst du denn aus!«

»Glaub mir, ich mach mit Charme alles wett. Und mit einer Whiskyflasche, die zufälligerweise in meinem Wagen liegt. Und wer ist deine schöne Freundin? Hallo, ich bin Lars«, sagte Lars.

»Valerie«, sagte Valerie, denn sonst fiel ihr nichts ein, woran sie sich hätte festhalten können. Was sich wohl hinter der hässlichen Gürtelschnalle verbergen mochte? Sie beschloss, zu schweigen und zu beobachten und die Geschwister bald alleine zu lassen. Doch zuvor wollte sie noch etwas trinken auf dem Dach des besetzten Hauses, die letzten Sonnenstrahlen hinter den Hügelzügen des Westens versinken sehen. Als sie das Haus betraten, herrschte Stille, Oonas Kommune war auf ein Konzert gegangen, sie waren zu dritt, »geht schon mal aufs Dach«, sagte Oona, »ich such was zum Rauchen.« Valerie kletterte mit Lars die steile Holztreppe hoch, fluchte leise, als es ihr nicht sofort gelang, das Schiebedach zu entriegeln, »ich mach das«, sagte Lars, langte neben ihr durch, streifte dabei mehr als nur ihren Arm, und über ihnen öffnete sich der Himmel, im Osten mischte sich das erste Schwarz ins Blau, im Westen loderte eine Feuerflanke. Beide hielten den Atem an.

»Weißt du eigentlich, wie schön du bist?«, sagte Lars, »wenn ich Regisseur wäre, würde ich dich für jeden meiner Filme buchen. Du müsstest bloß dasitzen und schön sein. Sonst nichts.«

Valerie schaute ihm in die Augen. Und wusste, dass sie ihn wiedersehen wollte. Ohne Oona. Und bevor ihre Freundin die Treppe hinaufpoltern konnte, fragte sie: »Gehn wir mal was trinken?«

»Verlass dich drauf«, sagte Lars.

Als Oona eine Stunde und ein paar Whisky-Shots später das Dach in Richtung Toilette verließ, schrieb Valerie ihre Adresse auf eine Visitenkarte von Lars, und die Karte verschwand in der Hosentasche neben der monströsen Gürtelschnalle.

Drei Tage später kam sie von der Schule nach Hause, und ihre Post lag wie immer auf ihrem Bett. In dem Zimmer, in dem sie Kind gewesen war und in dem sie nun ihre letzten Monate als Gymnasiastin verlebte, bevor sie zum Studienbeginn in eine vom Studentenwerk unterstützte WG in der Stadt ziehen wollte. Ein Haus wie das von Oona traute sie sich nicht zu. Sie war nicht so wild. Und ihre Eltern hätten ihr dafür kein Geld gegeben. Sie hatte sich schon überlegt, wie sie alleine ihr Studium finanzieren könnte, außer Blockflötenspielen in der Fußgängerzone war ihr nichts in den Sinn gekommen und das war am Ende genauso erniedrigend wie die Irland-Abenteuer von Oonas Mutter. In ihrer Post fanden sich an jenem Tag eine Broschüre von Greenpeace und ein schlichter Brief, die Schrift schwungvoll und autoritär, der Inhalt klar. Lars lud sie zum Essen ein, nicht in der Stadt, sondern in ein Lokal am See. An einem Abend nach der Schule. Er würde sie abholen. In seinem Mercedes. Von der Schule. Was genauso geschmacklos war wie seine Gucci-Schnalle. Banker waren eklig.

An dem Abend kamen sie gar nicht erst in dem Lokal an. Lars lenkte seinen silbergrauen Mercedes in den Wald. Wo sie sich im Auto küssten. Wo er sie auszog, wo sie sich nackt auf seinen Schoß setzte und sagte: »Wenn jetzt jemand kommt, sieht er alles von mir.« »Nur die Rückseite«, sagte Lars und zog sie an sich und sie spürte die Gucci-Schnalle hart und kalt auf der Haut über ihrem Schambein. Sie hörte, wie ein Motorrad durch den Wald gerattert kam, und wandte sich ab, verbarg ihr Gesicht an Lars' Schulter.

Ihr Körper war bloß ein Körper, den hatten andere schon taxiert, vor allem der Arzt, der ihr vor zwei Jahren viel zu interessiert ihre Brüste abgetastet und verkündet hatte, dass sie unterschiedlich groß wären. Da hatte sich etwas in ihr zurückgezogen. Sie hatte vor dem Arzt gesessen und alles an ihr verschloss sich und wuchs zusammen, ihre Augen, ihr Mund, ihr Gesicht wurde zu einer glatten Maske, auf der sich nichts regte, nicht das mindeste Gefühl, keinerlei Genugtuung für den Mann, der sie gerade behandelte, als wäre sie eine defekte Puppe, die nur er wieder ganz machen könnte. Und so war es jetzt auch im Wald mit Lars vor sich und dem unbekannten Motorradfahrer in ihrem Rücken. Sie wartete regungslos, bis sie das Rattern nicht mehr hörte. Lars strich ihr übers Haar: »Kleines, alles gut, nichts gesehen, nichts geschehen«, sagte er. Sie setzte sich in seinem Schoß auf, setzte sich auf seine Erektion, er stöhnte.

»Da ist noch was«, sagte sie ernst.

»Was?« Die Ungeduld machte seinen Atem schnell. »Willst du mir sagen, dass du Jungfrau bist?«

»Ja.«

»Ehrlich?«

»Ja.«

»Oh. Dann geht das hier nicht. Wir müssen das …«

»Beenden?«

»Wenn du willst? Willst du das?«

»Nein!«

»Wir müssen das feiern. In Ruhe. Und schön.«

Eigentlich hatte sich Valerie den ersten richtigen Sex nicht schön vorgestellt, sondern dunkel, hungrig, gierig, junge Seelen, die das Schicksal oder das Verlangen oder sonst eine unberechenbare Größe barfuß durch Scherben getrieben hatte und die jetzt über ihre bedürftigen Körper Trost suchten. *Wir Kinder vom Bahnhof Zoo*-mäßig. Aber schön? Schön klang nach Himmelbetten in den Hochzeitssuiten teurer Hotels. Nach weißen Flauschbademänteln, die man nach einem Schaumbad zu Boden gleiten ließ, und einer Rose auf dem Nachttisch. Die neunzehnjährige Valerie hasste Rosen, besonders rosafarbige. Rosa Rosen waren das Klischee schlechthin. Oona war sich da mit ihr einig. Oona liebte schwarze Tulpen und Feuerlilien. Sie würde mit Oona niemals über die Lars-Affäre reden können.

Und dann war es da, das Wochenende, von dem Lars ihr versprochen hatte, dass es schön werden würde. Seine Frau war mit dem Kind zu ihren Eltern gefahren, er hatte ihnen erzählt, dass er ebenfalls unterwegs sei, er würde einen Klienten in München treffen und danach eine Nacht bei einem Freund verbringen, und das Beste war, er musste tatsächlich einen Klienten in München treffen. Valerie hatte ihren Eltern erzählt, sie wollte mit Oona zelten gehen, die Eltern nickten nur und hörten ihr nicht zu, denn hätten sie das getan, so hätten sie sich gewundert, Valerie und Zelten, das passte nicht. Lars holte Valerie am Freitagabend in seinem Mercedes ab, natürlich nicht zwischen den Thujahecken von Valeries stillem Wohnquartier, sondern an einer unverfänglichen Bushaltestelle in der Nähe des Güterbahnhofs.

Die Fahrt nach München war enttäuschend. Lars fuhr

auf die Autobahn, wo sie weder anhalten noch knutschen konnten, und Valerie versank in Schweigen, die Gleichmäßigkeit der Fortbewegung und die eigene Trägheit lullten sie ein, sie hätte am liebsten geschlafen. Lars deutete ihr Schweigen falsch, er hielt sie für schüchtern, für verklemmt, er sagte: »Im Handschuhfach liegt ein Flachmann, probier mal, das entspannt.« Sie trank einen Schluck, doch die Folge davon waren Kopfschmerzen.

München hatte sie sich anders vorgestellt. Irgendwie prächtig. Vergoldet. Doch Lars hielt in einem undefinierbaren Wohnquartier vor einem hässlichen alten Haus mit mehreren neueren Ausbuchtungen aus Glas. In der Eingangshalle war noch mehr Glas, geschmackloses Chromstahlgestänge und ein Teppichboden, der aussah, als hätte ein Designer für Sitzbezüge in Bussen den schlechtesten Tag seiner Karriere gehabt. Bevor Lars an der Rezeption nach einem freien Zimmer fragen konnte, sagte sie: »Nein, hier nicht«, und ging zum Auto zurück.

Er war verstimmt. »Ich bin gern hier«, sagte er, »günstige Lage und immer was frei. Und du darfst nie von einer Rezeption auf die Zimmer schließen.«

Das nächste Hotel war schlimmer. Sie fragte sich, wieso er für die Nacht der Nächte nicht ein nettes altes Innenstadthotel gebucht hatte, wo der Portier eine Uniform trug und es hübsch verpackte Seifen im Bad gab, sie hatte sich trotz Hochzeitssuiten-Verachtung unter der ganzen Reise eine Entrückung vorgestellt, eine Fahrt in einen Traum. Ihr war flau, ihr Kopf pochte vor Schmerz, sie hatte außer dem Schluck aus dem Flachmann nichts zu sich genommen, es war bald 22 Uhr, ihr Blutzuckerspiegel sank, und der Mann neben ihr steuerte gereizt durch unattraktive Vorstadtstraßen. Schließlich hielt er und sagte: »So. Hier bleiben wir. Ich hab genug.«

Das Zimmer war winzig. Sperrholzmöbel, von denen die Beschichtung absplitterte. Eine verzerrt grinsende Picasso-Frau über dem Bett. Brandlöcher in der Bettwäsche aus Polyester. So stellte sie sich Stundenhotels im Rotlichtmilieu vor. War es das, was Lars schön fand? Was er inszenieren wollte?

Sie schloss sich im Bad ein, wo es keine kleinen Seifen, sondern nur einen Seifenspender gab, schaute in den Spiegel und sah, wie auf ihrem Kinn zwei leuchtend rote Pickel sprossen. Und wie ihre Haut fahl und schwammig wirkte. Sie stellte sich unter die Dusche und griff zu einem Schaumzäpfchen, sie hatte darüber in einer Frauenzeitschrift gelesen, man musste es zehn Minuten vor dem Geschlechtsverkehr in die Vagina einführen und es verwandelte sie in eine Sperrzone für Spermien. Natürlich würde Lars Kondome benutzen, er hatte schließlich Frau und Kind, aber was, wenn das Kondom riss? Oder frisch gefüllt von seinem Penis glitt und in ihr drin verschwand? Die Magazine waren voll von solchen Unfällen. Sie rubbelte sich so lange trocken, bis sich das Rot der Pickel nicht mehr störend vom Rest ihrer beinahe hummerroten Haut abhob. Sie wartete, bis die zehn Minuten vorbei waren, wickelte das Handtuch um sich und stellte sich vors Bett. Lars blätterte in einer Zeitung. Ihr Magen knurrte, ihr Bauch wölbte sich nach innen, die Hüftknochen stachen hart und spitz hervor, sie hätte sich am liebsten an ihnen festgehalten. Er musterte sie von oben bis unten, sie versuchte sich vorzustellen, was er sah, wenigstens war sie sauber, wenigstens hatte sie ihre Beine rasiert, wenigstens hatte sie ihre Nägel kurz geschnitten, gefeilt und hellrosa lackiert, sie fragte sich, ob sie sich sehr von einer gepflegten, erwachsenen, selbstbewussten Frau unterschied, einer Frau wie seiner, die überdies einen Job hatte, erfolgreich war und etwas darstellte in der Welt. Und die er betrog. Sie hatte ihn nicht gefragt, wieso und ob er das zum ersten Mal tat, sie beabsichtigte nicht, sich in den Mann mit der unmöglichen Gürtelschnalle zu verlieben oder ihn dazu zu bringen, sich in sie zu verlieben, sie hatte nicht vor, seine kleine Welt zu sprengen, die Idee einer Affäre, die sie selbst vor der besten Freundin verheimlichen musste, hatte ihr gefallen. Und jetzt stand sie da, und die aufregende Idee des ersten Mals sackte in sich und in ihr zusammen und rann ihr bereits wieder als klebrige Tropfen die Beine hinunter. Sie drehte sich um, ging zurück ins Bad, zog sich an, öffnete das Fenster, steckte sich eine Zigarette an und sagte: »Ich brauch was zu essen.«

»Tut mir echt leid«, sagte er, »aber die Hotelkneipe ist seit einer halben Stunde geschlossen.«

»Na dann. Gute Nacht.«

Lars schaute sie verwundert an, wollte sie in den Arm nehmen, sie weigerte sich, legte sich angezogen ins Bett und schlief sofort ein.

Am nächsten Morgen redete sie nicht mit ihm. Sie ging runter in den Speisesaal, stopfte ein Croissant in sich hinein, trank Kaffee, danach setzten sie sich ins Auto und fuhren zu seinem Klienten. Lars parkte den Wagen am Straßenrand, sagte: »Warte hier!«

»Kann ich nicht spazieren gehen?«

»Es geht schnell, versprochen.«

Sie blieb sitzen. Er betätigte die Zentralverriegelung. Sie wartete eine Stunde lang, las, leerte den Flachmann. Danach hatte er ein schlechtes Gewissen. Sie schwieg.

»Bitte«, sagte er, »bitte, bitte, bitte, wir haben doch nur dieses Wochenende.«

Sie sah, wie aufgelöst er war, und küsste ihn.

Die Autobahn war genauso langweilig wie am Tag zuvor. Endlich nahmen sie die Ausfahrt, nur noch sechs Kilometer bis zum Zentrum, sagte die Anzeigetafel, demnächst müssten sie an Großmutters Siedlung vorbeikommen, dachte Valerie, am liebsten wäre sie dort ausgestiegen. Lars hielt auf dem Pannenstreifen.

»Schaffst du es, zu tun, was ich dir sage?«

»Vielleicht.«

»Geh nach hinten. Leg dich in den Fußraum.«

»Echt jetzt?«

»Wir fahren zu mir. Das Haus steht leer. Niemand darf dich sehen.«

Er reichte ihr eine Decke, die leicht nach Hund roch oder Pferd, auf jeden Fall nach einem teuren Tier. Sie polsterte damit den Fußraum, kauerte sich hin, stieß sich Knie und Kopf und atmete Staub, »nur zehn Minuten«, sagte er, »das hältst du aus, oder?«

Sie nickte in den Staub hinein, doch dann war da plötzlich eine Baustelle und aus den zehn Minuten wurden zwanzig.

Sie hörte, wie sich ein Garagentor öffnete und wieder schloss. Wie er den Wagen verließ und die Tür neben ihr öffnete. Vorsichtig hob sie den Kopf, ihre Knie waren steif, sie fühlte sich schon wieder schwach, das Croissant vom Frühstücksbüfett hatte nach Watte geschmeckt und war genauso nahrhaft gewesen. Er half ihr hoch, strahlte sie im Neonlicht seiner Garage an, strich eine Strähne aus ihrem Gesicht, wischte einen Schmutzfleck von ihrer Wange und küsste sie vorsichtig auf den Mund.

»Jetzt wird alles gut«, sagte er, »komm, aber meide die Fenster! Und Rauchen, Kleines, geht nicht.«

Sie gingen eine Treppe hoch ins Haus. Ein großzügiger Bungalow aus Sichtbeton, Zimmer an Zimmer, sehr hell, eine Couch aus weißem Leder, Glastische, so viele Fenster, wie Valerie noch nie an einem Haus gesehen hatte, als wäre es geradezu die Pflicht des Hauses, sich in Licht aufzulösen. Sie wäre gern in den Garten gegangen, ein Teich schimmerte durch ein halb verhülltes Fenster.

Die Sonne stand an einem schamlos blauen Himmel, und obwohl sie vor Hunger fror, hätte sie sich gern auf dem Rücken im Teich treiben lassen, die kalte Haut eins mit dem kühlen Wasser, doch schwarze Würmer wanden sich von den Rändern her in ihr Blickfeld und wurden immer mehr, sie schwankte, griff mit einer Hand hinter sich, da war das weiße Ledersofa, sie war schmutzig, aber das Leder ließ sich wieder abwischen, niemals hätte sie sich auf ein weißes Stoffsofa gesetzt, niemals, sie würde keine Spur hinterlassen, und nach diesem Wochenende würde sie Lars verlassen, das war das einzig Klare in ihr drin, es hatte keinen Sinn, sie hatte sich diese Geschichte leicht vorgestellt, etwas Kleines, das in die schwebende Zeit zwischen Sommer und Herbst passte, kein Drama. Die Würmer hatten sie jetzt überwältigt, sie war blind, ließ sich fallen, hörte seine Stimme, erst schwach, dann deutlicher, er musste sich über sie gebeugt haben, sie spürte seinen warmen Atem an ihrem kalten Gesicht, er schüttelte sie und schüttelte die Würmer aus ihren Augen.

»Was ist los? Was muss ich tun, sags mir!«

Sie flüsterte: »Zucker, ich brauch Zucker, irgendwas ...«

Er ließ sie liegen, kam zurück mit einer Plastikflasche, öffnete den Deckel, träufelte ihr Honig in den Mund. Brachte ihr einen Kaffee und ein paar Kekse.

»Sonst ist nichts im Haus, niemand hat eingekauft, ich dachte ja nicht, dass wir ...«

Sie schaute ihn an, er war bleich, hatte leichte Bartstoppeln, er sollte sich die Zähne putzen, dachte sie, und ich sollte mir die Zähne noch dringender putzen. Er träufelte etwas Honig auf ihren Hals und leckte ihn ab.

»Nicht«, sagte sie, »ich muss doch duschen.«

»Für mich schmeckst du köstlich«, sagte er und blieb nachdenklich vor ihr stehen. Dann hatte er eine Idee: »Lass uns einen Film schauen. Warte hier!«

Sie blieb liegen. Er kam zurück und schob eine Kassette ins Videogerät. Schaltete den Fernseher ein. Und die Geschichte eines Mannes und einer Frau nahm ihren Anfang, die der von Lars und Valerie nicht unähnlich war.

Ein schönes Paar in einem schönen Haus, die Möbel von einer bedrückenden Geschmackssicherheit und so unbelebt, als würde es sich um ein Möbelhaus handeln, was es wahrscheinlich auch war. Denn das war kein richtiges Filmset, das war, wie Valerie nach wenigen Minuten bewusst wurde, ein Pornoset oder ein illegal in einem Möbelhaus gedrehter Porno. Der Mann verband der Frau die Augen, führte sie zu einem Bett und band ihre Hände an den glänzenden Messingstangen des Kopfteils fest, zog erst sie aus und dann sich, sein Schwanz war riesig, er fickte sie zuerst in den Mund, und Valerie hätte am liebsten den Honig und die Kekse wieder ausgekotzt. Sie sehnte sich nach ihrem Zimmer zu Hause, ihrem Bett und viel zu essen, und der Mann neben ihr hatte den gleichen Gesichtsausdruck wie der Mann im Video, bedürftig, gierig, unberechenbar.

Sie konnte jetzt aufstehen und um Hilfe rufend aus dem Haus rennen, aber sie wollte niemanden zerstören, wollte nicht stören, wollte doch selbst bloß ungestört sein oder bleiben, in ihrem Kopf schrie etwas nach Klarheit, denn da war keine, da war eine Starre, nein, eher eine Waffenstarre, als würden viel zu viele Gedanken mit Schwertern und Speeren aufeinander losgehen, bis sie alle ineinander verkeilt stecken blieben. Sie zitterte am ganzen Leib. Er zog sie aus. Sie lag nackt auf dem kalten weißen Leder und starrte zur Decke, doch da war nichts Warmes, da war nur Beton und im Beton der Abdruck der Bretter, auf die der Beton gegossen worden war, versteinerte Astlöcher schauten als graue Augen auf sie herab, die leichte Wellenbewegung der längsgeschnittenen Jahresringe trug sie davon.

Die schwarzen Würmer krochen wieder in ihr Blickfeld, sie hieß sie jetzt willkommen.

Sie spürte, wie er seinen Arm um ihre Taille schlang, sie in der Mitte hochhob und ein Handtuch unter sie schob, sie ließ es geschehen und starrte in die kalten grauen Augen weit über sich. Er zog sich aus, er griff in sie hinein, es tat weh, er ging weg, kam zurück mit einem Kondom und einer Dose, Vaseline, dachte sie, oder Gleitgel, er kannte sich schließlich aus mit Gel, fast hätte sie gelacht, im Hintergrund lief der Porno, die Frau stöhnte, der Mann auch. Lars glitt mit einem Stoß in sie hinein, er schaute sie nicht an dabei, bog seinen Kopf zurück, vielleicht begegneten ihre Blicke in diesem Moment dem gleichen grauen Betonauge. Sie fühlte keinen Schmerz, sie fror, ihre Zähne schlugen aufeinander, ihr war, als ob jeder Zentimeter ihrer Haut eisigem Wind ausgesetzt wäre. Sie schlüpfte aus ihrem Körper, stieg hoch, fast bis zur Decke, wo sie als Wolke schweben blieb und auf alles hinabsah: Auf eine junge Frau mit Augenringen und Pickeln, deren Gliedmaßen sich im Rhythmus der Stöße, mit der ein Mann sie bearbeitete, bewegten, ansonsten schien sie ganz und gar leblos zu sein. Auf den Mann, von dem sie nicht sagen konnte, ob er gerade glücklich oder traurig war, während er vollzog, was die beiden vereinbart hatten, während er seinen Part ihrer Abmachung einlöste. Niemand konnte behaupten, dass er sich nicht an sein Wort hielt.

Sie sah das Sofa, das wie ein Eisberg mitten im Zimmer stand und auf einem Teppich aus blauer Wolle trieb, sah den Glastisch davor, den Fernseher, der ein weiteres Paar in einem weiteren Zimmer zeigte, bei diesem zweiten Paar war alles in warmen Farben gehalten, die Haut der Frau war rosig, ihre Wangen ebenfalls, die Lippen rot und glänzend. Der Mann zielte auf ebendiese Lippen, und Weiß legte sich auf das Rot wie ein Spritzer Sahne auf frische Erdbeeren. Sie wünschte sich in diesen Film hinein, in die warmen Farben, auf das Bett mit dem Messinggestänge, seinen vielen Kissen, der Decke, sie stellte sich vor, das Bett stünde nicht in einem Möbelhaus, sondern im Schlafzimmer des Hauses mit den grauen Augen, unter denen sie jetzt hing, und Lars hätte aprikosenfarbige Vorhänge zugezogen, bevor er sich zu ihr legte, und das Licht fiele durch sie wie in einem guten Traum. Oder wie an einem Sommertag irgendwo im Süden. Draußen wäre die Welt ausgebleicht und die Sonne stechend, doch drinnen würde sie den Raum in Geborgenheit tauchen. Und was auch immer sich darin vollzöge, es wäre erträglich und würde sich im Nachhinein verklären lassen.

Sie schaute um sich, doch da war wieder das Grau, das Blau, das Weiß. Der Mann auf dem Eisberg zog sich jetzt aus der Frau zurück, es war vollbracht, er legte sich neben sie, er zog sie an sich, küsste sie, in seinem Gesicht lag etwas, war es Verwunderung, war es Zufriedenheit, dann schloss er die Augen und schlief ein. Und sacht senkte sich die Wolke wieder hinab und wurde eins mit der Frau, kehrte als kleines Leben in sie zurück, und sie hob ihren Kopf und blickte auf den Mann neben sich, auf seinen Schwanz, der jetzt wieder schlaff zwischen seinen Beinen lag, das Kondom war noch drauf, und die Frau suchte und fand einen

Blutstropfen auf seiner Spitze, es war nicht wie im Film, wo ein handgroßer Blutfleck das Bettlaken ziert, es war bloß dieser eine Tropfen, und im Kondom befand sich das, was eben wie Sahne oder Schnee auf dem Erdbeermund der anderen geprangt hatte, doch es war nicht weiß, es hatte einen leichten Gelbstich, vielleicht lag dies am Kondom. Die Frau suchte sich zusammen, ihre Gedanken, ihre Glieder, atmete tief ein und aus, erhob sich, stieg über den Mann hinweg, stieß sich das Schienbein am Glastisch.

Das also, dachte sie, ist es jetzt gewesen, das erste Mal, ein kaltes Nichts, sie fragte sich, wie es so weit hatte kommen können, wie sie dahin gekommen war, wieso sie nicht schon gestern Abend in München zum Bahnhof gegangen war. Sie sah sich im Hotelbadezimmer verzagen, sah sich im Auto warten, im Fußraum kauern, sah sich geschwächt, dabei hätte einer, der sie angeblich verehrte, doch alles tun sollen, um sie zu wärmen, zu nähren, hätte in die Nacht hinausfahren und wenigstens eine Pizza besorgen sollen oder einen Burger, aber offenbar war ihre Schwäche seinem Plan entgegengekommen. Sie betrachtete ihn, wusste, wie schön seine Augen sein würden, wenn er sie wieder aufschlüge, wie gut sich seine Hände auf ihrer Haut anfühlten, nur nicht jetzt und nicht in den letzten Stunden, da hatte sie beide jedes Gefühl füreinander verlassen. Die Sonne fiel durch einen Vorhangspalt, sie stellte sich in die Lichtbahn und wärmte sich, dann suchte sie die Dusche.

In den Wochen danach bedrängte er sie mit Briefen, die sie ungeöffnet an seine Büroadresse zurückschickte. Stand eines Tages mit seinem Mercedes vor ihrer Schule, sagte, er fühle sich schuldig, sie habe jedes Recht, über ihn zu richten, öffnete den Deckel seines Kofferraums, darin befanden sich zwei Dutzend Rosen. Von einem Rosa, das nur billige Nagelstudios gut fanden. Oder die Natur. Sie lachte ihn aus und schickte ihn weg. Oona erzählte ihr besorgt, ihr Bruder würde unter einer Depression leiden und sei in Behandlung. Als der nächste Mann mit ihr schlafen wollte, weigerte sich Valerie, ihre Leggins auszuziehen, er rieb sich seinen Penis am Stoff wund im Versuch, ihr wenigstens ein bisschen nahe zu sein. Ihre Freundschaft mit Oona ließ sie diskret sterben.

Und das war die ganze Geschichte. Wenn sie sich erinnerte, redete sie sich aprikosenfarbige Vorhänge ein und einen weichen rotgoldenen Schimmer über allem, nur so spürte sie die Kälte von damals nicht mehr. Was geschehen war, wurde entrückt, wurde zur melancholischen Erzählung eines missglückten Endes. Einer Reise. Einer Liebesgeschichte. Eines Abschnitts ihres jungen Lebens. Das war das Traurigste daran. Und als sie ihre Geschichte zum ersten Mal erzählt hatte, da wurde sie überwältigt und weinte. Ihre Freundinnen auf dem heißen Stein im Hamam schlossen sie in die Arme. Es war gut, ihr war warm und sie liebte sich.

Valerie schaute auf die Uhr. Gleich war Mittag. Sie hatte einen Morgen lang erfolgreich prokrastiniert. Und gesucht, wonach sie gefunden hatte. Ein Gespür für Kia, die kleine Tänzerin. Für ihre Angst vor der Versehrung und ihre Wut, die besser war als alles andere. Valerie konnte jetzt schreiben. Sie wusste, wie. Sie verschränkte die Finger ineinander, machte ein paar Dehnungsübungen und stieß dabei die Teebeutelpackungsmauer ihrer Kollegin um. Aus den Trümmern stieg ein Fluch auf. Valerie lächelte. Und begann.

6

Mama hatte ihm eine SMS geschickt: *Steine knacken. 17 Kinder, 15 Uhr, Naturhistorisches Museum. Steine und Gerät warten im Garten. Lieb dich, Lämmchen!* Er stöhnte. Aber gut. Steine knacken war das Leichteste überhaupt. Doch sein Plan war ein anderer gewesen. Als ihn Mamas SMS erreichte, hatte er mit seinem Mitbewohner beim Mittagessen gesessen, Alex hatte eine Carbonara gekocht und Luca einen Eistee nach Mamas Rezept gebraut. Sie hatten sich an einen winzigen Tisch auf dem Balkon geklemmt, ein richtiges Elfenmöbel, und Luca fragte sich, welche von Alex' früheren Mitbewohnerinnen ihn wohl angeschafft hatte. Es gab da zwei Frauen mit höchst kompliziertem Liebesleben. Eine hatte erst gekellnert und Germanistik studiert und war jetzt Lektorin in einem Verlag. Die andere hatte als Gelegenheitsprostituierte gearbeitet und machte jetzt eine Ausbildung zur Sozialarbeiterin. Alex hatte ihm Fotos von ihnen gezeigt, besonders an der kellnernden Germanistin schien ein beträchtliches Stück seines Herzens gehangen zu haben, Luca konnte nichts an ihr finden, in seinen Augen war sie schmal und fade. Die andere dagegen war ein Spektakel, klein und kurvig, wie Spitzenstoff bedeckten Tattoos ihre Haut, silbernes Haar türmte sich über ihrem runden Gesicht, riesige Augen strahlten. Eine sehr Dünne und eine sehr Kleine also, kein Wunder, dass sie beim Möbelkauf anders dachten als Männer. Doch die Sonne blieb auch auf dem kleinsten Balkon und am winzigsten Tischchen die Sonne und verrichtete zuverlässig ihr wohltuendes Werk.

»Ist dir nicht heiß?«, fragte er seinen wie immer schwarz gekleideten Mitbewohner.

»Nein, wieso? Ich schwitze nie«, sagte Alex, strich sich das schwarze Haar aus der Stirn und guckte über den oberen Rand seiner Brille. Luca hatte sich schon gefragt, ob das volle, leicht blaustichige Haar echt oder gefärbt war und von wem es im Falle seiner Echtheit stammen könnte. Er hatte zufälligerweise ein altes Foto von Alex' Eltern gefunden und war sich ziemlich sicher, dass weder seine Mutter noch sein Vater jemals solches Haar besessen hatten und keinerlei Anzeichen von südländisch durchwirkten Ahnenreihen aufwiesen. Doch was auch immer gewesen sein mochte, heute war Alex der Sohn seines Vaters und bald der Erbe eines Großvermögens. Und dazu ein komischer Asket, ein dramatisch drahtiger Intellektueller, der sich lästige Dinge wie Schweißausstoß selbstverständlich abtrainieren konnte. Ein Streber. Jedoch nett. Und cool, dass einer in dem Alter so entspannt sein konnte. Eigentlich wollten sie nach dem Mittagessen die Küche neu streichen, sie hatten die Wände schon von dicken Schichten aus alten Filmplakaten befreit, die sich im Lauf der Jahre mit Fettdampf vollgesogen hatten. Sie hatten sich für weiße Farbe entschieden, Luca träumte schon seit Jahren von weißen Wänden ohne denkmalgeschützte Holzbalken und fleckige Tapeten und Alex sehnte sich nach Luft und Licht in seiner Küche. Sie hatten auch ein verchromtes Brett, Schrauben und Dübel für Alex' Kochbücher gekauft, die sich bislang als staubiger Stapel in einer Ecke türmten.

Luca hatte angefangen, sich mit Alex wohlzufühlen. Weil der bei aller Intelligenz selbst kein Glück mit Frauen hatte. So was verband. Ausgerechnet Mamas Anna schien mit schuld an der Misere seines Mitbewohners zu sein. Luca hatte ihn nämlich ganz arglos gefragt, woher er denn Anna kenne, und Alex' Antwort war: »Sie hat eine Frau verführt, in die ich sehr verliebt war. Oder sich von dieser Frau verführen lassen. Auf jeden Fall war Anna für diese Frau interessanter als ich.« Ob es sich dabei wohl um die kellnernde Germanistikstudentin gehandelt hatte?

Mehr hatten Luca und Alex nicht über Frauen und die Liebe geredet, es war ein Thema, das keinen weiterbrachte. Wozu auch? Sie kamen abends beide nie mit einem Mädchen nach Hause. Es gab in ihrem Leben gerade keine reale Frau. Lieber unterhielten sie sich deshalb über ihre Eltern, waren überzeugt, dass sich ihre kreativen Mütter und ihre berühmten Väter eigentlich ganz gut verstehen müssten. Alex beneidete Luca um den chaotischen, warmen Kokon seiner Kindheit und die »absolute Entscheidungsfreiheit«, die sich durch das Fehlen gesellschaftlicher Weichenstellungen ergab. Luca hätte nichts gegen etwas von Alex' Geld einzuwenden gehabt, nicht viel, bloß eine Million vielleicht, nein, besser zwei. Er hätte Mama damit ein richtiges Häuschen gekauft und Malous Rebellen ein Headquarter. Und sich? Keine Ahnung. Er brauchte nichts. Da war er ganz bei Alex, der brauchte auch nie was.

»Mal ganz ehrlich, was ist eigentlich genau dein Problem mit Geld?«, hatte er Alex gefragt.

»Mein Problem? Erstens stand ich nie hinter dem Business meines Vaters. Zweitens erwarten alle, dass ich sein Geld in gute Taten umwandle. Dass ich eine Stiftung gründe, Stipendien und Preise vergebe und mich das ganze Jahr über damit beschäftige, wie sich sein Geld, das er mit Beleidigungen des gesunden Menschenverstandes erworben hat, in gesellschaftsrelevante Anliegen verwandeln lässt. Und alle warten nur darauf, dass ich versage. Mich selbst in einen Mann mit materiellen Bedürfnissen verwandle. Plötzlich in einer Villa wohne, einen Geschmack für teure Autos entwickle, eine Frau mit einem Talent für Repräsentation heirate, Nachkommen zeuge, einer dieser schmierigen Mäzene werde, der vielversprechende junge Wissenschaftlerinnen und Künstlerinnen zu Privataudienzen einlädt.«

Logisch, dachte Luca, Alex würde diese Vielversprechenden mit seinen Augen aus verglühten Meteoriten fixieren, tiefsinnige Gespräche führen, und ihre Ruhe wäre dahin.

»Dabei«, fuhr Alex fort, »brauche ich nicht mehr als ein paar kluge Bücher.«

Und Musik, dachte Luca, gutes Essen und gelegentlich einen jener Arthouse-Filme, bei denen immerzu jemand aus einem Zugfenster blickte und draußen stand ein Atomreaktor und ein magerer Hund pisste gegen eine kaputte Mauer. Für so was gab Alex gerne Geld aus. Danach war sein Weltschmerz noch größer.

Luca konnte sich ganz gut vorstellen, länger bei Alex zu wohnen. Er hatte ja sonst nichts zu tun. Er hatte sich entschieden, sein letztes Schuljahr nicht zu wiederholen. Wozu auch? Er wollte nicht zur Uni, er hatte andere Ideen von Zukunft, nichts hielt ihn davon ab, irgendwann ein kleines Unternehmen zu gründen, so viel Mathe konnte er wenigstens, er hatte sich in den vergangenen Jahren um Buchhaltung und Steuern seiner Mutter gekümmert. Es war damit wie mit allem: Er hatte sich um zu vieles gekümmert; um das Geld seiner Mutter, um sein eigenes, um irgendwelche Kinder, mit denen er Steine geknackt hatte. Für die Schule war einfach zu wenig Zeit geblieben. Weshalb er jetzt beschlossen hatte, den Faktor Schule vom Faktor Zeit zu subtrahieren und endlich richtig viel Zeit für alles zu haben, was er tun wollte und musste. Malou zum Beispiel war eines der Projekte, auf das er künftig nicht mehr nur verträumte Zeit verschwenden, sondern in das er gezielt Zeit investieren wollte. Er wusste, wie. Sie hatte ihm geschrieben, dass sie Stockholm verlängern wolle, bis zu einem halben Jahr, er war sich sicher, ein Mann musste der Grund sein, was sonst. Aber er war sich ebenfalls sicher, dass er, Luca, die zauberhafte Malou weit besser verstand als jeder andere. Und wenn sie schließlich von dem lauten Leben in Stockholm erschöpft wäre, würde er sie mit seiner unverbrüchlichen Zuneigung einfangen.

Steine knacken also. Ein Hit bei den Kindern. Mama wollte das einmal im Monat anbieten, als Erlebnisnachmittag, doch leider war die Nachfrage weit größer als nach ihren Schmuckstücken, weshalb sie inzwischen wöchentlich einen schweren Sack mit Steinen und den Schnappschneider in ihr Auto packte und losfuhr. Die Steine bezog sie im Internet, sie kamen meist aus Mexiko, waren überraschend leicht, hießen Geoden und glichen Trüffelknollen. Innen drin waren sie hohl und mit etwas Glück mit kleinen, völlig wertlosen Kristallen ausgekleidet. Die Kinder waren süchtig nach den Überraschungseiern aus Stein, und er erinnerte sich, wie sehr sie auch ihn fasziniert hatten, als er klein war. Dutzende von Geoden hatte er mithilfe seiner Mutter geknackt, behalten hatte er keine, sie waren alle im Garten ausgesetzt worden, es war ihm bloß um diesen kurzen Moment gegangen, wenn der Stein in zwei Hälften brach und sein altes, glitzerndes Herz offenbarte. Die Sache mit dem Schnappschneider war vor allem Show. Ein Schnappschneider war so groß wie ein halbes Kind. Mindestens. Eine Kette wurde rund um den Stein gelegt, sie glich einer Fahrradkette, doch ihre Glieder waren scharf geschliffen. Die Kette war zwischen zwei Griffe gespannt und wenn man diese zusammenpresste, wurde die Geode in zwei perfekte Hälften gespalten, während die porösen Steine unter einem Hammerschlag zu Staub zerbröselt wären. Luca mochte den metallischen Geruch, den die Griffe stundenlang auf seinen Händen hinterließen.

Er schwang sich aufs Rad und fuhr quer durch die Stadt

zu seiner Mutter. In der Parkanlage am See holten Freizeit-alkoholiker Biere aus Kühltaschen, und Eis schmolz in den Händen von selig aufs Wasser starrenden Menschen. Ein Mädchen mit Pferdeschwanz glich Merle. Plötzlich hatte er ein schlechtes Gewissen. Sie war so direkt gewesen an jenem milden Abend im Januar, so frei. Und dann war Malou gekommen. Merle und Malou, dachte er, die Offenherzige und die Geheimnisvolle, sein Winter- und sein Sommermädchen. Was Merle jetzt wohl machte? Ritt sie auf Merlin durch den Sommerwald? Oder versuchte sie, in der stickigen Halle ihrem Pferd einen neuen Kunstschritt beizubringen? Und wie rochen Merle und Merlin bei diesem Wetter eigentlich? Er sehnte sich nach einem Wiedersehen mit Malou und nach mehr, viel mehr von ihr, nach ihren süßen Augen, ihren aufgeworfenen Lippen, dem Haar, das sie sich an seiner Seite nie mehr aus dem Gesicht pusten müsste, weil er das für sie tun würde, er wollte das Porzellan sein, auf dem ihr Messer Fleisch zerteilte, er wollte … Nein, das mit dem Fleisch ging nicht, Malou aß kein Fleisch, Malou war dagegen und gegen vieles andere auch. Und er hoffte inständig, dass sie eines Tages, den er überdeutlich vor seinen Augen sah, nichts gegen ihn haben würde.

Allerdings wusste er auch nicht, was für ihn sprach, und deshalb hatte er sich zum Angriff entschlossen. Er musste dazu nach Frankreich. Und da er sich ohne Schulabschluss nicht einfach an einer Universität immatrikulieren konnte, würde er etwas anderes machen. Ein Kind war sein Schlüssel zu Malou gewesen, jenes Kind mit dem Eisbärtransparent, das er eine Demo lang an ihrer Seite auf seinen Schultern durch die Stadt getragen hatte. Er verstand sich gut mit Kindern. Sie kletterten auf ihm herum oder hörten ihm zu, wenn er alte Sagen von Göttern und Monstern erzählte. Sie knackten mit ihm Steine. Und deshalb würde er nun bei einer französischen Familie als Au-pair anheuern. Selbstverständlich in der Stadt im Norden Frankreichs, aus der Malou kam und in die sie irgendwann zurückkehren musste, so sehr hatte sie ihm von zu Hause vorgeschwärmt. Von Saint-Malo. Es war schön dort, ein riesiger flacher Strand säumte die Stadt, und Malous Eltern betrieben ein Restaurant, mittags gab es Galettes und Crêpes, abends frisch gefangenen Fisch. Luca sah sich nach seinem Zwischenjahr bei einer Familie mit zwei bis drei Kindern und nachdem Malou erkannt hätte, dass er nicht nur ein guter, sondern für alle möglichen Zukunftsvorstellungen der beste Mann war, an der Seite seines künftigen Schwiegervaters in der Küche stehen. Als Allergiker kannte er sich aus mit Galettes, sie wurden nicht mit Weizen-, sondern Buchweizenmehl gemacht, und Buchweizen, lateinisch Fagopyrum, war kein Getreide, sondern ein Knöterichgewächs und damit ein sogenanntes Pseudogetreide und also glutenfrei. Zudem bis in einer Höhe von 3400 Metern anbaubar, jedenfalls die Sorte Fagopyrum gracilipes, die in den chinesischen Provinzen nördlich von Gansu gedieh, er konnte das alles runterbeten, und er konnte krosse, beinah durchsichtige Galettes backen. Er würde in Saint-Malo dünnflüssigen Teig auf heiße Platten gießen, und Malous Papa würde ihn loben und sich freuen, schließlich wäre seine Tochter nicht mit einem zotteligen Schweden zusammen, der nur Rührei beherrschte. Seine eigene Mutter würde als Goldschmiedin, die das Anpacken und handfeste Gerätschaften gewohnt war, einen tadellosen Eindruck machen, und Mama und Malou würden bereits am ersten Tag ihrer Bekanntschaft mit einem Sonnenbrand vom Strand zurückkehren, weil sie vor lauter Reden über alternative Lebensformen und Abenteuerreisen die Sonne vergessen hätten. Eines Abends würde er mit Malou Hand in Hand über die Stadtmauer von Saint-Malo spazieren, die Sonne löste sich im Meer auf, er ginge vor ihr auf die Knie ... wieso denn nicht? Nur weil seine Mutter nie einer Frau einen Antrag gemacht hatte, hieß das nicht, dass er das nicht konnte. Wie oft hatte Papa eigentlich schon geheiratet? Zweimal? Dreimal? Öfter?

Bei ihm und Malou wäre alles anders, sie müsste viel reisen, sie wäre in einer NGO tätig, eine Spokesperson des Guten, der Veränderung, dank ihr würden die Menschen zu dringend nötigen Einsichten kommen, Smogdeckel würden sich von Städten heben, Mensch und Tier würden sich als Freund begegnen. Und er würde zu Hause bleiben, am weiten Strand und unter dem erhabenen Himmel, sie würde ihn zu einem besseren Menschen machen, einem mit Weitsicht, er würde sich um Malous Eltern und die eigenen Kinder kümmern, und vielleicht hätte er sich irgendwann gründlich genug mit Malous Idealismus und den Theorien dahinter befasst und könnte selbst mit einsteigen. Er wusste gar nicht, wie er Malous Business oder Berufung nennen sollte, Gutmenschen-Fabrik kam ihm in den Sinn, aber das war falsch, es ging schließlich um hochindividualisierte, eigenverantwortliche Geschöpfe, die sich endlich aus der besinnungslosen Masse der Weltverbraucher schälen würden. Er sah für sich durchaus einen Platz. Er könnte sich für Kinder einsetzen. Gegen Kinderarmut, Kinderprostitution, Kinderarbeit, es gäbe viel zu viel zu tun. Konnte Gutes jemals zu viel sein? Er musste diesen Gedanken unbedingt in seinem nächsten Brief an Malou erwähnen. Und die Sache mit den Kindern. Vielleicht fiele ihm bis dahin ein, wie er die Not von Kindern mit der von Tieren verbinden konnte, es war wichtig, von Einzelschicksalen zu abstrahieren und immer das große Ganze im Auge zu haben, das hatte ihm Alex eben noch beim Mittagessen gesagt.

Luca fragte sich, was denn dieses große Ganze für Alex bedeutete, ob er damit das Erbe meinte und was er damit alles in der Welt ausrichten könnte. Oder ob er das bloß geistig meinte. Alex' Existenz schien Luca ein melancholisches Innehalten in einer Blase zu sein. Ein Warten auf den Tag, da das Geld wie eine Bombe einschlagen und alles zum Platzen bringen würde mit seiner penetranten Gegenwart. Denn Alex, so viel hatte er über seinen Mitbewohner schon gelernt, war einer, der sich gerne distanzierte. Nicht, weil er sich für besser hielt, die Distanz gab ihm den Raum, den er für seine kritische Arbeit brauchte. Das Geld würde ihn in jenes System zurücksaugen, das er als widerspenstiger Teenager verlassen hatte. Selbst wenn er damit umsichtiger und sinnvoller umging als sein Verlegervater, konnte er nicht vermeiden, andere von sich abhängig zu machen.

Es würde sich eine andere Welt an ihn heften als jene, in deren Schutz er die letzten zwanzig Jahre verbracht hatte. Das Geld würde Alex niederziehen. Er war jetzt am besten Ort seines Lebens. Jedenfalls, was seine Beschäftigung betraf, das Private hüllte er ebenso in Dunkel wie seinen Körper. Alex besaß wirklich kein einziges Kleidungsstück, das nicht schwarz war. Jede Jeans, jedes Hemd, jede Unterhose und Socke war schwarz, Luca hatte inzwischen oft genug die gemeinsame Wäsche gewaschen, er kannte die ganze Schwarzpalette. Als wäre der andere immerzu in Trauer. Aber gut, der Rockstar-Existenzialisten-Look stand ihm. Luca hatte schon mal heimlich Alex' Klamotten angezogen, doch Schwarz entsprach einfach nicht seiner Weltsicht.

Er hätte gerne gewusst, wie viele Frauen ihm Alex schon voraushatte. Zwischen keiner und zwanzig schien ihm alles möglich. Es konnte nicht sein, dass Alex immer schon derart schwermütig verdämmert war wie jetzt. Er selbst kam beim Zählen an einem besonders großzügigen Tag auf drei. Inklusive Malou. Die ja erst noch seine Freundin werden musste. Geschlafen hatte er von den dreien allerdings erst mit einer. Und auch das nur vielleicht. Zuvor waren Mädchen eher ein Gefühl gewesen. Eine Stimmung. Küsse, die sich zu nass anfühlten, Bikiniwerbung im Sommer, Flaschendrehspiele auf Partys. Sie machten, dass sich die Welt auflöste in einer Wolke aus Andeutungen, Landschaften aus Lippen und Ohrläppchen, zarten, ausrasierten Nacken und anderen, die erst sichtbar wurden, wenn eine Hand das lange Haar anhob. Aus Wirbelsäulen, die sich durch T-Shirts abzeichneten und von denen er ahnte, wo sie hinführten. Aus bläulich schimmernden Achselhöhlen und Armbeugen.

Und dann kam Liv. Sie war schon fast neunzehn, er erst siebzehn, sie kannte den Türsteher des Clubs, in den alle wollten, stellte sich vor ihn hin, steckte ihm ihre Hand in die Hosentasche, ließ eine ziemlich potente Pille darin verschwinden und Luca durfte rein. Denn das war Liv. Ein Mädchen mit interessanten Verbindungen nach Amsterdam, aus denen sie zu Hause gesellschaftlichen Profit schlug. Luca hatte überhaupt nicht geplant, mit Liv im Club aufzuschlagen, er war bloß auf dem Rad vorbeigefahren, stehen geblieben, hatte die Mädchen in der Schlange bewundert und eine unbändige Lust nach Bier, Musik und Bewegung verspürt. Eines der Mädchen hatte sich umgedreht, ihr Haar war so kurz, dass er ihre Kopfhaut sah, sie war groß und durchtrainiert, war im Schwimmverein und trug echte Spitzenunterwäsche. Das erzählten die anderen Mädchen aus dem Verein, vor allem aber ihr Freund, der darauf sehr stolz war und am liebsten über die Anatomie der Frau im Allgemeinen und die seiner Freundin im Besonderen redete. Sie winkte Luca aus der Schlange heraus zu, winkte ihn herbei, und da standen sie und begannen, miteinander zu reden, es war gar nicht schwierig, es war wie später mit Merle, dachte er jetzt, und Liv rührte ihn, doch er wusste nicht, wieso, vielleicht, weil die Haut so verletzlich durch ihr borstiges Haar schimmerte. Drinnen tauchten Lichteffekte den Raum in bunte Blasen, es war wie in einer Lavalampe, Liv wurde himbeerrot und himmelblau übergossen, das Licht perlte an ihren Beinen entlang zu Boden, ihre Hotpants waren so kurz wie ihr Haar, Luca starrte auf die geschmeidigen Muskelstränge, die ihre Beine nicht nur zu auffallend attraktiven Beinen, sondern zu etwas Metaphysischem machten, einem Wurzelwerk, einem Ort, wo Kraft in Schönheit verwandelt wurde, einem … Liv zog ihn zu sich heran, auf ihrer ausgestreckten Zunge lag die Hälfte einer Pille, und ohne zu überlegen küsste er sie und schluckte die Pille mit einem Gemisch aus ihrem und seinem Speichel runter. Zwischen seinem Hirn und seiner Schädeldecke öffnete sich etwas Grenzenloses, es war göttlich und galaktisch und Liv ebenso, und obwohl er sich bis vor einer halben Stunde noch nie mit ihr unterhalten hatte, wollte er jetzt für immer alles an ihr ergründen, den Flaum auf ihrer Wange, den Glanz auf ihren Augenlidern und vor allem diese Beine, er war völlig verschossen in diese Beine, die wahrscheinlich stark genug waren, ihm das Genick zu brechen. Er streckte seine Hand aus und berührte sie, wo die Hand das gerade tun wollte, und sie begann zu kichern, was überhaupt nicht zu ihr passte und süß war, er hatte nicht gedacht, dass sie so weich sein könnte. Ein Mädchen mit grünem Haar sang, dass es Schluss machen wolle, und zwar mit sich selbst, der Song war wie die Sache mit seinem Hirn und seinem Schädel, erhaben, überwältigend, sehr, sehr gut, in seiner Hand war plötzlich ein Glas mit viel Eis, keine Ahnung, hatte er sich das geholt? Und was war das? Wasser? Er nahm einen Schluck, na, eher Wodka als Wasser, auch gut, also besser, auch Liv trank das, sehr gut, es war wichtig, dass sie jetzt das Gleiche erlebten und spürten, dass sie eins waren, noch nie war ihm eine Frau so nah gewesen, gut, seine Mutter natürlich, als er in ihrem Uterus herumgeschwadert war, aber das hatte er ja nicht bewusst erlebt, das war einfach geschehen. Jetzt hingegen hatte er die volle Kontrolle, ja, war doch so, jetzt war er hier mit Liv, nein, falsch, er war nicht einfach mit Liv, er war dabei, mit Liv zu verschmelzen, sie war die Verlängerung seiner selbst, ihre Beine waren plötzlich seine, verrückt, sie hatten gemeinsam acht Gliedmaßen, vier Arme, vier Beine, er konnte sie unmöglich auseinanderhalten. Zwei der Arme schlangen sich um seinen Hals, eine Wange klebte sich an seine, Liv flüsterte: »Dein Glück, dass du so niedlich bist, lucky Luca, komm mit!«

Draußen suchten sie ihre Räder, eine dumme, eine ganz dumme Idee dachte er noch, dann torkelten sie bereits nebeneinander auf der Straße, erst verfing sich ihr, dann sein Rad in den Straßenbahnschienen, auch dies taten sie zusammen, dachte er entzückt, er schürfte sich die Hände auf, ihr nacktes Knie blutete, am liebsten hätte er sich mitten auf die Straße gelegt und den Lauf der Schienen verfolgt, die sich immer wieder teilten oder kreuzten, als wäre ein silbernes Geschenkband völlig konfus um die Stadt gewickelt. Autos hupten, das wirkte ernüchternd, aber nur für ein paar Momente, vor allem wirkte es erheiternd, und als sie vor Livs Haus standen, schmerzte sein Zwerchfell, so viel hatten sie gelacht. Livs Eltern besaßen ein Stockwerk in dem herrschaftlichen Stadthaus und eine Mansarde dazu, die Liv seit Jahren alleine bewohnte. Es gab dort alles, ein kleines Bad, eine Küchennische mit einem riesigen Kühlschrank und ein Terrarium neben dem Bett.

»Hast du Angst?«, fragte sie und schlüpfte aus ihren Stiefeln.

»Angst? Nie gehört«, sagte er und ließ sich auf ihr Bett fallen. Sie schmiss ihre Jacke in eine Ecke und zog ihr T-Shirt über den Kopf. Spitzenunterwäsche, tatsächlich. Er wollte aufstehen, seine Finger mussten unbedingt dem Lauf des Musters folgen, jetzt sofort. Etwas zog ihn nieder, er konnte es nicht näher beschreiben, ein strahlender glühender Stein vielleicht, sie reichte ihm eine Flasche Wasser, dann griff sie mit ihrem nackten Arm in das Terrarium, und als ihre Hand wieder zum Vorschein kam, waren daran nicht fünf, sondern dreizehn Finger. Es war unfassbar cool. Sie ließ sich vorsichtig neben ihm auf das Bett gleiten, legte sich die Hand auf den Bauch und entließ das Tier. Ihr Bauch war sehr flach und vibrierte im Takt von immer kürzeren Atemzügen. Die Spinne saß still. Saß über dem Bauchnabel, saß zwischen Spitzen-BH und dem Saum der Hotpants und markierte ihr Revier. Sie hatte schwarz und orange geringelte Beine und einen pelzigen Körper. Luca hatte keine Angst vor ihr, aber er traute ihr nicht und wollte nicht, dass Livs Atem wegen der Spinne schneller ging, sondern seinetwegen.

»Machst du sie nicht nervös?«, fragte er und merkte sofort, dass er mit dieser Frage sich selbst meinte.

»Wieso? Sie mag mich.«

Er fragte sich, ob Livs Slip zu ihrem BH passte. Die

Spinne machte ein paar winzige Bewegungen, und das sah gar nicht aus wie bei einer Spinne, nicht eckig und aggressiv, eher lieb, ein zärtliches Abtasten.

»Hat sie dich schon mal gebissen? War das schlimm?«

»Ja. Und nein. Wie ein Wespenstich.«

Das kannte er. Den scharfen Schmerz, wenn das Gift unter die Haut drang. Die Schwellung. Bienen waren schlimmer. Bienenstachel blieben in der Haut stecken, und eine winzige Blase pumpte weiter Gift in den Körper. Er hatte das schon beobachtet, den weißen Blasensack am Ende des Stachels und die Biene, die erschöpft zu Boden fiel und starb. Wespen flogen einfach weiter. Stachen weiter zu. Als Allergiker musste er etwas aufpassen bei Insektenstichen. Man wusste nie, ob irgendwas nicht plötzlich eine Kreuzreaktion ergeben könnte. Und jetzt? Er hatte ja schon das Gift der Pille intus. Angenommen, die Spinne würde ihn attackieren, was ergäbe das?

»Und wo hat sie dich gebissen?«

Liv streichelte das Tier ganz sacht und deutete auf ihre Brust.

Er zog so schnell so viel Luft durch seinen Mund, dass seine Lunge schmerzte wie im kältesten Winter. Eine neue Welle der Euphorie jagte durch seinen Kopf, alles war heftig, das Wundermädchen und sein Tier, er streckte seine Hand aus und berührte den Spinnenleib, er hatte erwartet, etwas Warmes, Pulsierendes zu spüren, das war natürlich falsch, Spinnen waren Kaltblüter, nein, auch falsch, wechselwarm, nannte man das nicht so? Egal, er spürte, dass das Tier seine Berührung nicht mochte.

»Okay, gut jetzt«, sagte Liv und setzte die Spinne zurück ins Terrarium, »wie spät ist es eigentlich?«

Er suchte nach seinem Samsung: »Fünf Uhr siebzehn?«

»Du gehst besser. Mein Freund kommt zum Frühstück. Ich sollte vorher etwas schlafen.«

»Oh. Okay.« Er wandte sich von ihr ab, schaffte es, in Zeitlupe an den Rand des Bettes zu rutschen, seine Füße wieder auf festen Boden zu stellen.

»Doch nicht so!« Sie war aufgesprungen, hatte sich ans Fenster gestellt, beide Flügel aufgerissen, und durch die Dämmerung drang der modrige Duft von Herbstlaub. Er trat neben sie und gemeinsam schauten sie die vielen Stockwerke runter in die Straße, die eine Schneise durch die alte Häuserlandschaft zog. Der Himmel war bewölkt, nach der bunten Nacht im Club würde dies ein Morgen ohne Farbe. Sie ließ ihre Hotpants zu Boden gleiten und stieg aus ihrem Slip. Stützte sich mit nackten Armen und im BH auf den steinernen Fenstersims.

Er schaute sie an, wie sie da stand, wie sie ihm einen kleinen muskulösen Hintern entgegenstreckte, er wusste nicht, was zu tun war, deshalb fasst er sie erst mal um die Taille und presste sie an sich.

»Hast du noch nie?«, fragte sie.

»Nein.«

Sie wandte sich ihm wieder zu, zog ihn zurück zum Bett, und sie machten so behutsam Liebe, dass er sich danach nicht sicher war, ob er nun wirklich zum ersten Mal mit einer Frau geschlafen hatte oder ob er nur staunend in der Betrachtung und Berührung ihres Körpers versunken war.

Vielleicht war es ja genau dies, was man unter Liebemachen verstand, diese Versenkung, dieses … Und als er in seinem Kopf ganz verzaubert nach Worten suchte und dabei vor sich Livs glitzerndes Gesicht und hinter ihr die reglose Spinne hinter Glas sah, da sagte sie: »Jetzt geh.«

»Okay.«

»Im Kühlschrank steht Joghurt, nimm dir einen mit, tut gut nach so einem Abend.«

»Ja, wieso nicht?«

Sie reichte ihm einen Becher und einen Plastiklöffel, er öffnete die Mansardentür und ging die Treppe hinunter. Zuoberst war sie aus Holz, dann aus Stein, eine rote Teppichbahn war auf den Stufen befestigt. Er versuchte, sich alles zu merken, sein Bild in den Spiegeln zwischen den Etagen einzufangen, eine Besonderheit festzustellen, etwas Neues darin zu finden, etwas zwischen erwacht und erwachsen, doch er schaffte es nicht, die Spiegel schienen sich ihm zu verweigern.

Draußen war undeutlich der Tag angebrochen, leichter Regen verschleierte die Sicht. Er suchte sich eine Bank unter den Platanen vor dem Haus, riss den Deckel vom Becher und wollte den Löffel eintauchen. Der Joghurt war gefroren. Er kratzte am Eis und schaute hoch zu den Dachfenstern, von denen zwei oder drei Liv gehörten und hinter denen sie bald ihren Freund empfangen würde. Er stellte sich vor, wie es wäre, den beiden in der Schule zu begegnen, wie er sich nach ihr umdrehen und sehen würde, wie ihr Freund ihr an den Hintern fasste. Er wartete, bis der Regen zu ihm durchgedrungen war, bis er ihn auf seiner

Haut und unter seiner Schädeldecke spürte, bis der letzte Rest des leuchtenden Fiebers, das die vergangene Nacht in ihm entfacht hatte, erloschen war. Schließlich setzte er sich aufs Rad und fuhr nach Hause. Einen Kater hatte er keinen. Bloß eine Erinnerung in seinen Fingerkuppen – an Livs Haar und an den Pelz der Spinne.

Nach Liv geschah lange nichts. Er knutschte auf Partys, schwärmte von fern und flog mit seiner Mutter nach Bangkok. Wenn er nicht weiterwusste, besuchte er Alenkas Grab auf dem Friedhof, legte seine Hand auf den weißen Stein und beruhigte sich. Auf das Mädchen mit der Spinne folgte das Mädchen mit dem Pferd. Danach fiel er durchs Examen und zog zu Alex. Und dann kam Malou. Ohne Tier und auch nicht reich. Einfach richtig.

Er bog mit seinem Rad vom See ab in eine Straße, die steil bergauf ging, schwor sich, die letzten Meter nicht abzusteigen, und schaffte es gerade noch bis vor das kleine Haus am Fuß des Rebbergs. Mama hatte ihm eine Fahrradtasche voller Steine gepackt und den Schnappschneider mit einem Gummiseil obendrauf befestigt. Er lud die Tasche auf seinen Gepäckträger, schnallte sie fest und fuhr los, er kannte Mamas Platz im Garten des Naturhistorischen Museums, es gab dort Werkzeugschuppen mit einem Kiesplatz davor, die Splitter, die nach seiner Aktion mit den Kindern übrig blieben, konnte er liegen lassen, sie mischten sich unter den Kies, und während im Museum ein paar spröde alte Knochen mit viel Aufwand zu Ausstellungsstücken veredelt wurden, zerbröselten seine mindestens so alten Steine unter den Tritten der Handwerker zu Staub. Und während er, Luca, laut Malou die gar nicht unwahrscheinliche Chance hatte, die Auslöschung der Menschheit mitzuerleben beziehungsweise nicht zu überleben, würden ausgerechnet Spinnen jede klimatische oder atomare Katastrophe überdauern. Oder fast jede. Er wusste nicht wirklich, wohin diese Parallele führen sollte, irgendwas mit Vergänglichkeit wahrscheinlich und einem Ungleichgewicht der Wertschätzung, es war auch nicht wichtig, er war unfokussiert, er hatte zu lange an den Mädchen rumstudiert und an seiner französischen Zukunft, der sich allerdings etwas in den Weg stellte, was er nicht erwartet hätte, nämlich ausgerechnet Mama. Er hatte ihr von seinem Plan erzählt und erwartet, dass er damit genau ihre Erwartungen erfüllte. Er würde die Welt kennenlernen und Verantwortung übernehmen, er wäre gleichzeitig Schulversager und Lebensgewinner. Seine Idee schien ihm geradezu mustergültig, Mama würde ihm um den Hals fallen und sagen: »Lämmchen, du machst mich stolz!«

Stattdessen hatte sie ausdruckslos gefragt: »Frankreich? Wieso denn Frankreich?«

»Wegen meiner Französischkenntnisse?«

»Die sind doch gar nicht schlecht«, hatte sie gesagt, »Lämmchen, das ist langweilig! Ich hab mehr von dir erwartet! Surflehrer in Australien. Entwicklungshilfe. Ein Praktikum bei Greenpeace. Oder was mit Kultur, in einem Theater, einem Museum, irgendwas beim Film.«

Ihm fiel keine Antwort ein.

»Ich werde mal mit deinem Vater reden.«

Und wenn schon. Er würde seinen Plan durchziehen, er war volljährig, seine Eltern durften sich nicht mehr in sein Leben einmischen. Er fragte sich, was Alenka an seiner Stelle tun würde, nur war Alenka erstens tot und hatte sich zweitens schon früh zielstrebig ihren Naturwissenschaften gewidmet, was sie am Ende bekanntlich ins Grab gebracht hatte.

Vor ihm wuchs das Museum in die Höhe, alt, grau, seiner Hauptattraktion, dem Mammut, nicht unähnlich. Er folgte der lang gestreckten Fassade, hinter der sich die Halle mit den versteinerten und ausgestopften Tieren befand, fuhr weiter in den Museumspark hinein und sah die Kinder schon warten. Sie waren neun oder zehn Jahre alt, und er erspähte sofort dieses eine Kind, das es in jeder Gruppe gab, das Kind, das seine Geode nicht vorsichtig spalten, sondern sie zerstampfen würde. Genau so kam es, nach fünf Minuten zerstob die erste Kugel zu Staub, und das Kind krähte: »Die ist gar nicht hart! Steine müssen hart sein, das ist Betrug!«

»Müssen sie nicht«, sagte Luca. Er hatte sich vorbereitet. Hatte seine Box mit den Steinen eingepackt, die er nach Härtegraden geordnet hatte. Nur der härteste fehlte ihm, der Diamant, zur Illustration hatte er einen Glitzerstein aus einem Bastelladen dabei, doch der Rest war echt, der weiche Speckstein, der sich mit dem Fingernagel ritzen ließ, ein Stück rosa Alabaster, das unter dem Wasserhahn zerbröselte, wenn es zu lange der Witterung ausgesetzt gewesen war. Es folgten grüner Marmor, schwarzer Onyx, der schillernde Labradorit, den alle Mädchen als Schmuckstein erkannten, Feldspat, Granit, Topas, der winzigste Splitter eines Rubins und der Ersatz-Diamant. Dazu eine schwarze Schachtel mit hauchdünnen, durchscheinenden Pyramiden. Jede in einer anderen Farbe. Die Kinder staunten. Er reichte ihnen eine Lupe, sagte: »Atem anhalten!«, und schaute ihnen zu, als sie sich über seine selbst gezüchteten Salzkristalle beugten. Er erklärte ihnen die Prozedur, sie brauchten Kochsalz, Wasser, etwas Farbe und mussten die Lösung so lange ungestört stehen lassen, bis sich Kristalle bildeten.

»Meine Mutter kauft so was immer, wieso soll ich es dann selbst machen!«, sagte ein Kind, auch dieses Kind gab es in jeder Gruppe, die anderen verdrehten die Augen. Zwei wollten wissen, ob es möglich sei, mit dem Schnappschneider Amputationen durchzuführen, danach zogen alle aufgeregt los, um den Sandkasten auf dem Museumsspielplatz nach kleinen Haifischzähnen abzusuchen, wie Luca es ihnen geraten hatte.

Es war kurz nach 16 Uhr, zu spät, um noch mit Alex die Küche zu streichen, sein Mitbewohner musste sich auf einen Auftritt vorbereiten, er hielt am Abend einen Vortrag über konservative amerikanische Präsidenten und deren Auftreten in Filmen und Fernsehshows, also über Reagan und Trump, den Schauspieler und den Selbstdarsteller, und wie sie lange vor ihrer Kandidatur einen Mythos formen konnten. Er entfaltete Reagans amerikanisches Panorama aus Cowboys, anständigen Soldaten und verstümmelten Kriegsheimkehrern und aus seinem großen Vorbild, dem

Vietnamveteranen Rambo. Einsatz und Selbstaufgabe im Namen des Volkes. Er zeigte Luca, wie fest Trump in der amerikanischen Massenunterhaltung verankert war. Hätte man genauer hingeschaut, sagte Alex, so hätte man seinen Sieg bereits am ersten Tag seiner Kandidatur vorhersagen können, denn in Trump kulminierte alles, was am amerikanischen Traum so simpel und verlockend war. Luca sah, wo Alex in dieser Auslegeordnung seinen Vater und sich selbst verortete.

Er hatte sich kurz überlegt, zu dem Vortrag zu gehen, doch da würde er nur auf Leute treffen, die ihren Schulabschluss geschafft hatten. Lieber brachte er seiner Mutter das Material zurück und fuhr danach zum Bahnhof, um sich auf Malous Bahnsteig umzuschauen. Gestern war die Plakatwerbung in den Leuchtkästen ausgetauscht worden. Die Anzeige einer Versicherungsgesellschaft und die Ausstellungsankündigung einer Fotografin waren weg. Dabei hatten sie das Entschwinden ihres Zugs begleitet. Sie waren Lucas Jackpotanzeige gewesen, ihre Wiederholung alle paar Minuten sein Talisman der letzten Wochen.

Außerdem wollte er die Unfallstelle am Fluss hinter dem Bahnhof besichtigen. Vorletzte Nacht war etwas geschehen, eine Auseinandersetzung zwischen Mädchen und Jungs, die Jungs waren in seinem Alter, die Mädchen etwas jünger, und das Hauptmädchen, in dessen Mund sich ein Stück Zunge von einem der Jungs gefunden hatte, kam aus der Gegend, wo Lucas Fabrik stand. Sie hieß Kia. Daran, dass ihr Name jetzt in der Öffentlichkeit breitgetreten wurde, waren nicht die Medien schuld, die alle über den Fall berichtet hatten, sondern Kias Freundinnen, die ihren Namen ohne nachzudenken auf Twitter verbreitet hatten. *#jesuiskia.*

Kein Mensch wusste, was wirklich geschehen war, aber alle hatten ihre Ideen und am meisten Ideen hatte diese alte Frau, die bei der Zeitung arbeitete, Papas Freundin Valerie. Er schätzte, dass die Frau und Kia mehrere Jahrzehnte trennten, trotzdem hatte sich Valerie in Kia hineinversetzt, hatte versucht, die möglichen Ereignisse, die sich nachts am Fluss hinter dem Bahnhof abgespielt hatten, nachzuzeichnen. Das Ergebnis war eine packende Kurzgeschichte, die viele Leute glaubten, weil die Details nachvollziehbar waren. Jener Moment, als Kia so heftig zubiss, dass ihre Zähne auf einmal keinen Widerstand mehr fanden und ihre eigene Zungenspitze eine fremde erhaschte. Wie sie gestoßen wurde und in den Fluss fiel und als Letztes vor dem Untertauchen am Himmel ein böses bläuliches Leuchten sah, weil sich der Mond von ihr abgewandt und hinter eine Wolke verzogen hatte. Die Schreie der anderen. Das Blaulicht von Polizei und Krankenwagen. Das Blut in ihrem nassen Haar, die blinkenden, klickenden, filmenden Smartphones der anderen und das Wissen, dass jener kurze Augenblick – der falsche, grobe Griff, die Zudringlichkeit, das eine Wort –, der ihre große Wut getriggert hatte, bereits auf dem Weg in die Welt war. Und genau da setzte die Angst ein, das Gefühl, ausgeliefert zu sein, die Furcht, den Eltern gegenüberzutreten, auf einem Polizeiposten oder im Krankenhaus. Das Grauen vor dem Fallout auf allen möglichen

Kanälen. Die Leere, die alles in ihr aufzufressen begann, was eben noch gut gewesen war, als sie mit ihren Freundinnen am Fluss auf die Jungs aus München getroffen war.

Luca hatte den Text gelesen, hatte zu atmen vergessen und dann selbst *#jesuiskia* getwittert, eigentlich machte er so was nie, er hasste die Solidaritätsausbrüche, die täglich irgendwo aufploppten und ohne weitere Folgen blieben, wenn schon, musste man auf die Straße und sich mit einem kollektiven Körper für ein Anliegen starkmachen, das hatte er von Malou gelernt und dem stimmte er zu. Doch der Tweet war ein Reflex gewesen, er konnte nicht anders und er hätte aus Valeries Text gerne sehr viel mehr erfahren, er hätte gern gewusst, welches Deo Kia nach dem Tanzen aufgetragen hatte, er hätte gerne ihren Soundtrack im Ohr gehabt, er vermutete, Kia hörte das Gleiche wie er, Tracks, die als schmelzende Eiskristalle im Ohr lagen und kühl und nice in Richtung Herz rannen. Er hatte ein kleines Foto von Kia gesehen, irgendein Profilbild, ein breites Gesicht, zusammengekniffene Augen, hellblaues, kinnlanges Haar, in einer geraden Linie geschnitten, in der Mitte der rechten Braue ein weißer Streifen Haut, eine Narbe oder mit Absicht so rasiert. Ein Kind vom Stadtrand. Das wusste er aus dem Artikel. Aus einem der Hochhäuser in der Nähe seiner Fabrik vermutlich. Und obwohl er das Gefühl hatte, Kia zu verstehen, könnte er sich nicht mit ihr unterhalten. Mit ihrer Mutter vielleicht, denn mit Frauen wie Kias Mutter stand er in der Fabrik am Band, aber die Kinder aus dieser Gegend mochten ihn nicht.

Eingeholt hatte ihn diese Erkenntnis ausgerechnet auf dem Parkplatz des Fabrikgeländes. Am Sonntag vor zwei Wochen. Und dabei hatte er dort gar nicht nach Menschen gesucht, im Gegenteil. Er hatte nach einem Ort gesucht, der nichts mit seinem überfüllten, übergemütlichen, immerzu von Museumsbesuchern gestörten Zuhause zu tun hatte. Er war jung und brauchte das Gegenteil. Das Gefühl, das alles möglich wäre, eine Schießerei, ein Autorennen, ein ungestörter Blick in den Sonnenuntergang. Vor allem: Menschenleere. Unter der Woche waren die Parkfelder besetzt. Von Autos, mit denen Menschen zur Arbeit fuhren. Von Lastwagen, mit denen Container voller Düngemittel oder Reinigungsprodukte zum Güterbahnhof transportiert wurden. Unter der Woche verbrachten Dragana und ihre Freundinnen die Rauchpausen am Rand des Parkplatzes. Dort, wo ein paar Sitzbänke aus wetterfestem Aluminium auf den Boden geschraubt waren. Doch an Sonntagen war da nichts. Nur Grau. Ein grauer Platz vor grauen Gebäuden. Selbst bei Sonnenschein sah das aus wie Regen auf Beton. Nein, das stimmte nicht, wenn die Sonne schien, löste sich der Platz gelegentlich in dieses Flimmern auf. Wasserstreifen auf dem Asphalt. Fata Morgana. Täuschung und Endzeit. Und er mittendrin. An einem Ort für sich allein. Und verloren. Zwischen Stahl, Beton und Teer und dem grauen Gefühl von Regen. Er liebte es. Als Kind hatte er sich bei Regen ans Fenster gesetzt und zugeschaut, wie die Stadt hinter einer Wand aus Wasser verschwand. Er und Mama und das Haus waren das Letzte, was blieb, was gut war, denn das Haus war ein Ort, in dem Geschichte gesammelt worden war, es würde als winzige Arche überdauern. Später hatte er dieses Gefühl vergessen.

Als er den Platz zum ersten Mal an einem Sonntagnachmittag betrat, veränderte sich sein Aggregatzustand. Sein Körper verlor seine Dichte, seine Zellen zerflossen, seine Moleküle zerstreuten sich über die Fläche, die vor ihm lag, er wurde Raum, Zeit, Nichts. Eine Leichtigkeit erfasste ihn, er meinte zu schweben, er legte sich auf eines der Parkfelder, streckte die Arme aus, versuchte, mit seinen Fingern die gelben Markierungen zu erreichen. Er setzte sich auf eine Alubank und schaute sich um, sah Zigarettenkippen unter der Bank und festgetretene Kaugummis, sah Straßen, Zäune, dahinter Schienen und jenseits der Schienen Hochhäuser, deren Fassaden von Fenstern und Balkonen aufgebrochen wurden. Jenseits der Schienen lebten Menschen. Diesseits der Schienen arbeiteten sie. Und er gehörte zu ihnen. Alles war größer als er. Jedenfalls hier. Er fühlte sich demütig. Er legte den Kopf in den Nacken und starrte in den Himmel. Auch der war leer. Dann fiel ihm nichts mehr ein und das war gut.

Doch dann war der Sonntag der Ernüchterung gekommen. Er war wie sonst rausgefahren, entlang der Schienen blühten Wegwarten und Kornblumen, er freute sich darauf, allein mit seinen Gedanken an Malou zu sein, er würde ihren Namen über den Platz schreien, kein Mensch würde ihn hören, vielleicht würde er ein Video für sie drehen, die Kulisse war zu gut, sie würde seine Stadt nicht erkennen, und wenn er sich etwas Zeit nahm, konnte er den

Sonnenuntergang einfangen. Er setzte sich auf die Alubank, starrte in den Himmel, dann suchte er nach Video-Motiven und plötzlich führte er ein ziemlich eigenartiges Selbstgespräch, das heißt, es war natürlich kein Selbstgespräch, er redete mit Malou, versuchte ihr zu erklären, was sie sah, nämlich seine Fabrik und ihren Parkplatz: »Voilà mon usine avec son parking assez triste«, sagte er, aber das wollte er eigentlich gar nicht sagen, er wollte viel lieber über die Liebe reden, doch dazu, das merkte er schnell, fehlte ihm einiges an Wortschatz. Französisch war eine seltsame Sprache, das Schöne erhielt da immer gleich einen Beigeschmack. *Embrasser* und *embarasser* zum Beispiel. Küssen und beschämen. Identisch bis auf einen einzigen Buchstaben. Im Vergnügen war die Scham bereits enthalten. Seine Kamera schweifte über die gelben Markierungen auf dem Parkplatz, er ging rückwärts, nein, er tanzte beinah rückwärts und drehte dabei die Kamera, als säße er im Cockpit eines Flugzeugs und machte einen Looping.

»Ey!« Der Schlag traf ihn von hinten in die Niere, er sackte in sich zusammen. Seine Finger wurden von einer sehr kräftigen Hand gepackt, er wurde herumgerissen und stand drei jungen Männern gegenüber. Er konnte ihr Alter schwer schätzen, sie mochten etwas jünger oder älter sein als er, auf jeden Fall waren sie deutlich stärker und nicht nur, weil sie zu dritt waren, sondern auch jeder einzelne von ihnen. Ihre Kleidung unterschied sich nicht von seiner, Hoodie, Trainingshose, Sneaker. Doch im Gegensatz zu ihm trainierten sie wirklich. Und oft. Er tippte auf Thaiboxen. Und Krav Maga.

»Ey«, sagte einer, »du hast mich voll gerammt!«

»War keine Absicht«, sagte Luca.

»Was war deine Absicht?«

»Weiß nicht.«

»Was machst du hier? Kunst?«

»Also …«

»Also was? Bist du einer von den Hochschulwichsern?«

»Nein, sicher nicht.«

»Sondern?«

»Ich arbeite hier. Manchmal jedenfalls.«

Die drei schauten sich an.

»Name?«, fragte ein anderer.

»Luca.«

Über dem Platz kreiste ein großer Vogel. Ein Milan? Ein Falke? Luca versuchte, sich ihre Schwanzformen in Erinnerung zu rufen. Die drei vor ihm brachen in Gelächter aus.

»*Der* Luca?«

»Keine Ahnung?«

»Der aus dem sicken Teil der Stadt? Der vom Gymnasium?«

Luca zuckte mit den Schultern.

»Weißt du eigentlich, wie sehr wir dich hassen?«, fragte der dritte.

»Hass … großes Wort …«, sagte der erste, »sehr großes Wort. Ich frag euch: Ist es zu groß für Luca? Hat er es verdient?«

»Ja«, sagte der zweite.

»Yes«, der dritte.

Luca versuchte, die Distanz zu seinem Fahrrad abzuschätzen. Fünf Meter. Fünf unüberwindbar lange Meter.

»Ihr hasst mich also. Alle«, sagte er, »und wieso?«

»Das Opfer fragt, wieso!«, rief der zweite.

»Bitte«, sagte Luca, »ich würde das gern verstehen.«

»Du arbeitest hier. Weißt du, wer auch hier arbeitet? Meine Mutter! Und seine Mutter. Und seine«, der erste deutete nacheinander auf seine Kumpel, »und weißt du, wer sich seit Jahren Geschichten von Luca anhören muss? Wir! Luca ist hübsch! Und lieb! Luca hat Almeira Zigaretten geschenkt. Und bringt Malaika immer Kaffee! Er hat Draganas Akku reparieren lassen. Und alles gezahlt! Und er ist sooooo schlau, er hat Latein in der Schule, der wird sicher mal Professor. Oder Pfarrer. Oder Arzt. Oder Präsident. Oder Heiliger. Ja, wieso nicht Heiliger? Und sein Vater ist ein fucking Filmstar!«

Luca schluckte und verfluchte sich dafür, dass er Dragana von seinem Vater erzählt hatte. Der Vogel schien ihn zu beobachten. Er war Beute.

»Sie sagen: ›Mein Sohn, ich habe dich gemacht, aber ich habe dich leider nicht so gemacht wie Luca. Wenn ich könnte, würde ich dich gegen ihn umtauschen!‹«

»Du fickst unsere Mütter und du fickst sie gut.«

Luca sah, wie der dritte etwas aus seiner Socke zog. Butterfly, dachte er, Krav Maga. Er wollte sagen: Ich liebe eure Mütter, ehrlich! Ich respektiere sie! Ich bin wie ihr! Aber genau das war er nicht. Seine Eltern übten sich in kreativer Selbstverwirklichung. Er war mit Leuten zur Schule gegangen, deren Familien Pferde, Pools und Boote besaßen.

Tennisplätze. Golfausrüstungen. Weinkeller. Weinberge. Eigentum. Er war ein Idiot. Eine Klinge blitzte auf. Kam näher. Er schaute ihr dabei zu. Stellte sich vor, wie das Aufeinandertreffen von Klinge und Haut wäre. Der Schnitt. Würde er ihn überhaupt spüren? Oder erst den Schmerz danach, wenn die getrennten Nervenenden ins Leere funkten? Kurz vor seinen Augen stoppte die Klinge. In Zeitlupe sah er ihr Ziel. Sein Rad.

»Jetzt verpiss dich«, sagten die anderen.

Er erwiderte nichts und schulterte das platte Rad. Seine Niere schmerzte immer noch, er humpelte ein wenig und fühlte sich beschämend dumm. Er hatte keine Ahnung. Nicht mal von der anderen Seite der Stadt. Der Vogel zog davon. Sein Schwanz war gegabelt. Ein Milan.

Vielleicht war einer von den dreien Kias Bruder gewesen. Und deshalb würde er mit einem Mädchen wie ihr nicht reden können. Weil sie ihn ebenfalls verachtete. Weil er keine Ahnung davon hatte, was es bedeutete, wenn die Eltern Tag für Tag von ihren Schichten nach Hause kamen und nur noch Zombies waren. Jedenfalls in seiner Vorstellung. Er wusste nicht, wie es war, Kia zu sein und in jeder freien Minute zu üben, um vielleicht, mit einer winzig kleinen Chance einmal dem Leben, wie sie es kannte, zu entkommen. Zu träumen. Nicht klein und verzagt, nicht wie er von einer Au-pair-Stelle in Frankreich, sondern vermessen. Sie hatte sich monatelang auf diesen einen Abend in einem Studio hinter dem Bahnhof vorbereitet, verbissen gegen sich selbst gekämpft, gegen die Schwerkraft, die Blasen an den Füßen, den Schmerz in den Schultern, wo die überanstrengten Muskelstränge gegeneinanderscheuerten und sich entzündeten. Und sie glänzte. Übertraf sich, flog, und die Jury applaudierte und sagte, dass sie sich wirklich gute Chancen ausrechnen und stolz auf sich sein dürfe. Und dann kam einer, machte sie an und zeigte ihr, wofür er sie hielt. Nicht für einen aufsteigenden Stern, nicht für eine Hoffnung, nicht für eine, die den Stadtrand hinter sich lassen und es weit bringen könnte. Er hielt sie bloß für ein Stück Frau, ein Stück Fleisch, ein Stück Vergnügen. Er fragte nicht nach ihrem Namen und nicht nach ihrem Abend. Sie wehrte sich. Er stieß sie von sich. Wie Abfall. Die fremde Zungenspitze in ihrem Mund blieb ihr Triumph.

7

»Leg dich zu mir und lies mir was vor.«

»Weltliteratur?«

»Lieber was mit Tieren.«

Valerie griff nach dem Wochenendmagazin ihrer Zeitung und blätterte bis zur Reportage über das Schneehuhn, dessen Federkleid im Winter weiß und im Sommer geröllfarbig war. Sie versuchte, sich schmal zu machen, aber F. nahm mehr als die Hälfte ihres Bettes ein, und so lagen sie Schulter an Schulter. Das Fenster stand offen, es war bereits dunkel, ein Falter flatterte schwerfällig um die Lampe, der Geruch eines Joints drang vom Nachbarbalkon ins Zimmer, Valerie hätte sich gern eine Zigarette angesteckt.

»Wie heißt eigentlich ein männliches Schneehuhn? Schneegockel?«, wollte F. wissen.

»Nein, männliches Schneehuhn«, sagte Valerie, »und im Gegensatz zu dir zeigt es eine ausgeprägte Vorliebe für Monogamie. Selbst im äußersten Norden von Grönland, wo die Population der Weibchen oft höher ist als die der Männchen, interessiert sich das Männchen meist nur für ein einziges Weibchen.«

»Schön«, sagte er, »gute Vögel.«

Valerie las vor – vom Leben und vom Paarungsverhalten der Tiere und von ihrem Ende, wie ihr Mageninhalt aus vom Frost gefrorenen Beeren in Grönland erst getrocknet und dann zu Schnaps verarbeitet wurde. F. schloss die Augen und hörte zu.

Schließlich war er eingeschlafen und würde sich voraussichtlich für den Rest der Nacht nicht mehr aus ihrem Bett bewegen. Sie hatte nicht mit ihm gerechnet, er hatte den Tag bei einer Leseprobe am Theater verbracht, hatte sie gegen 20 Uhr angerufen und gefragt, ob er kommen dürfe. Als er vor ihr stand, passte er nicht zum Sommerabend, war bleich, zittrig und eingefallen, eine Kreislaufschwäche, sagte er, die Luft im Theater, das stundenlange Sitzen, die Anstrengung, zu viel Kaffee, die drückende Hitze draußen. Sein Atem sagte ihr, dass er nicht nur Kaffee getrunken hatte. Sie war kurz davor, ein Taxi zu rufen und mit ihm zum Notarzt zu fahren, sie hatte ihn noch nie so gebrechlich gesehen, ein Mann, der aus seinem eigenen Rahmen gefallen war.

Sie erhob sich vorsichtig, ging ins Bad, wechselte in

ihr Nachthemd, überlegte, ob sie ihn aufwecken und wenigstens zum Zähneputzen schicken solle, entschied sich dagegen, löschte das Licht und schlüpfte unter das kleine Stück Decke, das nicht unter ihm lag. Durchs Fenster drangen Ahnungen von Stimmen, träge und gesättigt vom Tag, eine halbe Melodie schwebte über dem Hinterhof, ein Auto hupte, sie steckte sich die Ohrstöpsel aus gelbem Schaumstoff in die Ohren, drehte sich zu F. um und versuchte, in der Dunkelheit seine Umrisse zu entziffern, sein Haar, sein Profil, sie sah nur, hier liegt ein Mensch, er hätte auch ein anderer sein können. Sie schlief ein und träumte nichts.

Als der Wecker klingelte, realisierte sie, dass F. ebenfalls unter der Decke lag. Und dass er sich offenbar mitten in der Nacht bis auf die Unterwäsche ausgezogen und den Arm um sie gelegt hatte. Sie blieb in seiner Umarmung liegen, schmiegte sich an ihn, spürte, wie seine schiere Masse ihr den Rücken stärkte, sein Kinn auf ihrem Hinterkopf, seine Hand auf ihrem nackten Arm.

Da lagen sie, zwei Menschen, denen man die Eigenschaft jung nie mehr nachsagen konnte. Und das war gut. Entspannend. Denn das andere fand sie zunehmend beschwerlich. Nicht Teo, aber zum Beispiel Unterhaltungen mit Teos Freunden. Einige waren junge Unternehmer aus der Gastronomie wie er, sie arbeiteten hart und hatten Erfolg, Valerie besuchte ihre Lokale gerne und genoss das Essen. Doch irgendwann im Laufe der gemeinsamen Abende schaute sie vom Tisch auf und in einen der unvermeidlichen Spiegel an der Wand, erblickte sich in der viel jüngeren

Runde, und es war, als würden zwei Filme übereinandergelegt und die Bilder wollten einfach nicht miteinander verschmelzen. Sie war die Frau, die mit Teo eine interessante Affäre hatte, die offenbar gut im Bett war für ihr Alter und annehmbar attraktiv, aber immer nur für ihr Alter, das schwang in allen Blicken mit, in den Begrüßungen, die zugleich schüchterner und überschwänglicher ausfielen, als wenn sich Teos Freunde untereinander begrüßten. Die Mühe war allen anzumerken, und immer öfter hatte sie den Wunsch, aufzustehen, sich zu verabschieden und sich in ihren eigenen Film zurückzuziehen. Das Schlimmste waren die Frauen. Sie wusste jetzt, was Teo damit gemeint hatte, als er um sie warb, weil ihm die jüngeren Frauen zu schwierig waren, gefangen in einer Endlosschleife aus tausend Unentschiedenheiten, und trotzdem mit einem latenten Kinderwunsch, weil Kinder zu den Errungenschaften, den Leistungen gehörten, die man doch irgendwie schaffen sollte im Leben. So wie man eine Karriere, die perfekte Einrichtung und die bestmögliche Figur schaffen sollte. Sie waren stahlbrüstig und glichen ihren Yogamatten, nichts an ihnen war unkontrolliert. Kinder stellten für sie das Nonplusultra der Selbstoptimierung dar und zugleich das Einzige, was sich nicht rückgängig machen ließ, denn alles andere war immerzu neuen Abwägungen, eigenen und fremden Beurteilungen, Unsicherheiten und allerlei Therapien dagegen unterworfen. Valeries Art, das Leben leicht zu nehmen, pragmatisch zu sehen und sich bei Bedarf gehen zu lassen, war den Jüngeren suspekt, Valerie galt als zu rustikal, zu wenig optimierungsbewusst, überhaupt lebte sie wahrscheinlich bei allem zu wenig bewusst, nicht zuletzt bei ihrer Arbeit, wo sie nicht wochenlange Bedenkenpirouetten drehte, sondern täglich etwas mit einer Meinung raushaute.

Zuerst hatte sie den jungen Leuten belustigt dabei zugehört, wie sie Nuancen der Befindlichkeit durchdeklinierten. Jetzt hatte sie genug. Sie hatte das Recht, mit sich ganz schlicht im Reinen zu sein, sie hatte ihre Entscheidungen getroffen, sie hatte gelebt, viel und gut, und die Unebenheiten ihrer Erfahrungen und ihres Körpers führten nicht einfach ins Leere, die waren lauter Schlüssel zu ihren Erinnerungen, den harten und den heiteren, so wie auch F.s Hand auf ihrem Arm Erinnerungen aufschloss. Sie sah eine Narbe, einen verfärbten Nagel, einen Ring, den er seit vielen Jahren trug, die Mutter seines einen Sohnes hatte ihn angefertigt, die Goldschmiedin, sie hatten sich beide nie geliebt, aber zusammen zogen sie ein Kind groß, das heißt, sie zog es groß und er weigerte sich nicht, gelegentlich daran teilzuhaben, und dies war in ihrer Unerschütterlichkeit eine derart außergewöhnliche Konstellation, dass er den Ring statt eines Eherings trug. Valerie berührte ihn, das helle Metall glitzerte kühl im Morgenlicht, doch der Ring war genauso warm wie F.s Hand. Dann wand sie sich vorsichtig aus seinem Arm, ging duschen, setzte Wasser auf und schraubte die Espressokanne zusammen.

»Vally-Baby, hab ich dich letzte Nacht belästigt?« F. stand vor ihr, Tränensäcke unter den Augen, die Brauen kraus mit einzelnen weißen Haaren, der Bauch nicht zu übersehen, blaue Beulen von Krampfadern an den Beinen.

»Keine Sorge, hast du nicht«, sagte sie, »aber jetzt geh duschen, sonst beklage ich mich über eine ganz andere Belästigung. Tee?«

»Kaffee.«

»Bist du sicher? Hattest du gestern nicht zu viel?«

Sie lasen Zeitung, tranken Kaffee, aßen Früchte mit Joghurt und gerösteten Haselnüssen. Teo hatte ihr die Sache mit den Haselnüssen gezeigt. Teo war weit weg, auf einer Weinmesse in Italien. Wenn er zurückkam, wollten sie einen Nachmittag auf seinem Motorboot verbringen, es war weiß mit einem Deck aus Teakholz, Valerie mochte es, bei hoher Geschwindigkeit spritzte einem die Gischt ins Gesicht, und wenn es über der tiefsten Stelle des Sees still stand und sie ins Wasser sprang, spürte sie die absolute Ruhe des Abgrunds unter sich. Der See barg dort unten keine Geheimnisse, der See war tot. Seine Oberfläche war zu warm geworden, sie lag zu leicht auf den kühleren Schichten, vermischte sich nicht mehr mit ihnen, kein Sauerstoff drang mehr nach unten. Oben merkte man davon nichts. Wasservögel zogen Kükenscharen hinter sich her, die Fische klagten nicht darüber, wie gründlich sich ihr Lebensraum verkleinert hatte, und den Menschen waren ein paar Meter Tiefe genug. Die Oberfläche ihres Lebens, dachte Valerie, war der des Sees nicht unähnlich, gleichmäßig, mild und anschmiegsam, alles in allem schön und unaufgeregt. Doch im Gegensatz zum See war sie nicht tot, im Gegensatz zum See stieß sie sich von der Oberfläche ab und glitt zum Grund, oder Blasen voller Bilder schossen hoch, durchdrangen alle Sedimentschichten aus Gewissheit und Routine, schlugen ein in die Netzhaut ihrer Erinnerung und zerbarsten. Sie sah ihren Körper im lila Licht eines amerikanischen Motelzimmers. Die kleine Amsel an einem Hotelfenster in Berlin. *Trigger-Warning! Möglicherweise wirkt verstörend, was Sie gleich über sich erfahren werden!* Sah sich zusammengekrümmt im Fußraum eines Autos und nackt unter dem blinden Auge aus Beton. Sah einen Schwanz, der sich an ihrer Leggins wund rieb, die Eichel feuerrot. Ihr Gesicht, zu Silvester, auf Hunderttausenden von Fernsehgeräten. Eine irre junge Frau, die auf sie einstach. Sah Großmutter. Ihren dünnen Filterkaffee, ihre Wolljacke, ihre Primeln, ihren letzten Atemzug, ihr Gesicht, abweisend und verhärtet unter der Totenstarre. Ihre Liebe. Für immer. *Der von Ihnen angeforderte Report ist in wenigen Sekunden bereit.* Sah den Lichterhimmel einer Limousine. Ethans naive Zeichnungen und sein Kriegsschiff. Teos ungestümen ersten Kuss. Die Tapete des Hotels, in dem sie ihre erste Nacht verbracht hatten, Palmblätter, Türkis auf Beige.

»Woran denkst du?«, fragte F.

»An … nichts. Wie gehts eigentlich deinem Kind?«

»Welchem denn?«

Valerie interessierte sich nicht für F.s Kinder, sie wollte bloß nicht über sich reden.

»Dem von der Goldschmiedin.«

»Schwierig.«

F. entwarf Szenen voller kleinbürgerlicher Familienprobleme. Sein Sohn hatte die Orientierung verloren. Was normal war für sein Alter. Allerdings war er auch durch den

Schulabschluss gefallen, dachte nicht daran, weiterzumachen, und hatte keinerlei ernst zu nehmende Visionen. Und dann hatte F. eine Idee. Er fand sie großartig.

»Ich mach so was nicht.«

»Vally, bitte!«

Sie machte es doch. Fragte die für Praktikumsplätze zuständige Redaktionskollegin. Erzählte ihr, um wessen Sprössling es sich bei Luca handelte. Die Kollegin sagte: »F.? Ist das nicht der Typ mit den schrecklichen Fernsehfilmen, Kreuzfahrten, Schlössern und so? Kann der für uns ein lustiges Video drehen? Er ist nicht unbedingt ein Influencer in der Zielgruppe Klimajugend, aber wenn die Attitude stimmt? Kann er Selbstverarschung?«

»Kann er«, sagte Valerie.

Praktikum nur gegen Prostitution, simste sie an F.

Wer ist das Freudenmädchen?, simste er zurück.

Freudenmännchen! Du!

D'accord. Merci. Ich schulde dir. Viel.

Allerdings! Mach das nie wieder!

Ich habe vier weitere Kinder …

Sie machte sich eine geistige Notiz: *F. nach seinen Kindern fragen.* Von Luca wusste sie immerhin, dass er vor vielen Jahren für F. Geschirr getöpfert hatte, aus Mitleid mit der Unbehaustheit seines Vaters. »Es war nicht zu gebrauchen, rissig und mit grässlichen Krakeln versehen«, hatte F. ihr gesagt, »ich war gerührt! Ich schleppte es ein paar

Monate mit mir rum, schließlich übergab ich es vertrauensvoll der Mülltonne.« Das war das Persönlichste, was sie je über eines seiner Kinder gehört hatte, lieber bluffte er mit seinen Frauen, erzählte ausführlich, wie und wo er sie kennengelernt hatte, dabei war nichts so uniform wie F.s Frauengeschichten. Sie begannen meist in Cannes oder Venedig auf einer Treppe zum Meer hinunter, er stand am Strand, irgendein biegsames Wunderwesen bewegte sich auf ihn zu oder bewegte sich bloß, war eine Frau vor einer Kulisse, und er war gebannt und musste sie erobern. Eine um die andere. Einzig die Goldschmiedin war anders gewesen. »Meine kleine Lesbe«, sagte F., »ich wusste es von Anfang an. Schade, ich hätte sie gerne geknackt. Den Kompass ihrer sexuellen Orientierung neu ausgerichtet. Ich hatte keine Chance. Welcher Mann hat schon Chancen gegen Frauen?«

Jede gelingende Liebesgeschichte wurde irgendwann einmal langweilig, doch jeder Beginn war aufregend und einzigartig. Da stürzten zwei Welten aufgrund eines einzigen Blickes, der alles klärte, ineinander. Da entschied eine plötzliche Berührung über das Schicksal von zwei Menschen, ein paar ins Haar geflüsterte Worte beim Abschied, ein »Ich hab dich gern«, vom anderen unmissverständlich vernommen, doch so leise, dass es auch der Wind hätte sein können. Valerie fragte deshalb alle Paare, wie sie sich kennengelernt hatten, und jedes Paar erzählte eine andere Geschichte. Manche Geschichten blieben einseitig. Und waren trotzdem richtige Liebesgeschichten.

Eine dieser Geschichten hatte ihr der Mann vom Nachbarbalkon erzählt, der mit dem Joint, ein gebrochenes Bein hatte ihn wochenlang an seine Wohnung gefesselt, er arbeitete von zu Hause, Valerie ging für ihn einkaufen, er mochte in ihrem Alter sein, wenn sie einander jünger getroffen hätten, so hätte sie gesagt, ein schöner Mann, schlank, sportlich, groß, das Gesicht von vollendeter Symmetrie, die kalten Augen eines Eroberers. Jetzt setzte ihm seine Hagerkeit zu, die Kanten schärften sich unvorteilhaft, die Ohren wirkten neben dem Gesicht zu groß, der Mund war schmal, das Haar schütter geworden. Er besaß ein paar teure Whiskyflaschen, und wenn Valerie ihm den Einkauf brachte, setzten sie sich auf seinen Balkon, redeten, rauchten und betrachteten einen Turm aus leeren Kartonkisten im Hinterhof. Es fiel ihnen schwer, die Aufschriften zu entziffern, irgendwas mit bunten gemalten Früchten, pakistanische Mangos vielleicht, sie stellten sich vor, wie die Kisten in Container verladen worden waren und über Meere und durch Länder gereist waren. Der Mann hatte jahrelang in Asien für ein internationales Transportunternehmen gearbeitet, er kannte sich aus mit der Reiseroute der pakistanischen Mango.

»Und mit Frauen?«, fragte Valerie, weil ihr diese Frage bei einem weit gereisten Mann nach dem dritten Whisky naheliegend schien. Frauen, sagte er, habe es viele gegeben. Natürlich, sagte Valerie, etwas anderes habe sie von einem wie ihm nicht erwartet.

»Von einem wie mir?«

»Ich denke, wir waren uns in dieser Hinsicht ähnlich. Früher.«

»Und jetzt? Bist du auch so allein?«

»Nein.« Sie dachte an Teo und an F.

Er erzählte ihr von seiner letzten Verliebtheit, sie war noch frisch, erst ein paar Tage her, seine Internet-Verbindung war zusammengebrochen, er dachte, er hätte die Support-Nummer gewählt, doch dann war da diese Stimme, und als er sie nach dem Support fragte, verneinte sie »und das klang, als würde weit weg ein Stern zerklirren, ehrlich!« Er habe sich gefragt, sagte er, ob es eine echte Stimme war, oder ob er die Nummer von einem jener Betreuungs-Bots für einsame alte Menschen gewählt hatte, über die jetzt alle schrieben. »Sind Sie echt?«, lag ihm auf der Zunge, stattdessen sagte er: »Ich will Sie nicht länger stören. Einen schönen Abend noch!« »Ihnen auch«, habe die Stimme gesagt und er hätte sich eingebildet, dass mehr Wärme darin lag als zu Beginn ihrer zufälligen Unterhaltung. »Ich war überzeugt, dass sie rotblond sein musste.«

»Wieso? Hattest du da schon was geraucht?«, fragte Valerie.

»Das auch. Aber ich war mir einfach sicher! Weil ihre Stimme schimmerte. Ich sah eine rotblonde Kinderbuchillustratorin vor mir oder eine Architektin, um die vierzig, tierliebend, trägt gerne Jeans und weiße Blusen, lebt in einem hellen Altbau, geht barfuß über das Parkett, die Schultern sind im Vergleich zu ihrer Hüfte etwas zu schmal. Sie ist nicht tätowiert. Graue Augen, Haar, das beinah auf ihre Schultern fällt, wenn es feucht ist. Und sie riecht nach Salzwasser und Limonen.« Er musste ihre Stimme wiederhören, und schon war es geschehen, schon hatte er die Wahlwiederholung gedrückt. »Bitte, halten Sie mich nicht für einen Stalker«, hatte er gesagt. Sie hatte gelacht. »Eine Wärme breitete sich in mir aus, ein Leben kroch in mich hinein, meine Fingerkuppen prickelten, als würden sie nach eisiger Kälte wieder zu sich kommen, meine Lippen pochten«, sagte er, als wunderte er sich über seine eigene Euphorie. »Ich vermisste sie. Heftig. Und dann sagte sie: ›Schlafen Sie gut.‹ Ein Klicken beendete die Verbindung. Noch einmal wählte ich die Nummer. Sie hatte mich bereits blockiert.«

»Eine hübsche Geschichte«, sagte Valerie, »schreib sie auf.«

»Nein«, sagte der Mann, »ich schreibe nicht. Mach du das. Ich schenk sie dir.«

Eine Kurzgeschichte wäre möglich, dachte Valerie, notiert in ihrem Zimmer im ersten Stock eines französischen Strandhäuschens. Vor ihr die Wellen, von herabstechenden Möwen weißgeküsst. Von der untergehenden Sonne rotgeblutet. Sie könnte beim Schreiben endlich loslassen. Hätte keine Deadlines, Artikellängen, Strukturen mehr im Kopf, müsste nie mehr feigen Interviewpartnern erlauben, ihre Zitate beim Gegenlesen zur Bedeutungslosigkeit zu verwässern, hätte keine Briefe mehr von Anwälten zu befürchten, die sie einschüchtern wollten, weil sie die Wahrheit über ihre Klienten geschrieben hatte, über ihre Launen, Drogen, Druckversuche, erhielte keine Kommentare von Verrückten mehr, die ihr mit allem drohten, von der Entlassung bis zur öffentlichen Enthauptung oder Mehrfachvergewaltigung. Sie hätte dann endlich Ruhe. Sie und die

Realität würden sich einander nicht mehr aufdrängen. Sie hatte sich schon oft mit F. über ihre Rolle als Vermittlerin zwischen einem wie ihm und der Öffentlichkeit gestritten, darüber, wie nah sie einem Menschen mit ihren Texten geraten, wie weit sie ihn aufreißen und in ihn hineinschauen durfte.

»Leute vertrauen sich dir an, wieso musst du sie erst ausweiden, bevor du Mitgefühl zeigst?«, sagte er.

»Der heile Mensch interessiert nicht. Ich bin mit einem Interview erst zufrieden, wenn ich spüre: Jetzt bricht etwas, jetzt scheint etwas durch.«

»Eine Wunde?«

»Vielleicht? Ich will das Blut sehen, aus dem Wut entspringt, eine Kraft, eine Genauigkeit, eine Sensibilität für Schönheit, für Desaster. Ich will verstehen.«

»Und wenn du über mich schreiben würdest? Was käme da zum Vorschein?«

»Ich schreibe nicht über dich. Ich hab einmal über dich geschrieben, du hast dich beschwert, fertig.«

»So nachtragend?«

»Im Gegenteil. Dich will ich behalten.«

Sie wollte das wirklich. Und sie wollte wirklich nicht, dass F. einmal vor ihr ging. Sie hatte beschlossen, selbst dann nicht über ihn zu schreiben, ihn selbst dann für sich zu behalten, gerade dann. Sie hatte davon geträumt, hatte im Traum an ihrem Arbeitsplatz in der Redaktion gesessen, der Tag eine lausige Kopie des vorhergehenden, da war eine Message des Nachrichtenchefs auf ihrem Screen aufgeploppt: »Komm! Dringend! Nachrufbedarf!« Voller

Vorfreude war sie zu seinem Desk am anderen Ende des Großraumbüros geeilt, hatte dabei aus dem Fenster geschaut, ihr fiel auf, dass sich am Himmel weder Wolken noch ein Kondensstreifen befanden, komisch, dachte sie, als würde der Himmel warten. Sie beugte sich über die Schulter des Nachrichtenchefs, freute sich auf einen jungen Skandaltod oder auf das pralle Leben einer Celebrity, doch da sprang es ihr schon aus den Agenturmeldungen entgegen, die er vor sich geöffnet hatte, es konnte nicht sein, dass der Himmel einfach so blau über der Stadt stehen blieb, wieso stürzt er nicht herunter, dachte sie, wieso explodiert nicht irgendwas, wieso schlägt nicht ein Blitz in mich ein, denn überdeutlich sah sie vor sich: F. war tot. War mit dem Auto verunfallt, vermutlich eine Kreislaufschwäche am Steuer, in einer Kurve an einer Küste. Ein Filmstartod, dachte sie, James Dean, Grace Kelly, Jayne Mansfield, Dean war allein in einem Porsche gestorben, Kelly in einem Rover, neben sich ihre siebzehnjährige Tochter, Mansfield in einem Buick, neben sich ihr Verlobter, hinter sich drei ihrer fünf Kinder. Deans Grabstein war klein und bescheiden, Kelly ruhte unter mehreren Marmorplatten in einer Kathedrale, Mansfields Grabmal war ein obszönes weißes Herz. Auch neben F. hatte jemand gesessen, keins seiner Kinder, sondern eine junge Frau, sie war schwer verletzt, doch die Frau kümmerte Valerie nicht, ein Schmerz, den sie nicht für möglich gehalten hätte, begann sie zu verschlingen, der Nachrichtenchef wandte sich zu ihr um: »Du musst was schreiben, du hast ihn doch gekannt.« Gekannt?, dachte sie, gekannt? Ich kenne ihn! Bald ist er wieder in der Stadt und kommt mich besuchen und ist der Mann, der im Gegensatz zu meinem Liebhaber gern in meiner Küche sitzt und in meinem Bett schläft, und nächsten Monat will er den Kaufvertrag für das kleine Haus im Finistère unterzeichnen, und wir werden zusammen aufs Meer schauen, bis dass der Tod uns …

Der Himmel war jetzt schwefelgelb, ein Wind blies, doch nicht von oben herab, sondern von unten hinauf, die Blätter an den Bäumen standen senkrecht in die Höhe und wenn sie von den Ästen gerissen wurden, verschwanden sie im Schwefel. Der Wind drückte die Scheiben ein. Hob Papiere, Stifte, Scheren, Bildschirme, Rechner von den Tischen, riss Kabel aus den Steckdosen und Lampen von der Decke. Valeries »Nein!« hallte durch das Büro wie durch einen riesigen leeren Sarg. Der Mund des Nachrichtenchefs formte einen Schrei: »Schreib!« »Nein!«, schrie sie zurück. Blaue Blitze fuhren aus den zerstörten Geräten, und dann klumpte sich der ganze fliegende Elektroschrott zusammen und wurde zu einem einzigen Wesen, einem einzigen Mund, der sich öffnete und eine bezahnte, um sich selbst rotierende Kugel freigab, Valerie starrte ihn an, suchte nach dem Rest eines Gesichts, doch da war nichts außer der rasenden Kugel, die näher kam, bereit, sie zu zermalmen. Sie konnte sich nur zur Wehr setzen, wenn sie schrieb, wenn sie F.s ganzes Leben nahm, es in Anekdoten zerlegte und diese wieder zu einem Ganzen zusammenfügte, das nichts als eine Behauptung wäre, ein fragmentierter Blick, ein ungenügendes Mosaik, das grob verpixelte Porträt eines Menschen, über den sie viel mehr wusste als die meisten.

Sie konnte das nicht. Ich bin nicht Frankenstein, dachte sie, ich baue kein Denkmal aus F.s Leiche. Aus jeder anderen, aber nicht aus seiner. Aus dem Maschinenmund wuchsen immer neue rotierende Kugeln und Zahnkränze, sie konnte den Blick nicht abwenden, breitete die Arme aus, ließ sich hochtragen. Ihr Haar floss bereits dem Monster entgegen, ihr Großvater war so gestorben, ein Betriebsunfall, er war in eine Maschine geraten, er hatte sie in der Fabrik jahrelang gewartet, dann hatte sie ihn verschlungen, hatte ihn bei lebendigem Leib gehäutet. Ihr eigenes Ende hätte eine brutale Konsequenz, eine Klammer schlösse sich, sie war bereit, ihr Gesicht war auf der Höhe des Mundes, ein letzter Kuss, dachte sie, für F., wir sehen uns in jenem Drüben, von dem wir zu Lebzeiten alle nichts wissen.

Als sie erwachte, saßen zwei Spatzen vor dem Fenster und beäugten sie. Das Stakkato ihres Nickens schien ihr gefährlich, künstlich. Sie klammerte sich an ihrem Bett fest, der Nachhall des Traumes machte sie panisch, du fehlst, dachte sie, du fehlst fürchterlich, sie schwor sich, F. niemals zu sagen, wie sehr, es hätte ihm viel zu gut gefallen.

Doch dies lag inzwischen einige Tage zurück. F. hatte seinen Sohn gedrängt, den Praktikumsplatz bei der Zeitung anzunehmen, hatte ihm die irrsten Geschichten über den Journalismus, über gesellschaftliche Verantwortung, die Sprengkraft medialer Enthüllungen, das edle Handwerk der Recherche, das aufregende Leben eines Auslandskorrespondenten »in Washington oder Moskau, in Schanghai oder Mumbai!« und besonders über eine bestimmte, in F.s

Schilderungen legendäre Journalistin erzählt. Hatte Episoden hervorgekramt, von denen Valerie gar nicht wusste, dass sie sie jemals erzählt hatte, etwa ihre Affäre mit dem Rockstar einer Band, deren sentimentale Hymnen über und gegen den Zeitgeist auch Lucas Generation hörte. F. hatte sich daran erinnert, als wäre er dabei gewesen, bei dieser zufälligen Begegnung backstage, F. selbst hatte wenige Abende vorher auf der gleichen Bühne gespielt, er konnte Luca alles genau beschreiben. Die Schaumgummikrümel, die sich durch die Brandlöcher im Kunstlederbelag aus dem alten Sofa pulen ließen. Die Toilette mit den verschmierten Wänden – *Kiss me I'm dying!*; *Ich hasse Hass!* Die luftlose Enge des kleinen Betonkerkers, bevor es in die gleißende Freiheit der Bühne hinausging. Allerdings traf diese Beschreibung auf Dutzende weiterer Backstagebereiche zu, F. brauchte sich also nicht sonderlich anzustrengen. Er hatte Luca erzählt, dass Valerie überhaupt nicht wegen der Musik zum Konzert gegangen war, sondern um ein paar Fans der Band aus ihrem Freundeskreis endlich zu verstehen. Und dann hatte sie dem Sänger backstage gegenübergestanden, wie sie immer allen backstage gegenüberstand, und er hatte gesagt, dass er jetzt ganz dringend runterkommen müsse, aber nicht hier, und sie hatte gesagt, sie kenne etwas Kleines, Illegales, einen alten Friseursalon mit einem Kühlschrank drin und einer Fensterfront auf eine vierspurige Straße hinaus, dahinter die Lichter einer Tankstelle und jenseits der Tankstelle Gleise, erst dann sähe man überhaupt die Stadt. Der Rockstar sagte, ja, genau so was brauche er jetzt, sie setzten sich mit anderen in ein Taxi, fuhren zu dem alten Salon, stellten sich ans Fenster, tranken Wein und Wodka, der Rockstar betrachtete die Autos und die beleuchteten Zapfsäulen der Tankstelle und erzählte von den ewig langen Fahrten mit dem Tourbus, durch Europa und einmal durch Amerika: »Jedes Land wird irgendwann zu Amerika, wenn du so unterwegs bist. Zur Fantasie eines in Nacht getauchten Amerikas.« Irgendwann hatten sie nebeneinander im Fenster gesessen und geraucht, er lehnte seinen Kopf an ihre Schulter, sie dachte sich nicht viel dabei, sie fand ihn süß, aber vor allem einen komischen Vogel, sie verstand den Kult der anderen noch immer nicht. Und dann sagte er, was F. und alle anderen, die ihr Leben derart ankerlos verbrachten, sagten, nämlich: »Ich allein in einem Hotelzimmer heut Nacht. Das schaff ich nicht. Bitte, nimm mich mit.« Es war drei Uhr früh, die Tankstelle verkaufte ebenso viele Liter Kaffee wie Benzin, wer jetzt auf der Straße war, hatte ein sehr spätes oder frühes Ziel. Sie gingen über die Brücke, unter der zu dieser Zeit keine Züge fuhren, und dann standen sie in Valeries Wohnung, sie sagte: »Ich leg mich jetzt ins Bett. Du kannst auf dem Sofa schlafen. Oder im Bett.« Er wählte das Bett und Valerie.

Über Sex, schwor ihr F., habe er dabei nicht geredet, er könne sich ja nicht gut in ihr sexuelles Empfinden hineinversetzen, so weit ginge sein Gespür für Frauen nicht, und überdies rede er mit seinen Kindern nicht über Sex, das sei Sache der Mütter und der Schulen, seine Kinder seien ihm selbst ja doch nur punktuell vertraut, und über Sex zu reden setze nun mal ein beträchtliches Vertrauen voraus. Valerie wusste, wieso F. seinem Sohn genau dies erzählt hatte, es war nicht um sie gegangen, sondern um ihn, seine eigene Einsamkeit, eine Nachtbekanntschaft aus irgendeiner Bar, in irgendeinem Bett. Und irgendeine Morgendämmerung, in der er davonging, zurück zu einem Hotel, aus dem er gerade noch einen Koffer holte und einen Kaffee, bevor er weiterreiste. Und dann war er auf Valerie getroffen, und sie und ihr Bett wurden zu seiner kleinen Heimat. Dies hatte er seinem Sohn erzählt, gewiss ohne es zu wollen, und ohne dass sein Sohn dies hätte verstehen können, aber sie verstand.

Luca hatte Valerie eine Mail geschrieben, in der stand, dass in seinem Leben gerade sehr vieles sehr offen sei und er nicht wisse, für welche von mehreren vielversprechenden Möglichkeiten er sich entscheiden solle. Dass er jedoch wahnsinnig, wirklich wahnsinnig gerührt darüber sei, dass sie und sein Vater sich derart für ihn eingesetzt hätten und dass er sich freue, ihr wieder zu begegnen, sie hätten sich ja bereits kennengelernt, allerdings liege dieser für ihn sehr beeindruckende Moment schon einige Jahre zurück, es sei bei einer Filmpremiere seines Vaters gewesen. Valerie hatte keine Ahnung. Wahrscheinlich hatte F. ihr jedes seiner Kinder schon einmal vorgestellt, an Einzelheiten konnte sie sich beim besten Willen nicht erinnern.

Jetzt stand das Kind Luca vor ihr und hatte seine Entscheidung getroffen. Und hinter ihm stand ein zweites. Und für den Moment interessierte sie sich mehr für das zweite, denn die hellgrünen Augen signalisierten Ärger, großen

Ärger, das kinnlange Haar schnitt bei jeder Bewegung als zornige hellblaue Klinge durch die Luft. Wobei Valerie sich fragte, ob ein so kleines Ding, an dem das Größte der Kopf und die dicken Plateausohlen seiner Schuhe waren, tatsächlich zu großem Ärger fähig wäre. Dann erinnerte sie sich an die zwei Zungenspitzen in Kias Mund.

»Hallo Kia«, sagte sie.

»Hallo«, sagte Kia, und ihre Stimme klang nach einem Rinnsal, das sich einen Weg durch Kies und Schotter suchen muss.

Luca blickte ratlos von Valerie zu Kia, er war hoch aufgeschossen und offensichtlich keiner, der sich im Sport bisher verausgabt hatte. Allerdings gab es heute junge Spitzensportler, denen man das harte Training nicht mehr ansah, es hätte sie als allzu eindeutig männlich markiert, und nichts war so veraltet wie die Eindeutigkeit. Im Gegensatz zu seinem Vater war Luca ein Strich. Und der Strich rettete die Situation, indem er Kia die Hand entgegenstreckte und sagte: »Stimmt, du bist Kia! Gratuliere zum Casting! Ich habe gelesen, es soll toll gelaufen sein. Hast du schon was gehört?«

»Gar nicht wahr«, entgegnete Kia, »es lief scheiße.«

»Aber ich habe gelesen, dass …«

»Eben, das ist ja das Problem. Sie hat Scheiße geschrieben.«

»Echt? Ich fand den Artikel super!«

Valerie rief sich ihre Darstellung von Kia in Erinnerung. Ein Mädchen, das sich weigerte, Opfer zu werden, mutig, impulsiv, Zähne zeigend. Sie betrachtete das Kind, das ihrem Text entsprungen war und vor ihr stand, das Gesicht unverschämt jung, die Augen und der Mund wie unruhige, glänzende Tiere inmitten einer Landschaft aus golden schimmernder Haut, keine Menschenhaut, keine Frauenhaut, etwas weitaus Zarteres. Jugend eben.

»Ich auch!«, sagte Kia. »Verdammt geil geschrieben, ehrlich, ich bin bloß nicht das Mädchen, das da beschrieben wird, ich bin nicht so!«

»Wie, nicht so?«

»Der ganze Stress mit Heldin und *#jesuiskia* und so …«

»Möchtest du darüber reden?«, fragte Valerie.

»Mit Ihnen? Nein, ich wollte Ihnen nur ins Gesicht sagen, dass Sie mein Leben zerstört haben.«

Teenager, dachte Valerie, die Fleisch gewordene Übertreibung.

»Wie bist du denn wirklich?«, fragte Luca, sein Gesicht war dabei so ernst, dass Valerie am liebsten gelacht hätte.

»Ich war keine Heldin«, sagte Kia kleinlaut, »ich hatte nur Angst. Das war alles ein Tiefpunkt. Wer bist du eigentlich?«

»Ich bin Luca. Angst kenn ich.«

»Verarsch mich nicht«, sagte Kia.

Valerie fragte sich, ob sie eingreifen sollte, ob sie sich mit Kia hinsetzen und sie reden lassen sollte, sie hatte verstanden, worum es ihr ging, Kia hasste den Sturm aus Mitleid und Bewunderung, der sich um sie erhoben hatte, die Empörung der anderen war für sie die Verlängerung einer schlechten Nacht, *#jesuiskia* hieß nichts anderes als *#ichbinopfer* und dies seit Tagen. Sie würde es noch etwas aushalten müssen im Fegefeuer der medialen Verwertungsketten, ein paar Tage wenigstens, die Zeitungen waren bereits verstummt, die Tweets wurden seltener, die Mädchen, die mit ihr am Fluss gewesen waren, unterhielten sich jetzt lieber über einen jungen Schauspieler und niemand rief mehr zu Demonstrationen in ihrem Namen auf, das Klima war wieder wichtiger. Doch Kia war in einem Alter, in dem jeder Tag zählte, sie ließ sich nicht mit dem Versprechen beschwichtigen, dass sie den Vorfall am Fluss und sein Nachbeben bald nur noch als hysterische Episode betrachten würde. Valerie hätte es in ihrem Alter genauso wenig getan. Kia machte nicht den Eindruck, als ob sie besonders gerne redete. Erst recht nicht über sich selbst.

»Darf ich dich was fragen?«, wandte sich Luca an Kia, »woher kommt eigentlich dein Name? Von Kiara? Oder Kiandra? Das ist nämlich eine verlassene australische Goldgräberstadt, total spannend …«

»Kia Motors«, sagte Kia.

»Wie bitte?«

»Kia Motors. Mein Vater ist Automechaniker.«

Valerie wandte sich ab und unterdrückte ein Lachen.

»Echt? Glück gehabt, würde ich sagen. Besser als Alfa oder Corolla.«

»Trotzdem ein Tiefpunkt.«

»Finde ich nicht. Wie würdest du denn gerne heißen?«

»Keine Ahnung. Sabrina? Shoshanna?«

»Kia ist besser! Und was machst du, wenn du nicht tanzt?«

»Ich koche. In der Kantine der Kabelwerke.«

»Kenn ich.«

»Tust du nicht.«

»Doch! Ich habe da schon gegessen! Ihr macht ein krasses Chili con Carne.«

»Niemand isst da freiwillig.«

»Ich schon. Ich jobbe manchmal in der Abfüllerei.«

»Glückwunsch.«

»Wieso?«

»Da tragen alle einen Schaden davon. Hautkrankheiten, kaputte Lungen, ich kenn eine, die hat sich die Augen verätzt, die ist blind.«

Erstaunlich, dachte Valerie. Ein Mädchen, das nach einem koreanischen Autohersteller benannt worden war, in einer Industriekantine eine Ausbildung zur Köchin machte und tanzte, und ein Schulabbrecher, der eigentlich klassischer Lateiner war und in einer Giftmischerei jobbte, horchten sich gegenseitig aus.

»Kann ich euch was bringen?«, fragte sie. »Kaffee, Cola? Möchtet ihr euch nicht setzen?«

»Keine Zeit«, sagte Kia, »meine Schicht beginnt bald, ich wollte bloß einmal Ihr Gesicht sehen und Ihnen sagen, dass Sie das nie mehr machen sollen. Wissen Sie«, ihre hellgrünen Augen wurden plötzlich dunkel, »meine Eltern sind nicht auf Twitter oder Insta oder TikTok oder irgendwas. Meine Eltern lesen auch Ihre blöde Zeitung nicht. Aber der Chef meines Vaters hat sie gelesen und die Bäckerin, bei der meine Mutter einkauft. Und der Briefträger und die Klassenlehrerin meiner kleinen Schwester. Also die ganze fucking Stadt! Meine Eltern wollten mich einsperren, weil sie dachten, ich nehme Drogen und bin eine Schlampe. Waren Sie überhaupt da?«

»Wo da?«

»Am Fluss, in der Nacht, am Busbahnhof? Haben Sie irgendwas gesehen? Mit irgendwem geredet? Oder haben Sie bloß geschrieben? Arbeiten Sie eigentlich immer so?«

Ja, dachte Valerie, und erfolgreich.

»Wenn Sie da gewesen wären, hätten Sie gehört, dass nur ein einziger Vater sagte, er würde jeden mit seiner Waffe abknallen, der seiner Tochter so käme, einer, nicht Dutzende, wie es im Artikel stand. Sie hätten gesehen, dass es keine Schülerdemo gab, sondern nur die anderen Mädchen vom Casting, die auf dem Parkplatz Leute wie Sie vollquatschten und Lügen erzählten. Ich lag auch nicht im Krankenhaus, ich wurde vor Ort im Rettungswagen behandelt, ein Bulle fuhr mich nach Hause und sagte meinen Eltern, sie sollen mich vielleicht besser von Alkohol und so fernhalten, weil ich sonst sicher noch öfter auf den Kopf falle. Kein Mensch redete von Sex und Übergriffigkeiten. Alles war ganz klein! Beschissen und hässlich, aber klein! Doch dann kamen Sie und schrieben, und alle sahen das ganz deutlich vor sich, ich auch, ich schwöre, wenn ich nicht in Ihrer Geschichte drin gewesen wäre, ich hätte das alles auch geglaubt«, fuhr Kia fort und starrte dabei so demonstrativ auf ihre großen Schuhe, dass Valerie befürchtete, sie würde gleich in Tränen ausbrechen, »... wissen Sie, ich möchte schon gerne berühmt werden. Ich würde mich schon gerne in den Medien sehen und so. Aber nicht als Opfer. Das tut weh.«

Luca reichte Kia ein Taschentuch, legte seine Hand auf ihre Schulter und blickte Valerie vorwurfsvoll an. Mit F.s Augen. Nicht mehr lange, und er würde F.s Erfolg bei Frauen haben. Ihr war, als könne sie in Lucas Zukunft sehen. Er würde rein und idealistisch seinen Weg gehen, Dinge, nach denen er gar nicht suchte, würden ihm widerfahren und ihn zum Staunen bringen, und irgendwann wären sie selbstverständlich und das Staunen für immer vorbei. Erwachsenwerden war so, es begann in unendlicher Offenheit, doch die Vereinnahmung ließ sich nicht vermeiden, und wer das Glück hatte, im Kern jung und weich zu bleiben, baute sich seinen Schutz und war gegen außen ganz anders. F. verbarg sich hinter einem Panzer aus Frivolität und Anmaßungen, ihre Großmutter hatte bei Gott und den Kennedys Zuflucht gesucht, der Mann mit den Joints von nebenan flüchtete sich in grauen Nihilismus. Und sie? Der Zynismus ihres Berufs hatte sie gegerbt, es gab nichts Menschgemachtes mehr, das sie aus der Fassung bringen konnte, einzig der Tod. Als ihre Großmutter starb, da kam es ihr vor, als sei ihr eigenes Leben eine nicht besonders kunstvoll, eher flüchtig aufgefädelte Kette, und jetzt riss der Faden und die Perlen rieselten lose und unzusammenhängend in ihren Schoss. Ausgerechnet F. hatte ihr dabei geholfen, sie wieder aufzufädeln, schöner und logischer als zuvor, sie beugten sich gemeinsam über alte Geschichten und Bekannte, schmückten sie füreinander aus und bauschten sie auf. Körperlichkeit war wichtig dabei, sie kleideten ihr eigenes Verwelken in Erinnerungen, machten sie zu Novellen aus Erfolg, Euphorie und Geborgenheit, redeten sich eine Folgerichtigkeit ihrer libidinösen Biografien ein, die es gar nicht gab, denn Beziehungsmenschen waren sie beide nie gewesen. Der Unterschied zwischen ihnen war, dass Valerie Talent zum Alleinsein hatte und F. nicht.

»In dem Artikel bist du doch gar kein Opfer. Da bist du doch die totale Amazone«, versuchte es Luca.

»Kommt das von Amazon?«

»Ha, ha, ha. Eine Frage hab ich noch: Wie schmeckt eigentlich Zunge?«

»Wie Zunge eben. Ich geh jetzt. Mit einer Sache hatten Sie recht«, wandte sie sich an Valerie, »als ich ins Wasser fiel, zog tatsächlich eine Wolke vor den Mond. Er sah genauso aus wie später das Blaulicht.«

»Wenigstens das«, sagte Valerie, »der Rest tut mir leid, glaub mir. Aber eine kleine Heldin seh ich immer noch in dir.«

»Vielleicht lern ich ja, damit zu leben«, Kias Mund verzog sich unfreiwillig zu einem Lächeln, »tschüss.«

»Letzte Frage!«, drängte Luca dazwischen. »Was ist eigentlich das Geheimnis eures Chili con Carne?«

»Schweinebauch.«

»Echt?«

»Wir geben Schweinebauch ins Hack. Das Fett schmeckt besser. Meine Idee. Steht am Freitag auf dem Speiseplan.«

»Cool. Hey, hier, meine Nummer. Falls mal was ist.«

»Was soll schon sein.« Und damit war sie aus der Tür.

Luca starrte ihr benommen nach. Ich war Zeugin, dachte Valerie, ich war dabei, wie vielleicht eine Geschichte begann. Ein Junge wie Luca war für ein Mädchen wie Kia immer richtig.

»Und jetzt«, sagte sie zu Luca, »machen wir uns mal an die Arbeit. Wie war das mit Amazon und den Amazonen?«

»Keine Ahnung?«

»Keine Ahnung gibts nicht in diesem Job. Wenn du keine hast, eignest du dir eben eine an. Mach dich auf die Suche. Schreib was Knackiges. Denk an Kia, nicht an die Odyssee.«

8

Das also war die Frau, von der Mama sagte, sie sei »die andere Frau« in Papas Leben. Die große Freundin. Die er schon länger kannte, als Luca auf der Welt war, mit der er jedoch erst in den letzten Jahren richtig zusammengefunden hatte. »War da mal was?«, hatte er Mama gefragt, es gab bei Papa und den Frauen eigentlich keine andere Möglichkeit. »Ich glaube nicht«, hatte Mama gesagt, »Valerie ist mehr. Sie ist sein Zuhause.« Als er ihr zum ersten Mal gegenüberstand, dachte er an eine Feldherrin. Die Schlachten geschlagen und eingesteckt hatte. Erbarmungslos, angstfrei. Einzig auf einem Pferd konnte er sich Valerie nicht vorstellen. Vielleicht war sie früher eine Harley gefahren? Sie hatte keines der Frauengesichter, mit denen sein Vater sich sonst umgab, ihres war weder jung noch glatt, es sprengte sich beinahe selbst, Augen und Mund wollten mehr Raum einnehmen, Schminke suchte sich ihren eigenen Weg in einem Gespinst aus Fältchen, schwarz um die Augen, rot um den Mund, er war fasziniert, normalerweise wirkten die Augen und Münder alter Menschen, als würden sie in sich zusammenschrumpfen, aber nicht bei Valerie, ihr Gesicht war unbescheiden und präsent. Es passte zum Gesicht seines Vaters. Ihr Haar trug sie ähnlich geschnitten wie Kia, nicht hellblau, sondern schwarz, nur der Scheitel zog seine silberne Spur.

Sie hatte ihm einen Auftrag gegeben. An dem er nicht verzweifeln würde. Obwohl es jetzt, nach seinem ersten Tag in der Redaktion, ganz danach aussah. Er hatte recherchiert. Also gegoogelt. Der Online-Buchhändler, der seine Ware in einen weltumspannenden Fluss bringen wollte, hatte den Firmennamen Amazon gewählt, weil der erstens mit dem ersten Buchstaben des Alphabets begann und zweitens die englische Bezeichnung für den Amazonas war, also für den wasserreichsten, mächtigsten Fluss der Welt.

Doch wieso hieß der Amazonas Amazonas? Nun wurde es richtig spannend. Als nämlich ein gewisser Gonzalo Pizarro im Februar 1540 aus der südamerikanischen Stadt Quito aufbrach, um im Namen des spanischen Königs das legendäre Zimtland zu erobern, da gerieten er, seine 400 Soldaten, 2000 Träger und 5000 Transport- und Provianttiere immer wieder in Schwierigkeiten. Alles war gegen sie, Hunger, Seuchen, Ureinwohner, die Stromschnellen eines riesigen Flusses. Und dann, nach zweieinhalb Jahren, in denen sich keinerlei Erfolge abzeichneten, trafen die Männer nicht nur auf andere kämpfende Männer, sondern auch auf Frauen. Sie waren fast nackt, mit langem

Haar, hatten sich eine Brust ausgebrannt, um den Bogen besser aufsetzen zu können, und kämpften wie Besessene. Versuchte einer ihrer eigenen Männer zu fliehen, erschlugen sie ihn vor den Augen der Spanier. Sie waren wie die mythischen Amazonen. Und so gaben die Spanier dem riesigen Fluss, an dessen Ufer sie auf die Kriegerinnen gestoßen waren, den Namen »Fluss der Amazonen«. Oder Amazonas. Eines kam zum anderen. Der Warenfluss des Amerikaners war tatsächlich mit den schier unbesiegbaren Frauen der Antike verbunden.

All das wollte er schreiben. Bloß wie? Es war nicht so, dass sein Schreiben bisher Wirkung gezeigt hätte. Er dachte an die vielen Mails an Malou, die er nicht abgeschickt hatte, und an die wenigen, die er geschickt hatte. An die sparsamen, unpersönlichen Sätze, die zurückgekommen waren. Immer war es dabei um Dinge gegangen, die sie maßlos begeisterten, etwa um ihren neuen Job in einem Stockholmer No-Waste-Laden mit dem Namen *No Waste Land*. Um sie beide ging es nie. Und je weiter seine Zukunftspläne mit Malou gediehen, desto weniger wusste er ihr zu schreiben. Es war, als würde sich die reale Malou zunehmend von jener anderen Malou abspalten, mit der er ein paar Tage lang seine Stadt neu geträumt hatte. Es gab Malou, die sich selbst gehörte, und Malou, die nur ihm gehörte, und er schaffte es nicht, zwischen den beiden eine Brücke zu schlagen. Er war müde. Er versagte. Nicht irgendwo, sondern ausgerechnet in der Liebe. Oder wenigstens im Liebesbriefschreiben. Er war ein Trottel. Dabei hatte er in den Geheimfächern seiner Mutter gewühlt, aus einem mit Perlmutt verzierten Holzkästchen alte Liebesbriefe hervorgekramt und vorsichtig aus den Umschlägen mit den bunten Briefmarken geklaubt. Hatte sie gelesen, um zu lernen. War peinlich berührt gewesen, was andere seiner Mutter geschrieben hatten, wie offenherzig das war, wie ungeniert Mamas Liebhaberinnen über Körperöffnungen und -erhebungen schrieben und jedem einzelnen Orgasmus einen Namen gaben. Früher hatten die Leute echt keine Hemmungen.

Er dachte an Kia, weil Valerie ihm gesagt hatte, er solle beim Schreiben an Kia denken. Doch nichts geschah. Das heißt, doch, aber nicht vor ihm auf dem Bildschirm, sondern mal wieder dort, wo er sich weder Geld noch eine andere Anerkennung holen konnte, nämlich in ihm drin. In ihm drin flüsterte etwas: »Freitag!« Er war sich nicht ganz sicher, ob Kia ihn wirklich für Freitag in die Kantine der Kabelwerke eingeladen hatte, also ob sie ihn für Freitag zum Essen eingeladen hatte. Allerdings konnte er die Kantine auch ohne ihre Einladung betreten, sie stand allen umliegenden Betrieben offen und er besaß einen Badge, mit dem er an der Kasse sein Essen bezahlen konnte, er würde nicht auffallen, er gehörte dazu, auch wenn die Jungs vom Parkplatz das anders sahen. Dass er Kia bei einem eventuellen Kantinenbesuch am Freitag sehen würde, war unwahrscheinlich, sie würde in der riesigen Küche verschwinden, in einer futuristischen Landschaft aus Stahl, Messern, glühenden Platten und einem Kühlraum, dessen Temperatur knapp über dem Gefrierpunkt lag. Er sah den Schweinebauch vor sich, weiße Fettschichten mit Streifen aus blassrosa Fleisch dazwischen, und er sah Kia vor sich, wie sie das mehrere Kilo schwere Stück erst von der Schwarte befreite und dann in kleinere Würfel zerteilte, die im Einfülltrichter des Fleischwolfs Platz fanden.

Malou würde Kias Kantine abfackeln wollen. So wie Malou am liebsten auch Merles Pferdestall und Livs Dachmansarde abfackeln würde. Von Valeries Mainstream-Medium ganz zu schweigen. Er fragte sich, für wen Kia wohl weniger gern kochen würde, für die Veganerin Malou oder für den Weizenallergiker Luca. Spaß machte wohl beides nicht. Doch vielleicht begriff sie Kochen als kreative Herausforderung, als Sport. Vielleicht näherte sie sich dem Essen so, wie sich sein Mitbewohner Alex der Wirklichkeit näherte: Analytisch, alles erst einmal als Auslegeordnung von Möglichkeiten betrachtend und dann so lange alle bekannten und unbekannten Größen gegeneinander abwägend, bis etwas Konstruktives daraus wurde, etwas, das neue Wege und Einsichten öffnete. Vielleicht war es für sie genauso unwichtig, etwas nach vertrauten Rezepten zu kochen, wie für Alex, in konservativen Mustern zu denken. Vielleicht wäre sie ihrer Zeit irgendwann voraus. Aber vielleicht kochte sie nur, um so lange damit Geld zu verdienen, bis sie vom Tanzen leben konnte. Das war wohl wahrscheinlicher.

Nach einer Weile, die ihm vorkam wie Minuten, obwohl mehrere Stunden vergangen waren, merkte er, dass jemand hinter ihm Platz genommen hatte und las, was er schrieb. Das war weit unangenehmer, als beim Pornoschauen erwischt zu werden. Ausgerechnet Mamas Anna hatte ihn mal dabei erwischt und das so cool überspielt, wie nur Anna das konnte. Und jetzt saß Papas Valerie hinter ihm, er roch ihren Atem, eine Mischung aus Zigaretten und Kaffee, und er spürte die Kritik, die in ihrem Schweigen lag. Er traf die falschen Tasten, vertauschte Buchstaben, schaffte die einfachsten Rechtschreiberegeln nicht mehr, Leerschläge durchlöcherten die Zeilen, er schwitzte und wurde rot.

»Na ja, als Talentprobe gehts«, sagte Valerie, »für eine Zeitung taugt es noch nicht.«

Er wollte aufstehen und eine Pause machen, doch sie bedeutete ihm, sitzen zu bleiben: »Ich sag dir, was du zu tun hast, und du führst es aus.«

»Jetzt? Hier?«

»Dieser Kampf am Fluss: Mach ihn zu deinem Film. Was heißt es genau, dass sich die Frauen ihre Brust abbrannten, wie schmerzhaft war das, hatte es Einfluss auf ihren Hormonhaushalt? Zu welcher Tageszeit und bei welchem Wetter griffen sie an, was wuchs am Ufer? Waren da Tiere? Trugen die Spanier Rüstungen? Und die Frauen? Bist du in der Universitätsbibliothek angemeldet? Leih dir alte Handschriften aus, mach dir ein Bild. Wenn du das Gefühl hast, alles, restlos alles zu wissen, was es über diese Tage und Stunden an jenem Fluss zu wissen gibt, dann fasse es so zusammen, dass ich am Ende glaube, dabei gewesen zu sein. Fühle deinen Stoff. Du bist nichts als der Trichter, der ihn kanalisiert. Schreibe so temporeich, wie die Amazonen kämpften.«

Ach so, dachte er, ich bin der Einfülltrichter, wie beim Fleischwolf.

»Zudem, mein Lieber, ist da noch die andere Seite der

Geschichte«, sie klang herablassend, als könne er eh nicht kapieren, was sie gleich sagen würde, »nämlich die, dass dein Amazon-Gründervater selbst keinerlei Ähnlichkeiten mit den Amazonen hat, sondern mit den Eroberern identisch ist. Du kannst nicht einfach schreiben, hach, wie interessant ist das denn, du musst das Gesamte im Auge behalten, das Einst und das Heute und wie der weiße Mann ein weißer Mann geblieben ist. Ein struktureller Unterdrücker, ein … ich spitze zu. Aber ihr jungen Leute denkt doch so: immer wach, niemals schwach!«

Er schaute auf den Bildschirm vor sich, er sollte sich woanders hinsetzen oder fragen, ob er das Fenster verdunkeln dürfe, die Sonne schien jetzt direkt auf seinen Rechner, sie kämpfte gegen kleine, ungewöhnlich dichte Wolken an einem ansonsten blau-lila Himmel. Was sich davon auf seinem Bildschirm spiegelte, glich einem Opal, ein paar der Wolken waren violett. Die Zeit gerann zu schillernden Tropfen, der Himmel wollte ihn schon wieder zerstreuen, ihn in die grundsätzliche Ziel- und Nutzlosigkeit seiner Träumereien hineinkatapultieren.

»Ich verarsch dich bloß«, sagte Valerie, »schließlich bist du Praktikant, da stellt sich vor allem die Frage: Kannst du Kaffee kochen, den Geschirrspüler betreuen und überhaupt die Küche sauber halten? Nein, Quatsch. Sag mir, was dich interessiert. Diese alten Geschichten liegen dir doch. Dein Vater hat erzählt, du liebst Latein?«

»Ja.«

»Und dein Vater hat erzählt, dass du mit deiner Mutter in einer Art Museum gelebt hast?«

»Ja.«

»Mach dich auf die Suche. Vielleicht findest du dort ein Tagebuch. Oder ein komisches altes Gerät. Rede mit jemandem, der Bescheid weiß. Zeig mir, was das mit dir zu tun hat. Dein Vater hat auch erzählt, dass du jetzt in einer Wohngemeinschaft mit dem smarten Erben wohnst.«

»Mit Alex?« Er hatte keine Ahnung, woher sein Vater das wusste, wahrscheinlich von Mamas Anna, die auch mal Papas Anna gewesen war. Die Kommunikation zwischen den Erwachsenen in seinem Leben erschien ihm plötzlich bestürzend kleinteilig.

»Genau der. Wieso porträtierst du ihn nicht? Seine Familiengeschichte ist interessant und seine Wirkung auf Frauen legendär. Er macht einfach nichts draus.«

»Das sehe ich auch so«, sagte Luca.

»Tust du das? Was versteht ein junger Mann wie du eigentlich von Frauen? Oder Männern? Ich meine von der Liebe? Was ist mit Pornografie? Ihr konsumiert doch heute alle immer Pornos, oder etwa nicht? Welche Rolle spielen dabei Gewaltfantasien? Wo ist die Schnittmenge zwischen Games und Pornos? Kein Grund, rot zu werden, ich brainstorme nur!«

Papas große Freundin war gut. Wahrscheinlich würde Alex nicht in ein Porträt einwilligen, es war egal, Valerie hatte ihn auf Fährten angesetzt, von denen er gar nicht gewusst hatte, dass es sie gab, das alte Haus war eine Schatzkammer, das stand fest, die Amazonen am Fluss reizten ihn ebenfalls und über Pornografie nachdenken konnte man immer. Wobei das Erstaunliche an Pornografie für ihn nicht die Pornografie selbst war, es gab schöne, gewöhnliche und solche, bei der er nicht hinschauen konnte, es gab welche mit Frauen und Männern, die wie aus Plastik gegossen waren oder wie getunte Autos, und andere mit echten Menschen und echter Lust, Menschen, deren Haut sich rot färbte, weil sich ihr Puls erhöhte und weil ihnen warm wurde und sie sich verloren, so wie er sich in der Nacht mit Liv verloren hatte, aber an dem Nachmittag mit Merle nicht, da war sein Gesicht einzig aus Peinlichkeit rot geworden. Er hatte gelernt, dass er für harte Pornografie nicht gemacht war, dass es ihn ekelte, wenn Menschen einander ihre Glieder abschnürten oder mit Klammern versahen und mit Stromstößen reizten. Er stand weder auf überdimensionierte Schwänze noch auf aufgeblasene Brüste, er suchte in all dem inszenierten Sex nach etwas, das ihn berührte, und er fand dies in vollkommen unspektakulären, zarten, verspielten Szenen, die in den Debatten um die Schädlichkeit von Pornografie gar nicht erst auftauchten. Das Erstaunliche an Pornografie waren für ihn ebendiese Diskussionen, die Angst der Erwachsenen um die Jugendlichen, weil die Erwachsenen den Jugendlichen nicht zutrauten, eine Wahl zu treffen, die ihnen wohltat.

»Und jetzt mach dich gleich an die Arbeit«, entließ ihn Valerie, »komm übermorgen wieder und komm mit einer Geschichte.«

Sie wandte sich ungeduldig von ihm ab, er sah dabei ihr Profil, das anders war als der Rest ihres Gesichts, weicher, von der Schwerkraft gezeichnet, sah, wie ihr Kinn in einem kleinen Doppelkinn ausfloss und die Wangen neben den

Mundwinkeln wie ausgebeulte Manteltaschen runterhingen. Ihr Haar, das ihr Gesicht am Morgen noch streng gerahmt hatte, lag jetzt zu flach und fein auf dem Hinterkopf auf. Er stellte sich vor, wie sein Vater neben diesem Gesicht saß und trank und mit ihm redete, wie sich Valerie nicht anstrengen musste, weil sie wusste, dass sie seinem Vater alles bedeutete, nur das eine nicht, das Sexuelle. Aber das wäre vollkommen egal, denn wie er hatte sie schon mit vielen geschlafen, das wusste Luca, und wenn er eine Rangliste hätte aufstellen müssen, so hätte Valerie diese durch ihre Affäre mit dem Rockstar unbedingt angeführt. Er fragte sich, wie es sich anfühlte in einem alternden Körper, ob die Seele mit ihm alterte und müde wurde und immer weniger konnte und wollte. Ob sie mit der Hinfälligkeit ihrer Hülle rang, ob alte Leute innerlich schrien und zeterten, und wie sehr eigentlich Erinnerungen schmerzten, wie weh es tat, wenn man an die erste Liebe zurückdachte. Oder ob die erste Liebe dann in einem lichten, fernen Nebel verschwand. So wie der See bei Nebel die Grenze des gegenüberliegenden Ufers abstieß und zum Meer wurde. Vielleicht hieß Altwerden genau dies, dass man sich abstieß und befreite und nur selten oder gar nicht mehr zurückblickte, weil man mit seiner Vergangenheit ins Reine gekommen war. Weil sich ihre Krater eingeebnet hatten zu einer feinen Linie namens Horizont, die beides war, Endlichkeit und Unendlichkeit.

Objektiv gesehen waren sein Vater und Valerie noch lange nicht alt und gebrechlich, das war ihm klar. Bis zum Ruhestand hatten beide einige Jahre vor sich und auch dann würden sie noch mindestens zehn Jahre als rüstige Rentner oder Golden Agers gelten und in wasser-, wind- und geschmacksabweisender Kleidung in der Natur anzutreffen sein. Nicht in irgendeiner Natur, sondern in einer ganz bestimmten französischen Strandnatur. Die nur 261 Kilometer oder etwas mehr als drei Autostunden vom Strand von Saint-Malo entfernt war. Und an den gleichen nordatlantischen Ozean grenzte. Mama hatte ihm von Papas Plan einer Alters-WG mit Valerie erzählt. Die Vorstellung, sein Vater und er könnten gleichzeitig im gleichen Meer baden oder gleichzeitig den gleichen Vollmond betrachten, verlieh seiner Idee, Malou in Saint-Malo zu erobern, einen gehörigen Dämpfer. Da hatte er ein kleines Stück Welt für sich gewollt, und wer würde wahrscheinlich vor ihm da sein? Sein Vater. Und mit ihm die Feldherrin.

Papa hatte ihm von Valeries Liebhaber erzählt. Er hieß Teo und war so alt wie Alex. Papa hielt die Affäre für erfrischend, doch Valerie behaupte, sie habe nun langsam alles gesehen und alles bekommen, was sie an ihrem Liebhaber interessiert habe, seinen Körper, seinen Porsche, sein Motorboot, seine Freunde, überhaupt seine ganze Generation, sei leider nicht sonderlich berauschend. »Sie hat sich dermaßen aufgeregt«, sagte Papa neulich, als er Luca auch von Valeries Beziehung zu dem Rockstar erzählte und überhaupt phänomenal gute Werbung für sie machte, »dass ich mir überlegte, ihr etwas gegen Lampenfieber ins Getränk zu schmuggeln. Ich habe gesagt, Vally-Baby, wieso behältst du das alles nicht noch ne Weile? Und dann gemächlicher Rückzug, ganz gepflegt, kein Drama, das wäre nicht dein

Stil. Du und der Toyboy seid einander doch zu nichts verpflichtet, das macht doch gerade die Qualität eurer Affäre aus, diese Freiheit. Du bist die privilegierteste Frau, die ich kenne! Du hast den jungen Liebhaber und den alten Sack, du kannst mit dem einen ins Bett und mit dem anderen bald ins französische Strandhaus.« Daran, habe er ihr erklärt, sei nun wirklich gar nichts falsch, und überhaupt sei das Leben doch so, man sei am Anfang frei und am Ende und dazwischen stecke man in einem Flaschenhals aus Verpflichtungen und Konventionen, und seiner Meinung nach befände sie sich gerade jetzt im letzten Stück dieses Flaschenhalses.

Aha, hatte Luca gedacht, noch nie hatte sein Vater so viel über jemanden erzählt wie über Valerie, er hämmerte seinem Sohn das Gewicht ihrer Existenz geradezu ein, dabei war sich Luca nicht sicher, ob er überhaupt so viel über sie erfahren wollte. Eigentlich nicht, eigentlich fiel es unter too much information, aber ihn rührte, wie gern Papa Valerie offensichtlich hatte.

Doch für den Moment, für diesen einen ersten Tag in der Redaktion, hatte er genug von ihr. Und genug von ihren Ideen, die ihn tatsächlich zu fesseln begannen, und zwar so sehr, dass sie ihn mühelos für die nächsten Wochen von all seinen Tagträumen, seinen Mailversuchen in Richtung Stockholm und seinen 17-Uhr-Besuchen auf dem Bahnhof fernhalten würden. Er ahnte schon, dass genau dies die Absicht von Mama, Papa und Valerie war. Ihn in diesem doofen Zustand namens Hier und Jetzt anzubinden, ihn einzusaugen in ihre starre, öde, eindimensionale Erwachsenenwelt, in der alle seit Jahrzehnten dem gleichen Job nachgingen. Es war eine verfluchte Verschwörung. Sie machten das geschickt. Er musste sich hüten. Er wollte nicht im Flaschenhals enden. Weshalb er sich aufs Rad setzte und zum Friedhof fuhr. Zu Alenka, bei der er schon seit Jahren Rat suchte.

Die Stadt war bereits ihrem abendlichen Fieber verfallen, es begann mit jedem Sommer früher und dauerte bis tiefer in die Nacht hinein, er hatte sich darauf gefreut, er hatte sich den Sommer in den Parkanlagen, am Wasser, in Bars und Clubs vorgestellt und merkte erst jetzt, dass er den Tagen in seinen Gedanken keinerlei Inhalt verliehen hatte, bloß den Nächten mit ihren Lichtern, Lockstoffen und Leibern, die sich unversehens näher kamen. Er sehnte sich nach neuen Begegnungen. Wie mit Liv. Wie mit Merle. Bloß anders. Er erinnerte sich an das Unbehagen, das ihn in Livs Treppenhaus überfallen hatte, als er an den Spiegeln vorbeiging und sich darin nicht mehr finden konnte. Er dachte auch an die Angst vor den Spiegeln im Ankleidezimmer von Merles Mutter zurück, davor, sich in eine peinigende Unendlichkeit hinein vervielfältigt zu sehen. Er sehnte sich danach, beides abzulegen, das Unbehagen über die Auflösung und die Angst vor der Sichtbarkeit. Wie, wusste er nicht. Wahrscheinlich half da nur Erfahrung. Routine machte doch alles erst geschmeidig. Jedenfalls hatte Valerie gesagt, dass sie sich als Journalistin frühestens nach ein-, zwei-, dreihundert Artikeln sicher gefühlt habe. Sich auf die eigene Performance habe verlassen können. So musste es auch beim Sex sein. Er brauchte ja nicht gleich ein Pornostar zu werden. Einfach ein Mann.

Er stellte sein Rad vor dem Friedhof ab, ging durch den Zypressenhain, vorbei an den Gemeinschafts- und Urnengräbern, den kleinen, mit bunten Windrädern und Spielzeugen geschmückten Ruhestätten der toten Kinder, lief quer über eine Wiese, schlüpfte aus seinen Schuhen und spürte das kühle, weiche Gras unter seinen Sohlen. Er ging vorbei an der Kapelle und dem Aufbewahrungsraum für die Verstorbenen. Er hatte noch nie einen toten Menschen gesehen, vielleicht lag darin gerade einer. Er hätte gerne gewusst, wie viele Tote hier unter Steinen oder als Asche in Urnen ruhten, es mussten Aberhunderte sein oder Tausende, und vor ihnen hatten schon Hunderte oder Tausende hier gelegen. Nachts, wenn die Tore schlossen, war dies der Ort, an dem alles menschliche Leben ausgelöscht war. Er stellte sich vor, wie Aliens den Friedhof mit seinen beschrifteten Steinen betreten und mit ihren Scanner-Augen mitten in die Biografien aller Verstorbenen dringen würden. Wie sich ihnen ein Netz an Informationen eröffnen und wie sich ihnen die Stadt, vielleicht gar das Land oder der Kontinent anhand dieses Friedhofs darstellen würde. Als flimmerndes Buch, als vieldimensionaler Film. Dann ging er über den kleinen Weg, der im Frühling von den rosa Blütenbögen der Mandelbäume überdacht gewesen war, und bog in die Parzelle, wo Alenka lag. Ihr weißes Herz leuchtete ihm entgegen, er wäre gern auf sie zugerannt, er brauchte jetzt ihr vertrautes, all seine Unruhen beschwichtigendes Gesicht. Auch wenn es bloß ein in Stein geritztes Gesicht war. Doch als er näher kam, sah er, wie sich dem Grab von der anderen Seite her ein Mann und ein Kind näherten, der Mann mochte Mitte dreißig sein, das Kind vielleicht sieben oder acht Jahre alt, sie redeten miteinander und brachten frische Blumen und eine neue Grabkerze mit. Das Kind war dick, trug ein rotes Kleid und eine goldene Baseballkappe, der Mann war einen Kopf kleiner als Luca. Vielleicht waren sie Angehörige von Alenka, vielleicht jene, die *Das Buch deines Lebens wurde allzu früh zugeschlagen, gerne hätten wir noch lange darin gelesen* auf ihren Grabstein hatten setzen lassen. Alle drei blieben vor dem weißen Herz stehen.

»Guten Tag«, sagte Luca.

»Guten Tag«, sagte der Mann, das Kind starrte Luca böse an.

»Wie sagt man?«, wandte sich der Mann an das Kind.

Das Kind schwieg.

»Ein außergewöhnliches Grab«, sagte Luca und zog seine Schuhe wieder an. Seine nackten Füße waren ihm peinlich, man zeigte Fremden nicht als Erstes seine Füße, schon gar nicht an einem derart ernsten Ort.

»Sie hat es sich so gewünscht«, sagte der Mann, »haben Sie meine Frau gekannt?«

»Nein«, antwortete Luca wahrheitsgetreu, »mir ist das Grab aufgefallen, ich gehe hier immer vorbei, wenn ich … meine Großeltern besuche. Die liegen da drüben«, er deutete zu einem möglichst fernen Winkel des Friedhofs, »und natürlich ist mir auch aufgefallen, wie jung Ihre Frau gestorben ist.«

»Krebs. Die Diagnose kam kurz nach ihrer Geburt«, der

Mann wollte den Arm um das dicke rote Kind legen, doch er griff ins Leere, es hatte sich schon hingekniet, stellte die Blumen in die grüne, im Boden steckende Grabvase und wechselte die Kerze aus.

»Oh. Das tut mir leid für Sie beide«, sagte Luca.

»Wir hatten Pläne. Wir wären gerne in die Heimat meiner Frau gezogen, wir wollten eine Pension am Meer eröffnen, na ja, wer will das nicht …«

»Ich bin fertig. Ich will weg«, sagte das Kind.

»Gleich, Schatz, lass mich einen Augenblick mit Mama alleine. Vielleicht möchte dir der nette Junge das Grab seiner Großeltern zeigen?«

»Ich will nicht.«

»Schon gut«, sagte Luca, »ich muss los, einen schönen Abend noch!«

Er ging und fragte sich, wohin all die Ideen verschwanden, die reine Ideen blieben. All die Fantasien und Einbildungen ohne Niederschlag in der Realität. Ob sie an einem ähnlich unvorstellbaren Ort verschwanden wie die vorbeigegangene Zeit. In einem Abgrund, dessen Fassungsvermögen unendlich war. Dem Ort der toten Träume. Er war versucht, sich noch einmal nach Alenkas Grab umzudrehen, doch er fürchtete, dass sich dann alles verändert hätte, dass der Stein in Wirklichkeit kein weißes Herz, sondern ein grauer Block wäre und dass Alenkas Gesicht und die Inschrift ausradiert und ihr Name durch einen fremden ersetzt wäre. Kalter Nebel breitete sich in ihm aus, sein Herz pumpte langsamer. Enttäuschung machte wenigstens nicht nervös, sie lärmte nicht, sie lähmte. Würde der Friedhof in diesem Moment wirklich von Aliens heimgesucht, er würde sie bitten, ihn mitzunehmen. Selbst auf dem unwirtlichsten Stern konnte es nicht leerer sein als in ihm drin.

Alenkas Mann und das Kind befanden sich jetzt sicherlich auf dem Heimweg, Luca hoffte für ihn, dass er eine neue Liebe gefunden hatte, er stellte sich vor, wie es wäre, wenn er selbst dieses Kind wäre, wenn er seine leicht esoterisch verpeilte Mutter mit ihrer verschwenderischen Auslegung von Liebe nie kennengelernt hätte. Es war müßig, sich zu fragen, ob sein Leben ohne sie schlechter, besser oder ganz einfach gewöhnlich geworden wäre, er wusste bloß, dass es gut war, eine grundsätzlich glückliche Mutter zu haben. Eine, die nur sich selbst für ihre Entscheidungen verantwortlich machte und Reue für die überflüssigste aller Investitionen hielt. Er war in jenem waldähnlichen Teil des Friedhofs angekommen, wo ein paar riesige, von ihren alten Gräbern befreite Engel unter den Bäumen standen und verwitterten. Einer weinte. Einer lehnte sich gegen ein efeuumranktes Kreuz. Einer hielt die Flügel ausgebreitet und die Hände im Schoß verschränkt. Alle waren traurig.

Er vermisste seine Mutter, gerne hätte er jetzt seinen Kopf in ihrem Haar vergraben wie früher oder im Atelier dabei zugeschaut, wie sie alten Goldschmuck einschmolz, Metall walzte, sägte und hämmerte, winzigste Verzierungen anbrachte und funkelnde Steine einsetzte und in ihren Halterungen fixierte. Wie sie alles mit immer feineren Feilen und Schleifblöcken bearbeitete, bis jede Kante ihre Härte verloren hatte und alles glänzte. Ihre Finger würden dabei schwärzer und ihre Nägel bei jedem Durchgang eine Spur kaputter. Eines Tages würde er neben ihr und Anna im Garten unter dem Kirschbaum sitzen und an seiner Seite wäre ein Mädchen, ein echtes, lebendiges Mädchen. Vielleicht wären Papa und Valerie mit dabei, wieso nicht, sie würden sich alle einen Joint teilen oder besser mehrere. Er würde dem Mädchen sein altes Zuhause zeigen, das Museum mit seinem ganzen Krempel und der ausgestopften roten Katze auf dem Kachelofen, von der nur ihr debiles Grinsen übrig geblieben wäre. Mama würde dem Mädchen ein kleines Schmuckstück schenken, Papa würde ihnen die Schlüssel für das französische Strandhaus aufdrängen, und Valerie würde sagen: »Luca war der begabteste Praktikant, den ich jemals hatte.«

»Lämmchen, ehrlich?«, hörte er in Gedanken seine Mutter sagen. »Du bist so bieder! Lass endlich mal los! Werde wild! Geh doch wenigstens nach Berlin! Oder nein, Berlin ist heute genauso bieder wie du. Entdecke was Neues! Es muss ja nicht gleich Australien sein. Athen vielleicht? Nein, nicht Athen, Athen ist schon seit Jahren das neue Berlin, da sitzen jetzt alle, die zu geizig sind für Neukölln. Wieso nicht Odessa? Odessa find ich gut! Ja genau, du solltest mal für ne Weile nach Odessa. Lämmchen, wie heißt es so schön? Das Glück ist ein heißer Revolver! Sei der Revolver! Aber was sag ich, du bist du. Dein Vater und ich waren in deinem Alter ganz anders.« Er kannte die Geschichten auswendig. Sein Vater hatte von irgendeiner Experimentalbühne herab auf Menschen in der ersten Reihe masturbiert und war dafür gefeiert worden. Seine Mutter hatte ihre Ausbildung zur Goldschmiedin abgeschlossen und widmete sich in Indien dem Erwerb allerlei körperlicher und geistiger Fertigkeiten. Er stellte sich vor, wie es wäre, wenn seine Mutter Dragana oder einer der anderen Frauen aus der Fabrik begegnen würde, den abgearbeiteten Klumpenfrauen mit ihren schiefen Rücken und geschwollenen Beinen, die vom Leben keinerlei Abenteuer und Gefährdungen wollten, sondern das Gegenteil. Ordnung. Sicherheit. Unendliche Ruhe. Ein Wachstuch auf dem Küchentisch und einen Mann, der nicht viel redete und mit einer elektrischen Fliegenklatsche jedes störende Insekt vernichtete. Fettige, süße Krapfen, die über alles hinwegtrösteten. Er fragte sich, wie es wäre, Draganas Sohn zu sein. Und er wusste genau, dass er immer wieder seine eigene verrückte Mutter mit ihrem verdünnten Whisky und ihren schwarzen Saphiren irgendwo in einer thailändischen Juwelenstadt wählen würde.

Er fuhr in die Innenstadt zurück, seine tote Freundin Alenka existierte nicht, das heißt, es hatte sie gegeben, aber wohl nicht so, wie er sie sich vorgestellt hatte, und hätte sie gewusst, was sie für ihn war, möglicherweise eine Spitzenkraft der Pandemieforschung, die möglicherweise von einem ihrer Labortiere infiziert worden und deshalb spektakulär krepiert wäre, sie hätte ihn für einen Irren gehalten. Er spürte, wie in ihm eine kleine Aufregung zu flackern begann, er hatte keine Ahnung, wovon sie sich nährte, doch sie war da und das war gut. Irgendwo würde ein Licht für ihn leuchten, irgendwo würde er erwartet. Und dann war es wie in einem von Papas fürchterlich schlechten Filmen, denn es leuchtete tatsächlich, leuchtete grünlich durch seine Hosentasche, ganz schwach, er hätte es übersehen, doch da es auch vibrierte, hielt er an und holte sein Samsung hervor, und da stand: *wenn du magst hol mich ab morgen nach der schicht 16 uhr beim eingang ich muss feiern!!! kia* ☺

Am nächsten Tag war sie schon da. Balancierte auf einer meterhohen blauen Kabelrolle, machte eine dieser Ballettbewegungen, deren Namen sich niemand jemals würde merken können, und landete mit einem Sprung vor ihm auf dem Boden. Ihr Haar war heute nicht gefährlich glatt und messerscharf, sondern lag in hellblauen Wellen um ihr Gesicht, sie hatte Grübchen in den Wangen.

»Hey«, sagte sie, »ich hab einen Job!«

Die Leute vom Casting hatten sich bei ihr gemeldet, sie fanden Kia sensationell, doch sie war zu klein für die Rolle, »aber nächstes Jahr machen sie *Cats* und ich bekomme die Rolle der jungen Katze, du weißt schon …«

»Echt?«, sagte Luca. »Fantastisch, besser gehts ja gar nicht! Gratuliere!« Er hatte keine Ahnung von *Cats*.

»Und du …« Sie richtete ihre hellgrünen Augen auf ihn und ihm war, als würde sich in der grauen Landschaft der Fabrikgebäude samt ihrer geteerten Parkplätze und Sitzbänke aus Beton eine weite grüne Wiese öffnen. Eine Wiese, auf der Kerbel, Basilikum, Liebstöckel und Minze wuchsen. Kia roch nach Küche.

»Ja?«, fragte er.

»… warst vielleicht mein Glücksbringer.«

»Oh!«, sagte er und dachte an die Teebeutel-Mystik

seiner Mutter – *Wo eine Rose blüht, da öffnet sich auch eine zweite; Lerne, das Universum zu lenken* –, »dann war es mir ein Vergnügen!«

»Ich dachte«, sagte Kia, »wir könnten feiern. Am Fluss? Ich habe was für ein Picknick dabei.« Sie verschwand hinter der Kabelrolle und kam mit einem Korb und einem Skateboard wieder zum Vorschein.

Er setzte sich aufs Rad, sie stellte sich auf ihr Board, hielt den Korb mit ihrer linken Hand und reichte ihm die rechte. Die Hand war wie alles an ihr klein, er hatte Angst, sie zu zerdrücken, aber sie krallte sich an seiner fest, er trat in die Pedale, sie schien auf dem Board neben ihm herzuschweben. Sie verließen das Industriequartier über ein paar wenig befahrene Zubringerstraßen, an Sonntagen, das wusste er, waren sie leer, jetzt nicht ganz, es wäre ihm lieber gewesen, sie wären zu Fuß gegangen, doch Kia wollte seine Hand nicht loslassen und er ihre auch nicht, die Hitze ihrer Hände verschmolz mit der des Tages, alles war eins, sie waren die heiße Straße und der warme Wind, der ihre Haut nicht kühlte, bloß trocknete, sie waren schnelle schlanke Schwalben, waren ein Jetstream und ließen auf ihrem Weg eine Spur von süßem, glitzerndem Staub liegen. Und dann sah er auch schon den Streifen Grün mit den Birken und dahinter den Fluss, sie suchten sich einen Platz im Gras in der Nähe des Kiosks, der Bier und Cider verkaufte. Kia wollte Cider, und als er zurückkam, hatte sie ihr Picknick ausgebreitet: »Es gibt, was ich in der Kantine gefunden habe, die Würstchen sind nach meinem Rezept, Kräuter mit etwas Fenchel, und der Mandelkuchen ist super.«

»Ist da Mehl drin?«

»Nein, Mandeln, hab ich doch gesagt. Bist du so ein Glutenfreak?«

»Ja.«

»Mein Beileid.«

Sie aßen und tranken und legten sich nebeneinander ins Gras. Die Sonne machte aus dem leichten Alkohol starken, und Kias Griff war in Lucas Hand eingraviert. Doch sie fassten sich nicht an und überstürzten auch sonst nichts, sie erzählten einander ihr Leben und fanden alles daran aufregend. Kia konnte nicht glauben, dass F. Lucas Vater war, sie googelte nach einem Bild und erkannte verblüfft den einen im anderen wieder: »Als Kind hatte ich den total gern! Ich hab stundenlang zugeschaut, wie er dieses blöde Schiff über die Weltmeere kapitänisiert hat! Immer am Samstagnachmittag liefen zwei Folgen hintereinander, erinnerst du dich? Ich habe es geliebt!«

»Dann hast du mehr von ihm gehabt als ich. Wir hatten keinen Fernseher.«

»Krass. Wie überlebt man das?«

Er erzählte ihr vom Riegelhaus am Fuße des Weinbergs, das mit Geschichten gefüllt war, die ein paar Jahrhunderte zurückreichten. Mit den Geistern von Arbeitern aus der nahe gelegenen Weberei, die das Haus als Wohnheim benutzt und sich die Betten in drei Schichten geteilt hatten. Mit der Familie eines Hufschmieds, der die Pferde vorbeiziehender Soldaten beschlug und dessen ganze Familie sich deshalb an der Spanischen Grippe ansteckte und ausstarb. Mit alten Schriften und Schränken, in denen Luca

Geheimfächer aufgespürt und als Kind Dinge versteckt hatte, sein Tagebuch, ein kleines, weiß gebleichtes Vogelgerippe, die Haut einer Schlange, eine leer geschossene Patronenhülse.

»Ihr hattet ein ganzes Haus? Zu zweit? Ist ja dreist!«

Sie erzählte ihm von der Blockwohnung am Stadtrand, dreieinhalb Zimmer für fünf Leute, sie teilte sich eins mit ihrer kleinen Schwester, aber bald würde sie achtzehn und durfte sich ein eigenes Zimmer suchen, allerdings würde ihr Geld nicht weit reichen, vieles ging für ihre Tanzstunden, die Trainingsklamotten, die Reisen zu den Castings drauf, aber jetzt, mit dem neuen Job, sei sie ja erst mal auf Tour und brauchte ohnehin nichts eigenes. Sie erzählte, wie sie zum Tanzen gekommen war, wie so viele übers Ballett, wie sie es zu Beginn geliebt hatte, nicht nur das Tanzen selbst, und wie sie damit die Schwerkraft und Banalität ihres kleinen Lebens überwand, wie sie plötzlich abheben und ihren Körper zu Arabesken verformen und in Ornamente eingliedern konnte, nein, sie liebte auch die Märchen der alten Handlungsballette, »krassester Mystery-Scheiß«, sagte sie, all die tragischen Mädchen, die sich in Schwäne oder Luftgeister verwandelten oder in einen hundertjährigen Schlaf fielen. All die Verwandelten, die erlöst werden mussten. Sie wollte selbst erlöst werden. Leider wurden die Mädchen in den Balletten selten glücklich. Oft traten sie auf Liebe und Leben verzichtend in irgendein Jenseits ein, »ich fand das gut, ich war selbst total unglücklich damals, ich verstand das«.

Luca hörte ihr gebannt zu und dachte, dass das genau wie in den *Metamorphosen* von Ovid war, Menschen verwandelten sich in einem Fort in Bäume, Götter in Tiere und leblose Dinge in Männer und Frauen, doch er sagte nichts, er wollte kein Besserwisser sein. Zuerst war sich Kia sicher gewesen, dass sie klassische Ballerina werden wollte, eine im weißen Tutu. »Ich war dreizehn und stand vor der Entscheidung, jeden Tag zu trainieren, und ich schaute mir diese Welt noch mal an und hatte eine Erweckung.« Sie sah die weißen Mädchen auf der Bühne, »ich dachte, ich spinne, sie glichen perfekten Mini-Bräuten«, sie sah die gleichen Mädchen hinter der Bühne, »und ich meine nicht die blutenden Füße, die hatte ich auch, ich gehörte zu denen, die sich dauernd billige Kalbsschnitzel aus der Horrorzucht kauften und sie roh um die Zehen wickelten, damit die Blasen schneller abheilen. Ich meine das Gekotze, das Gebitche, die Verzweiflung, die irren Intrigen, und ich dachte, das passt einfach nicht. Ich dachte, fuck, wie verlogen ist das denn! Ich hab die Spitzenschuhe in eine Ecke geschmissen, mir andere Tanzstile angeschaut und Gesangsstunden genommen. Was die richtige Entscheidung war. Ich bin nicht mehr gewachsen, ich hätte eh nie einen Platz in einer klassischen Kompanie gekriegt.« Wow, dachte Luca, er hatte mit dreizehn nicht vor einer derart radikalen Entscheidung gestanden. Er hatte überhaupt noch nie vor einer ähnlichen Entscheidung gestanden. Kias Mund glich einem aufgesprungenen Herz.

»Und die Sache mit dem Kochen?«

»Die war einfach da, war gar keine Frage. Zuerst hat mein älterer Bruder für uns Kinder gekocht, dann ich. Und ich war besser. Und du?«

Luca schämte sich. Schämte sich für seine Ziellosigkeit, dafür, dass ihn weder Ehrgeiz noch Abenteuerlust oder ein nützlicher Pragmatismus antrieben. Wenigstens konnte er sich zugutehalten, dass er in der Fabrik in andere Lebenswelten geblickt hatte, Lebenswelten, die der von Kias Elternhaus vielleicht nicht unähnlich waren. Aber brachte ihn dies wirklich weiter? Er schwieg und starrte auf den Fluss.

»Wie ist das denn bei der Zeitung?«, fragte Kia. »Ich stell mir das hart vor. Schreiben war nie meins in der Schule.«

»Gestern war erst mein erster Tag«, sagte er, »das zählt nicht. Die Frau, die über dich geschrieben hat, ist eine Freundin meines Vaters. Deshalb bin ich da. Es ist ein Versuch. Eigentlich weiß ich nicht, was ich machen will.«

»Spinnst du? Weißt du, wie viele sich für so was bewerben? Das ist genauso krass wie bei meinen Castings! Dein Glück möchte ich mal haben. Meine Eltern kennen niemanden.«

»Okay«, sagte er, »ich habe dich verstanden. Ich bin undankbar. Wahrscheinlich hast du recht. Darf ich dich was fragen?«

»Das hast du mich schon mal gefragt.«

»Ich kann mich nicht erinnern.«

»Du hast mich gestern schon gefragt, ob du mir eine Frage stellen darfst. Du machst das ganz klar gern. Ich denke, Journalist wäre kein falscher Beruf für dich.«

»Was ist denn eigentlich wirklich passiert, in der Nacht am Fluss?«

»Ach das.« Und dann erzählte sie, und er schämte sich schon wieder, für die Männer, und weil er sie überhaupt gefragt hatte. Die Gruppe war also über die dornige Böschung zum Fluss hinuntergeklettert. Einer der Jungs fragte, ob die Mädchen Spagat konnten. Kia holte Anlauf, sprang hoch und spreizte die Beine weit auseinander. Alle klatschten. Einer sagte, und jetzt stellt euch das beim Sex vor! Sie tranken. Kia glaubte, sie habe sich verhört, als ein anderer sagte, der geile Kindermund darf mir gerne einen blasen. Plötzlich stand er vor ihr und schob seine Hand in ihre Trainingshose, der Gummibund bot keinen Widerstand. »Er rammte zwei Finger wie einen Fleischerhaken in mich hinein, es tat scheißweh. Ich dachte, ich schaff das nicht, ich komm nicht aus seinem Griff. Ich wollte nach den anderen rufen, aber die waren voll wasted, er begann, mein Gesicht mit seiner stinkenden Zunge abzulecken, ich tat, als wollte ich ihn küssen – und biss zu. Es war widerlich, die Zunge war belegt, ich dachte, ich beiß direkt in eine Krankheit rein, und das Geräusch krieg ich nie mehr aus meinem Kopf, endlich trafen meine Zähne wieder aufeinander, er schrie, du Scheißfotze! und so, und ließ mich los. Ich sah, wie ihm Blut übers Kinn rann, und trat ihm in die Eier, er stieß mich ins Wasser. Als ich wieder zu mir kam, war ich ganz ruhig. Ich dachte, jetzt bin ich wieder sauber, danke, Wasser. Ein paar Tage lang hatte ich Angst, dass er mich anzeigt. Doch da war meine Geschichte bereits geschrieben. Er hätte keine Chance gehabt. Wenigstens das. Jetzt ist es okay. Mir fehlt nichts. Ihm schon.«

Er hatte keine Ahnung, was jetzt angemessen war. Am liebsten hätte er seine Hand nach ihrer ausgestreckt. Die Männerhand aus ihrer Geschichte hinderte ihn daran.

»Tut mir leid«, sagte er kleinlaut.

»Du kannst nichts dafür. Und übrigens: Ich glaube, ich mag dich.«

Ich dich auch, dachte er und wagte nicht, es auszusprechen. Sie schwiegen und schauten sich an, und Luca fragte sich, was Kia wohl sehen mochte außer F.s Sohn. Er hatte sich die Frage nach seiner Wirkung noch nie gestellt, während sich Kia mit all ihren Tagen in den Spiegelkabinetten der Proberäume diese Frage wahrscheinlich andauernd stellte. Ob sie in diesem Moment im Gras am Fluss wusste, was er sah? Ein Mädchen mit hellgrünen Wiesenaugen, einem Herzmund und Füßen, die mit einem Skateboard verwachsen schienen, aber gleichzeitig so hoch springen konnten, dass sich die Erde für Sekunden überwunden glaubte. Ein Mädchen mit Mut und Angst und Wut über die eigene Angst. Er fragte sich, was er ihr bieten könnte, vielleicht ein eigenes Zimmer bei Alex in der Wohnung? Gab es da nicht Zimmer genug? Und so wie er die Skrupel seines Mitbewohners wegen des bevorstehenden Geldsegens kannte, würde er von Kia eher keine Miete verlangen.

Schon als er das dachte, wusste er, wie falsch es war, er musste aufhören mit seinen kleinlichen Plänen, damit, Frauen, die keine Angst vor der ganzen Welt hatten, einzubinden in seine sauberen Visionen von Häuslichkeit und Zweisamkeit. Malou und Kia kamen aus unterschiedlichsten Verhältnissen, und beide würden sich ein Leben erobern, das er sich nicht vorstellen konnte. Die eine war schon längst davongegangen, er war in ihrem Traum von der Rettung der Welt höchstens ein Pausenzeichen gewesen. Die andere war da. Und im Gegensatz zu Malou war Kia von einer Klarheit, die vor ihm lag wie ein großes Tor zu einer neuen Welt. Zum Planeten Kia. Wo jedes Wort galt. Wo Wege direkt waren. Wo ihre Augen genau in diesem Moment ihn meinten. So wie ihre Hand schon nach seiner gegriffen hatte.

Die Sonne ging unter und der Mond ging auf. Über ihnen verwandelten sich die Blätter der Birken in Silberlinge, und sie lagen da und kosteten eine gegenseitige Verzauberung aus. Wer sie sah, musste lächeln und hätte zu gern gewusst, wie sich die beiden wohl am nächsten und am übernächsten Tag anschauen würden.

9

»Ist was?«, hätte Valerie gern gefragt, aber es hätte in der Intimität einer Umkleide rabiat und unhöflich geklungen. Trotzdem fühlte sie sich gestört. Die Frau starrte sie seit Minuten an. Immer wieder. Und immer länger. Valerie starrte selbst gerne andere an, jedoch eher diskret und im Vorbeigehen, gerade in dem kleinen Seebad, das den Frauen vorbehalten war, und wo fast jede außer Valerie oben ohne in der Sonne lag. Es gab da eine Vielfalt an Brüsten zu sehen, stehende, hängende, faltige, gepiercte, vernarbte und fehlende, es gab die erhabenen und die ermüdeten, die einfarbigen und die gefleckten. Aus der Hügellandschaft dieser Brüste ließe sich die Geschichte der halben Menschheit, nein, der ganzen, schreiben, dachte Valerie, eine Ge-schichte der Lust und der Zurückweisung, eine Geschichte von neuem Leben und schwerer Krankheit, eine Geschichte der Verzückung und all der Versuche, diese künstlich herzustellen. Sie sinnierte gerne über die Brüste der anderen, stellte sich vor, wer sie begehrte, was sie erregte, wer sie quälte und wofür die Herzen schlugen, über denen sie sich schützend wölbten. Und dann gab es Kriegerinnen, die sich einer Brust entledigten. Zum Glück nicht hier, nicht auf den Holzplanken zwischen Himmel und Wasser.

Valerie liebte ihre eigenen Brüste, nicht vieles an ihr war mehr zart, weder ihr Gesicht noch ihre Seele, nur ihre Brüste waren zart geblieben, und sie wollte sie behüten und nicht auf dem Grillrost urbaner Zeigefreudigkeit darbieten. Die Frau in der Umkleide hatte der nackten Valerie allerdings kaum einen Blick gegönnt, was fast beleidigend war, aber je mehr ihrer Silberketten sie sich umhängte, desto penetranter wurde der Blick der anderen. Und dann sagte sie trocken: »Ganz schöner Materialwert, den du da um den Hals hängen hast. Manchmal liegt die Qualität in der Quantität, hab ich recht?«

Die Frau hatte eine ungewöhnliche Rhetorik. Sie war kleiner als Valerie, hatte ein junges Gesicht und lockiges blondes Haar, das an ein paar Stellen ergraut war. Ihre Jugendlichkeit lag bei genauem Hinschauen eher im Ausdruck. Besonders ihre Hände wirkten verbraucht und die Nägel waren erstaunlich schmutzig. Ob sie obdachlos war? Eine jener Pennerinnen, die ins Frauenbad kamen, um sich zu waschen? Gut möglich. Sie hatte ein buntes Hippie-Tuch um sich geschlungen und glich einem in die Jahre gekommenen Kommunen-Kobold aus Valeries Vergangenheit in den besetzten Häusern.

»Wenn Sie das so sehen?«

Die Frau hatte recht. Schmuck war Valeries Rüstung, zusammen mit Lippenstift und Zigaretten, Ketten, Armbändern, Ohrschmuck und Ringen, die sie sich gekauft hatte, zum Trost, zur Belohnung, als Erinnerung, mit und ohne Steinen. Früher, als Studentin, hatte sie dafür gespart, hatte einem Gebrauchtwarenhändler Bücher verkauft, als es dafür noch etwas Geld gab, hatte sich wochenlang von einem nicht wirklich leckeren Linseneintopf ernährt, um sich einen kleinen Ring leisten zu können. Später war sie viel gereist, und der Schmuck war billig geworden. Sie fragte sich, wann sie damit begonnen hatte, am liebsten Schwarz zu tragen und sich ein funkelndes Kettenhemd darüberzulegen, es mochte nach der Zeit mit Lars gewesen sein oder nicht, sie wollte keine Schlüsse ziehen, wo sie nur an Zufälle glaubte, aber es war richtig, dass um die Zeit mit Lars vieles begonnen hatte, der Aufbruch und das Aufgebrochenwerden, der Abschied von allem, was entfernt mit der Schutzzone ihrer Kindheit verknüpft war, mit diesem Land, in dem die Tage oft trüb vor lauter Trägheit und Traum gewesen waren.

Nach Lars war vieles klar, so grell ausgeleuchtet gar, dass es sie schmerzte, nach Lars war Liebe lange Wiedergutmachung. Und wenn sie jetzt daran zurückdachte, an die Momente in seinem Wohnzimmer auf dem kalten weißen

Ledersofa mit dem Handtuch unter sich und dem Porno vor sich, mit dem Paar, das im Möbelhaus für die Kamera fickte und dabei von diesem trügerischen, aprikosenfarbigen Licht umhüllt wurde, dann wünschte sie sich den unüberlegten Zorn der kleinen Kia, wünschte sich, dass sie damals auch gebissen, getreten, geschrien hätte. Doch das war lange her, war auf dem Schnitt zwischen dem einen und dem anderen Leben geschehen, war vielleicht dieser Schnitt gewesen, die Wunde war längst geheilt, sie hatte eine Narbe hinterlassen, die einzig Valerie sah und dies nur, wenn sie sich in die Erinnerung vertiefte, wenn sie sich in sich selbst hineinfallen ließ, etwas, wozu normalerweise keinerlei Grund bestand. Zum Beispiel jetzt.

»Da Sie sich auszukennen scheinen«, sagte sie zu der fremden Frau, »was würden Sie denn mit dem Materialwert anfangen?« Einen Allwetter-Highperform-Schlafsack kaufen oder ausgesuchte Weine im exquisit designten Getränkekarton, den Lieblingshund aufs Bein tätowieren lassen, mal zur Maniküre gehen, vielleicht auch mit dem Lieblingshund zum Hundedentisten.

»Nichts«, sagte die andere, »ich arbeite lieber mit Weißgold. Und an dir sähe ich eher ein markantes Einzelstück. Ich an deiner Stelle würde auf hochwertig setzen. Denn das bist du doch.«

Aha, dachte Valerie, doch nicht obdachlos. Kein Mensch, der unter der Brücke lebte, arbeitete mit Weißgold und redete von Einzelstücken: »Wie kommen Sie darauf? Ist das esoterisch gemeint? Oder sind Sie aus dem Schmuckbusiness? Und wieso duzen Sie mich eigentlich, kennen wir uns? Wobei ich zugeben muss, dass mein Namensgedächtnis miserabel ist.«

»Meines nicht. Du bist Valerie. Ich kenn dich gut. Mein Sohn und sein Vater verehren dich sehr. Wie macht sich das Lämmchen denn so im Praktikum?«

Das also war sie! Die Goldschmiedin, die sich von F. nicht zu den Männern hatte bekehren lassen. Die Mutter von Luca. Ein gut gelauntes, feenhaftes Wurzelgemüse.

»Das Lämmchen?« Valerie musste lachen, kein Tier verkörperte Luca treffender als ein Lämmchen. »Stellt verdammt viele Fragen.«

»Und dieses Mädchen? Weißt du da was?«

»Welches Mädchen?«

»Sie heißt so ähnlich wie Kino? Oder China? Luca meinte, dass er sie mal mitbringen möchte. Das wollte er noch nie.«

»Ach, Kia? So weit sind die beiden schon?« Ich hatte recht, dachte Valerie, ich war Zeugin, wie etwas begann.

»Mir ist das ja viel zu bürgerlich. Ich habe nie ein Mädchen mit nach Hause gebracht. Und Lucas Vater erst recht nicht. Obwohl meine Eltern viel dafür gegeben hätten, mich mit einem Mann zu sehen.«

»Und? Macht ihr das? Die Einführung der Braut in den Familienkreis?«

»Worte wie Braut, heiraten oder Ehe will ich nicht hören. Schon gar nicht von meinem Sohn. Aber ja, sie kommen am Sonntag. Komm doch auch! Ich würde mich freuen.«

»Ich überlegs mir.«

Das Wurzelgemüse stellte sich auf die Zehenspitzen

und drückte Valerie einen Kuss auf die Wange, es roch nach einem glücklichen Leben, dann war es weg. Es stellte definitiv genauso gerne Fragen wie Luca.

Erst gestern hatte er von Valerie wissen wollen, wie sie denn eigentlich zum Schreiben gekommen war. »Weil es das Einzige war, was ich wirklich beherrschte«, hatte sie geantwortet, »ich konnte mir alles vorstellen, Werbung, Feuilleton, akademische Forschung, vielleicht sogar Literatur. Ich dachte, ich beginne mal bescheiden.«

Was sie Luca nicht erzählte, war, dass sich der Anfang ihrer journalistischen Laufbahn vor sehr vielen Jahren in einem Bett vollzogen hatte. In dem Valerie lag, während der Mann, mit dem sie gerade geschlafen hatte, an seinem Rechner saß und arbeitete. Das Bettzeug des Mannes war vor Wochen einmal weiß gewesen, jetzt war es eine Camouflage aus Flecken. Kaffee, Wein, Sperma, Mascara und nachlässig ausgewaschenes Menstruationsblut hatten Spuren hinterlassen, es roch nach Schlaf und Schweiß, das ganze Bett hatte seine eigene Körperlichkeit entwickelt, die sich aus der Körperlichkeit von zwei Menschen speiste. Es war ihre gemeinsame Kreatur, sie hätten es in einer Galerie ausstellen und es *Deux* oder *D(i)eux* nennen können, Zwei und Götter, denn das waren sie irgendwie, zwei Götter, die ein Kunstwerk aus Liebe schufen oder wenigstens aus Sex. Valerie lag gerne im Bett, während ihre Liebhaber arbeiten mussten, meist saßen sie an vollkommen belanglosen Seminararbeiten, während der Mann vor ihr einen Artikel für eine landesweit bekannte und einflussreiche Tageszeitung schrieb, irgendwas über Pop und Faschismus und wie sich das eine im anderen austobte. »Stimmt es eigentlich, was Sylvia Plath gesagt hat? Dass jede Frau einen Faschisten bewundert?«, fragte er sie vom Schreibtisch her. Sie wusste, dass er keine Antwort erwartete, dass er nur einen coolen Gedanken in den Raum werfen wollte, damit sich um diesen Gedanken und das, was sie darüber dachte, wieder sexuelle Spannung ansammeln und aufstauen würde. Er fütterte sie. Mit Sentenzen, die um Anziehung, Erotik und Sex kreisten.

Das Geräusch seiner Tastatur war gleichmäßig wie Regen und erregte sie. Denn sein Schreiben ließ sich im Gegensatz zu dem ihrer anderen Liebhaber direkt in Geld umrechnen. Es gab einen fest definierten Betrag pro Zeile, gelegentlich auch pro Anschlag, er musste bloß diesen Transfer zwischen seinen Gedanken und dem Zeitungspapier schaffen. Sie fand das sexy. Zudem erhielt er Bücher und Platten, bevor sie in den Läden lagen, er besuchte Ausstellungen vor ihrer Vernissage und sah Filme vor ihrem Kinostart. Er hatte einen riesigen kulturellen Wissensvorsprung. Und alles gegen Geld. Ein paradiesischer Zustand. Sie wollte das auch. Sie fragte ihn aus. Er dozierte freigebig, schließlich war sie keine Konkurrentin, sondern bloß eine kleine Studentin. Also ging sie hin, übte und stellte Imitate seiner Arbeit her. Hätte er sie danach gefragt, so hätte sie unumwunden gesagt, dass sie ihn als Muse benutzte. Als sie sich sicher fühlte, schrieb sie eigene Texte, zog damit los und staunte, wie einfach alles war. Im Gegensatz zu heute. Sie wusste zum Beispiel nach zwei Wochen noch nicht, ob

Luca Talent zum Journalismus hatte und ob es jemals einen Ort für ihn geben würde, falls er Talent hatte, aber darum ging es bei seinem Praktikum nur bedingt. Ihre Aufgabe war die einer Gouvernante, sie sollte ihm einen Weg weisen und wenn es am Ende nur der zurück zur Schule war, wo er, das war auch ihre Meinung, gefälligst seinen Abschluss nachholen sollte. Sie kannte genügend Männer, die ein Leben lang darunter litten, das Gymnasium oder die Uni nicht ordentlich abgeschlossen zu haben, sie wurden zu selbstmitleidigen Profilneurotikern, die viel zu viel erklärten, obwohl andere viel mehr wussten.

Am nächsten Tag stand Luca vor ihr und wiederholte den Wunsch seiner Mutter. »Gut, ich komme«, sagte Valerie und freute sie heimlich, denn die Einladung würde sie von einem weiteren Abend mit Teos Freunden und besonders Freundinnen erlösen. Wenn sie noch einer dabei zusehen musste, wie sie die immer gleiche Gabel mit Essen auf ihrem Teller hin und her schob, anstatt sie zum Mund zu führen, wenn sie noch einer dabei zuhören musste, wie sie weder im Job noch von ihrem Typen genügend Wertschätzung bekam und sich zu beidem auch gar nicht richtig bekennen konnte oder wollte, würde sie ausrasten. Wofür wollten Teos Freundinnen denn eigentlich wertgeschätzt werden? Für ihre zermürbende Unentschiedenheit, mit der sie die lokale Therapieszene ernährten? Für ihre manischen Fluchten in jeden Trend, ihr unnützes Wissen über die angesagteste Handseife, die stilistisch überkorrekte Kostümierung, das Szenegetränk Naturwein?

Sie sagte Teo, dass sie den Abend mit zwei frischverknallten Teens und einer Goldschmiedin mit schmutzigen Händen verbringen müsse, es handle sich quasi um eine Familienangelegenheit.

»Du weißt schon, dass du seit dem Tod deiner Großmutter keinen Familienangelegenheiten mehr nachgehst, und dass der einzige Mensch, den du gelegentlich als Familie bezeichnest, F. ist?«, bemerkte er.

Sie klärte ihn darüber auf, dass sie den Abend tatsächlich mit F. und einer von F.s vielen Familien verbringen würde. Teo bemerkte spitz, dass F. sie gänzlich einzuspinnen beginne in seine Welt mit dem versprochenen Alterssitz und dem ganzen Familienanhang, und wie es denn eigentlich mit ihrem eigenen, selbstbestimmten Leben aussehen würde. Sie antwortete, dass F. ein wichtiger Teil ihres Lebens sei, dass er schon viel länger dazugehöre als Teo und dass sie sich beide einer gewissen Erschöpfung näherten und einem Überdruss, F. schneller als sie, aber sie genauso unausweichlich. Was wiederum Teo und seine Freunde, die selbst noch lange nicht Teil ihres Lebensabschnitts sein würden, nicht verstehen könnten. »Dabei verstehe ich selbst nur allzu genau, was sich in deiner Generation abspielt«, fuhr sie fort, »weil ich auch einmal jünger gewesen bin, und abgesehen von gewissen zeitgemäßen Schattierungen sind sich die jungen Menschen von heute und von vorgestern gar nicht so unähnlich.« Teo schwieg. Ihr selbst sei zum Beispiel die grundsätzliche Unerträglichkeit seiner Freundinnen nicht fremd, sie könne deren schmallippige Bitterkeit nachvollziehen, sagte sie, »ich bin jetzt bloß an einem anderen Ort als ihr, und die Gespräche über euer überprivilegiertes Unglück langweilen mich. Eure Unterhaltungen geben mir das Gefühl, in einen Stillstand gedrängt zu werden, einen Rückschritt, in die Wiederholung einer Unsicherheit, über die ich hinweg bin.«

Sie wartete. Teo sagte nichts. Also redete sie einfach weiter. Trotzdem, sagte sie, gehe ihr Verständnis für Jüngere so weit, dass sie sich ganz gut in F.s Praktikantensohn einfühlen könne. »Er hat mir erzählt, dass er seit vielen Jahren regelmäßig in einer Fabrik arbeitet. Ich habe so was auch gemacht in seinem Alter, ich war froh darum gewesen, es hatte mich dankbar gemacht für mein angenehmes Leben.« Allerdings habe sie sich nie derart mit ihren Jobs identifiziert wie Luca mit seinen Tagen am Band. »Er sieht das alles viel zu sozialromantisch.«

»Lass mich das zusammenfassen«, sagte Teo, »du findest meine Freundinnen doof, weil sie dir zu jung sind, und verbringst deine Zeit deshalb lieber mit noch Jüngeren? Oder nimmst du gerade einen rhetorischen Umweg?«

Natürlich nahm sie den. Aber Valerie wollte ihm die Genugtuung noch nicht gewähren. »Luca und Kia? Die sind interessant!«, beharrte sie. »Ich verstehe, dass Kia mit aller Kraft den kleinen amerikanischen Traum von der Broadwaykarriere verfolgt. Und wer weiß, vielleicht behält Luca am Ende recht, und die Klassenschranke wird angesichts des utopischen Potenzials der Jugend wie manch andere Schranke fallen. Die beiden rühren mich!«

»Stopp jetzt«, sagte Teo, »zwei Dinge: Liebst du F.? Und machst du gerade Schluss mit mir?«

Sie schaute ihn an, sie hielt ihn ein letztes Mal mit ihren Augen fest, merkte sich alles, seine Gestalt, groß, etwas zu kräftig, um als schlank zu gelten, ein liebes Gesicht, das ohne seinen Bart noch jünger wirken würde. Sie dachte an den Porsche, das Motorboot und den Sex, es würde Tage geben, an denen sie ihre Abwesenheit bereuen würde. Doch es würde weit mehr Tage geben, an denen ihr gar nicht auffallen würde, dass sie fehlten, es hatten sich mit Teo schon allzu viele oberflächliche Wiederholungen ergeben und eine Vertiefung ihrer Beziehung hatte für sie stets außer Frage gestanden. Teo hatte nie geklagt, hatte sich immer freudig, ja eifrig ihren Wünschen gebeugt, er schien aufgehen zu wollen in der Rolle des Liebhabers, der ihr etwas bieten konnte, ihre Affäre war ein einziges Dienstleistungsparadies gewesen.

»Ob ich ihn liebe? Ich glaube nicht. Ich brauche ihn und er braucht mich. Wenn du das als Liebe definieren willst? Und ja, ich mach Schluss mit dir. Wir waren bloß auf Zeit. Eine Temporärliebe.« Sie wollte nicht so harsch klingen, Teo hätte ein sanftes Ende verdient, jenes unmerkliche Ausklingen, zu dem F. ihr geraten hatte, aber das wäre nicht sie gewesen, sie hatte Meinungen und fasste Entschlüsse und setzte Punkte hinter fertige Geschichten.

»Ich weiß. Ich hätte mir gewünscht, dass es länger dauert. Darf ich dich irgendwann mal zum Essen einladen?«

»Erst, wenn du eine Neue gefunden hast.«

»Einverstanden.«

»Leb wohl, Toyboy, du warst perfekt.«

»Du wirst mir fehlen.«

»Das sagt man nicht.«

Er zog sie an sich und küsste sie wie damals in ihrer ersten Nacht vor seinem Hotel, etwas zu hastig, es lag eine Ungeduld in seinem Kuss, er wollte diesem unangenehmsten Moment zwischen ihnen ein schnelles Ende setzen und weitergehen, sich von seinen Freunden trösten lassen, sich vielleicht mit einer Freundin trösten, die sich schon seit Jahren nichts inniger wünschte, oder mit seinem Motorboot auf den See hinausfahren, sich in die Sonne legen und dabei noch schnell ein paar Geschäfte abschließen. Dann ging er. Valerie atmete auf. Das Gefühl der Freiheit war der beste Rausch von allen. Vielleicht würde sie Teo mal mit einer neuen Gefährtin begegnen, sie würden sich herzlich begrüßen, die Jüngere würde Valerie für Teos ehemalige Lehrerin oder eine Tante halten, und das wäre in Ordnung.

Sie dachte an ihre Großmutter, die einer keimenden Liebe wie der von Luca und Kia heftig widersprochen hätte. Ihre Großmutter hielt nichts davon, dass sich zwei über Klassen-, Bildungs- oder Landesgrenzen hinwegsetzten, sie war da bestürzend engstirnig. Valerie hatte oft genug versucht, ihr das auszureden und ihr die wachsende Durchlässigkeit der Welt verständlich zu machen, doch ihre Großmutter ließ Fortschritt nur bis zu den Kennedys gelten. Valerie selbst betrachtete Klasse als das letzte große Hindernis auf dem Weg zu einer neuen Gesellschaft, alles andere war formbar, passte sich einander an, verschmolz, fand in den ungewöhnlichsten Harmonien zueinander, einzig das Geld errichtete unbeirrbar seine Schlösser, Safes und Unterschiede.

Und dann war Sonntag und der war in der Stadt, die sich für eine Metropole hielt, schlimmer als auf dem Land. Denn auf dem Land trafen sich sonntags immer noch ein paar in der Kirche und viele im Landgasthof. Wespen ertränkten sich in Gläsern mit Apfelschorle, Kinder rannten auf den Spielplatz, ermattete Eltern blieben sitzen, tranken Bier und wollten nie mehr aufstehen, und von der Vogelstation her war das Schnäbelklappern der Störche zu hören. In der Stadt gab es dies alles auch, jedoch nur in den Randbezirken oder reichen Vorortgemeinden. Die Stadt selbst war tot, war ein entkerntes Haus, ein paar Touristen, die an die sonntäglichen Ladenöffnungszeiten von London oder New York gewöhnt waren, irrten verstört zwischen den Fassaden der Luxusgeschäfte hin und her. An Sonntagen könnte es Bomben auf die Innenstadt regnen, dachte Valerie, sie würde unwiederbringlich zerstört, doch Menschen würden fast keine getötet. Sie schlenderte durch die leeren Straßen, sie waren angenehm schattig, unter Bäumen blühten Wildblumen und Rosen. Sie ging einen Hügel hinauf und näherte sich dem Riegelhaus, das sich an die Flanke des Weinbergs schmiegte, als suchte es einen letzten Halt, bevor es endgültig in sich zusammensackte. Die Hitze hüllte es in flimmernden Dunst.

Sie ging ums Haus und da waren sie, im Schatten eines Kirschbaums, zwei und zwei und einer, die Goldschmiedin mit ihrer Freundin, Luca und Kia und F. Sie trat zu ihnen hin, gab Luca, Kia und der Freundin die Hand, ließ sich von der Goldschmiedin kurz umarmen und von F. lang. Bekam ein Glas in die Hand gedrückt mit hellem Wein, der aus dem Weinberg stammte. Trank und wurde ruhig und glücklich. Der Himmel über dem Garten war blau, doch von Osten her zogen mächtige schwarze Wolken heran, ein Gewitter und Hagelschlag standen bevor, und sie konnten alle ihre Augen nicht von den quellenden Wolken abwenden. Sie hielten inne und hielten den Atem an, es war möglich, dass sich das Unwetter auflöste, bevor es die Stadt erreichte, es war auch möglich, dass die Hagelkörner Weinberg und Garten verwüsteten.

Alles war immer möglich, dachte Valerie, das Beste, das Hässlichste und das Unberechenbarste. Was bliebe von ihnen, wenn die Welt jetzt unterginge? Am ehesten wohl ein Schmuckstück der Goldschmiedin, dessen Metalle und Steine schon seit Millionen von Jahren existierten. Vielleicht würde es nach der Sprengung der Welt ins All hinausgeschleudert und dort von einem fremden Wesen geborgen. Vielleicht gab es dieses Wesen aber auch nicht, das Ende wäre einfach das Ende, und sie hätten alle nicht die geringste Spur hinterlassen. Nicht im All, nicht in der Zeit, und auch nicht in den verglühenden Partikeln aus Weltschrott, die noch ein paar Lichtjahre lang durch die unendliche Dunkelheit trieben. Nichts, was Valerie erlebt oder gesehen hätte, keine ihrer Lieben und Verletzungen, keine Stadt, kein Land, kein einziger ihrer Tausenden von Texten wären dann von Bedeutung und auch nicht ihre Großmutter oder F. Alles wäre gelöscht. Alle Freude. Aller Schmerz. In einem Anfall von Demenz würde das Universum die ganze Geschichte der Menschheit vergessen. Es wäre ihm ein Trost.

Sie blickte auf die Stadt, den See, die schwarze Wand, die schon die ersten Wellen ins Wasser entsandte, den Weinberg, dessen Grün sich grell vom Schwarz abhob. Sie sah Kia und Luca, die sich nach Zukunft verzehrten. Sie sah die sich liebenden Frauen. Sah sich und F. Sie waren zu sechst. Sie standen beieinander wie träumende Tiere und erwarteten das Wetter.